W0245662

Das Buch

Anne Perry entführt den Leser zu einer spannenden kriminalistischen Zeitreise, vom Mittelalter über die französische Revolution und das viktorianische England bis in unser Jahrhundert. Dabei trifft er auf viele Bekannte: Im mittelalterlichen Schottland entlarvt Lady Macbeth in letzter Minute einen Mörder; einige Geschichten zeigen, dass es weder der spanischen Inquisition noch den Akteuren der französischen Revolution immer um hohe Ideale ging, sondern dass oft Verbrechen unter deren Deckmantel geschahen. Im viktorianischen England passieren geheimnisvolle Dinge auf dem Landsitz von Lady Vespasia Cumming-Gould, die den Lesern der Thomas-Pitt-Romane wohlvertraut ist. Auch Sherlock Holmes und Dr. Watson müssen ihren Spürsinn einsetzen, um der Gerechtigkeit zum Sieg zu verhelfen. Doch nicht nur Menschen sind erfolgreich bei der Verbrecherjagd, auch Tiere wie der Collie-Mischling Daisy und seine Hunde- und Katzenfreunde sind erfolgreiche Spürnasen.

Verbrechen gab und gibt es zu allen Zeiten, doch immer gibt es auch Menschen – und Tiere –, die bereit sind, dagegen zu kämpfen.

Die Autorin

Die gebürtige Britin Anne Perry wuchs in Australien auf, kehrte jedoch inzwischen in die alte Welt zurück, die auch den Hintergrund ihrer Romane bildet, und lebt in Portmahomack in Schottland.

Sie hat sich mit ihren Kriminalromanen um Inspektor Thomas Pitt und seine Frau Charlotte ein Millionenpublikum in aller Welt erobert: *Frühstück nach Mitternacht* (01/8618), *Die Frau in Kirschrot* (01/8743), *Die dunkelgraue Pelerine* (01/8864), *Die roten Stiefeletten* (01/9081), *Ein Mann aus bestem Hause* (01/9378), *Der weiße Seidenschal* (01/9574), *Belgrave Square* (01/9864), *Mord im Hyde Park* (01/10487) und *Der blaue Paletot* (01/10582).

ANNE PERRY

DIE LETZTE KÖNIGIN

Erzählungen

Aus dem Englischen
von Alexandra von Reinhardt

WILHELM HEYNE VERLAG
MÜNCHEN

HEYNE ALLGEMEINE REIHE
Nr. 01/13159

Umwelthinweis:
Dieses Buch wurde auf chlor- und säurefreiem
Papier gedruckt.

Redaktion: Ralf Dürr

Deutsche Erstausgabe 10/2000
Copyright © 2000 der deutschsprachigen Ausgabe by
Wilhelm Heyne Verlag GmbH & Co. KG, München
Copyright © der Einzelrechte s. Quellenverzeichnis
Dieses Werk wurde vermittelt durch die literarische Agentur
Thomas Schlück GmbH, Garbsen
Printed in Denmark 2000
Umschlaggestaltung: Hauptmann und Kampa Werbeagentur,
CH-Zug, unter Verwendung des Gemäldes »Speak, Speak!«
von Sir John Everett Millais, 1895
Satz: Buch-Werkstatt GmbH, Bad Aibling
Druck und Bindung: Nørhaven, Viborg

ISBN: 3-453-17176-4

http://www.heyne.de

Inhalt

Die letzte Königin

Die zwanzig Reiter erreichten die Hügelkuppe, allen voran Macbeth, der sein Pferd zügelte und Ben Wyvis betrachtete, den mächtigen Berg, der jenseits des Fjords emporragte und in der Hochsommersonne schimmerte. Im Westen lag das ausgedehnte Tal, dahinter die schier endlose violette Bergkette, das Herzstück von Schottland. Vor ihnen glitzerte das kobaltblaue Wasser von Cromarty Firth.

Gruoch hielt neben ihm an und lächelte zufrieden. Allen Erinnerungen an Blutvergießen und schmerzliche Verluste zum Trotz liebte sie dieses Land. Gillecomgain, ihr erster Ehemann, war bei Inverness ermordet worden, das nur zwanzig Meilen hinter ihnen lag. Er und fünfzig seiner Männer waren verbrannt, als die Truppen von Malcolm II. sie in einem Turm einschlossen und diesen anzündeten. Gruoch war an Kriege gewöhnt. Bei den erbitterten Kämpfen um die Krone zwischen dem Haus Athol und dem Haus Moray hatte sie ihren Vater und alle vier Brüder verloren, weil der alte Malcolm unbedingt durchsetzen wollte, dass nach ihm Duncan, einer seiner Enkel, den Thron bestieg.

Doch das war jetzt Vergangenheit. Duncan war ein schwacher König gewesen, tyrannisch und unfähig. Er hatte gegen England im Süden und Orkney im Norden gekämpft. Das wäre nicht weiter schlimm gewesen, wenn er nicht ein so miserabler Heerführer gewesen wäre. Eine Katastrophe war der anderen gefolgt und schließlich hatte das Volk sich erhoben, ihn gestürzt und Macbeth auf den Thron gehoben.

Gruoch betrachtete ihn von der Seite. Groß und von kräftiger Statur, bot er im Sattel ein imposantes Bild.

Seine Haut war von Sonne und Wind gebräunt, sein helles Haar hatte im Licht einen weichen Glanz. Er lächelte ihr zu und sie ritten nebeneinander den Hügel hinab, auf das Wasser und die Fähre zu. Das Übersetzen würde lange dauern, aber es wäre noch zeitraubender gewesen, den Fjord zu umrunden, der tief ins Land einschnitt. Sie hätten dreißig zusätzliche Meilen zurücklegen müssen.

Am Vortag waren sie in Cawdor aufgebrochen. Ihr Ziel war Fearn Abbey, wo Gruoch mit dem Abt wichtige Angelegenheiten zu besprechen hatte. Es war ihr besonderes Anliegen, dass jemand sich um Witwen und Waisen kümmerte, weil sie aus eigener Erfahrung wusste, wie einsam und verloren diese Menschen sich fühlten und wie sehr sie auf Hilfe angewiesen waren. Nach Gillecomgains Tod hatten auch sie selbst und ihr Sohn Lulach große Not gelitten. Gewiss, ihr Großvater war König gewesen, ihr Vater ein legitimer Thronanwärter, aber sie lebten nicht mehr, ebenso wenig wie ihre Brüder, und sie stand mit ihrem Sohn allein da.

Das gehörte zu den vielen Dingen, die sie mit Macbeth gemeinsam hatte. Auch er hatte wegen Malcolms Ehrgeiz einen Großteil seiner Familie verloren. Ihre Heirat war eine weise Entscheidung gewesen, denn dadurch wurden die Fehden zwischen den Häusern Athol und Moray beigelegt; aber es war auch eine Liebesheirat und Macbeth hatte Lulach mit Freuden als seinen Sohn adoptiert.

Das Königreich erstreckte sich von Caithness bis Lancashire und im Großen und Ganzen herrschte Frieden. Den Menschen ging es gut, sie hatten genug zu essen und die Gesetze wurden weitgehend eingehalten. Natürlich gab es hin und wieder irgendwelche Scharmützel, aber sie arteten nicht in blutige Kriege aus.

In England beherbergte Edward der Bekenner den Sohn des gestürzten Duncan. Jenseits des Ärmelkanals schielte Wilhelm von der Normandie begehrlich nach der englischen Krone und normannische Barone hatten am Hofe von Macbeth Schutz gesucht. Im Norden unternahm Harald Hardradi Raubzüge entlang der Küste, weil der fruchtbare und sonnige Landstrich seine Begehrlichkeit erregte.

Crinan, Gruochs Verwandter, überholte jetzt das Königspaar, um den Fährmann zu verständigen. Es war weise, mit Menschen zu reisen, auf deren Treue man sich voll und ganz verlassen konnte, in deren Adern das gleiche Blut wie in einem selbst floss. Ihnen durfte man vertrauen, das hatte Gruoch vor langer Zeit gelernt, und es hatte sich bestätigt, als Macbeth auf Pilgerfahrt nach Rom gewesen war. Während seiner Abwesenheit hatte sie Schottland regiert, was nach keltischem Recht möglich war. Diese Gesetzgebung zeichnete sich gegenüber der angelsächsischen und normannischen dadurch aus, dass die fähigste, mutigste und klügste Person als Oberhaupt eines Clans anerkannt wurde, auch wenn es sich dabei um eine Frau handelte. Frauen waren erbberechtigt und ihre Mitgift blieb immer ihr Besitz.

Die Pferde hatten jetzt das seichte Wasser erreicht, scheuten aber vor der schwankenden Fähre. Sie würde den Fjord mehrere Male überqueren müssen, um alle zwanzig Reiter ans andere Ufer zu bringen. Gruoch stieg ab und stand geduldig in der Sonne, durchdrungen von einem Gefühl des Friedens. Macbeth trat neben sie und legte ihr einen Arm um die Schultern. Er sagte nichts, aber das war auch nicht nötig. Sie kannten einander so gut, dass Gruoch seine Gedanken lesen konnte. Es kam selten genug vor, dass er so wie jetzt Kriege und Meinungsverschiedenheiten, Staatsgeschäfte und Urteilssprüche vergessen konnte. Hier, wo sie mehr zu Hause waren als in den großen Städten im Süden des Landes, konnten sie einfach Mann und Frau sein, die mit Freunden unterwegs waren. Fearn war noch dreißig Meilen entfernt und erst wenn sie die Abtei erreichten, würden sie sich wieder mit den alltäglichen Sorgen befassen müssen.

Außer dem leisen Plätschern des Wassers war nur das Knirschen von Pferdehufen auf Holz zu hören.

Ein lauter Schrei durchbrach die Stille.

Gruoch wirbelte herum. Ein einzelner Reiter galoppierte den Hügel herab. Macbeth ging ihm entgegen. Es musste sich um eine dringliche Botschaft handeln und die Eile verhieß nichts Gutes.

Alle Männer drehten sich besorgt um. Der Fährmann unterbrach seine Arbeit. Es war sinnlos, sich mit den widerspenstigen Pferden abzumühen, wenn die Möglichkeit bestand, dass der König und seine Begleiter gleich den Rückweg antreten würden.

Ein roter Gabelweih kreiste über ihnen; sein auffälliger gespaltener Schweif hob sich scharf vom blauen Himmel ab.

Staub wirbelte hoch, als der Reiter sein Pferd wenige Schritte von Macbeth entfernt zum Stehen brachte und absprang. »Mylord, ich bringe Kunde von Fergus. Es gibt Neuigkeiten vom englischen Hof. Ein Kurier wartet in Cawdor auf Sie.«

Macbeth nahm diese Nachricht gelassen auf. Nicht die leiseste Spur von Furcht stand in seinem Gesicht geschrieben. »Wieder einmal Malcolm?«, fragte er. Malcolm war Duncans ältester Sohn.

»Und die normannischen Barone«, antwortete der Bote. »De Bohun und Gilbert.«

Macbeth wandte sich an Gruoch. »Wenn es sich um de Bohun handelt, muss ich umkehren. Setz du die Reise nach Fearn fort. Dein Treffen mit dem Abt ist wichtig. Wir treffen uns in vier Tagen.«

»Ich werde Sie begleiten, Mylady.« Crinan trat näher an Gruoch heran. »Fünf Mann müssten genügen.« Er beschrieb eine weite Geste über das stille Gewässer hinweg. »Hier droht uns keine Gefahr.«

Er hatte Recht. Dieses Land gehörte dem Haus Moray, hier wurde sie geliebt und verehrt.

Der Bote wartete.

Macbeth schaute seiner Frau tief in die Augen, sah sie lächeln und küsste sie sanft auf den Mund. Dann schwang er sich auf sein Pferd und galoppierte den Hügel hinauf. Der Bote und fünfzehn Mann folgten ihm.

Sieben Personen und Pferde hatten auf der Fähre mühelos Platz, daher dauerte es nicht lange, bis Gruoch, Crinan und ihre Begleiter am anderen Ufer in nordöstliche Richtung ritten. Seehunde sonnten sich auf den Felsen, ein Seeadler schnappte sich einen Fisch aus dem Wasser. Die Sonne war heiß und Gruoch freute sich über die schwache Meeresbrise.

»Dieser Malcolm ist genau wie sein Vater«, bemerkte Crinan nach einer Weile. »Er muss immer Unruhe stiften.«

»Er lebt jetzt schon so lange am englischen Hof, dass man ihn kaum noch als Schotten bezeichnen kann«, erwiderte sie. »Er würde nicht einmal diese Hügel wieder erkennen.«

»Beten wir zu Gott, dass er sie nie zu sehen bekommt!«, knurrte Crinan. »Ich wünschte, Macbeth würde diese Normannen nach Hause schicken. Solange sie hier sind, wird Edward uns scharf im Auge behalten.«

»Sie halten aber das Gleichgewicht gegen Thorfinn«, gab Gruoch zu bedenken.

»Solange Macbeth König ist, werden wir mit Orkney keine Schwierigkeiten haben«, meinte Crinan zuversichtlich. »Außerdem hat Thorfinn genug damit zu tun, Hardradi von seinen Küsten fern zu halten.«

Ihr Pferd glitt auf den Steinen an der Mündung eines Flüsschens in den Fjord aus, aber sie lenkte es mit straffen Zügeln durch das seichte Wasser ans andere Ufer.

Sie redeten von anderen Dingen, lachten, tauschten Erinnerungen an Menschen und Ereignisse aus, an geteilte Freud und geteiltes Leid.

Gegen vier, als die Sonne immer noch hoch am Himmel stand, überquerten sie einen zweiten Fluss und erreichten die dichten Wälder, wo es angenehm kühl war.

Kurz nach sechs kamen sie in der Abtei an. Der Himmel war noch blau, die harmlosen Wölkchen wurden noch nicht vom Sonnenuntergang rötlich verfärbt.

Der Abt hieß sie begeistert willkommen. Er war sehr groß, mit breiten Schultern und mächtigem Brustkorb. In seinen Adern floss norwegisches und sächsisches Blut und früher hatte er seine Kirche sowohl mit dem Schwert als auch mit der Zunge verteidigt. Jetzt, da er nicht mehr der Jüngste war, hatte man ihn mit der Leitung dieser reichen Abtei im hohen Norden belohnt, wo er nur die üblichen Streitereien zwischen Mönchen schlichten und Entscheidungen in Glaubensfragen fällen musste.

»Mylady!« Er breitete überschwänglich die Arme aus und sein Gesicht strahlte vor Freude. »Ihr Besuch ist uns eine hohe Ehre! Aiden wird sich um Ihr Pferd kümmern. Komm her, Junge, lass die Königin nicht warten!«

Ein Bursche eilte mit hochrotem Kopf herbei, murmelte Entschuldigungen, war aber zu schüchtern, um ihr beim Absteigen zu helfen. Diese Aufgabe übernahm der Abt höchstpersönlich und Gruoch bedankte sich höflich, obwohl sie eigentlich gar keine Hilfe benötigte.

»Mylord Crinan«, fuhr der Abt liebenswürdig fort, »herzlich willkommen in Fearn! Alles, was wir haben, steht unseren Gästen zur Verfügung.« Er wandte sich wieder der Königin zu. »Eine Erfrischung? Ein bequemer Stuhl? Drinnen oder im Garten? Met, Bier oder Wein? Der Met ist ausgezeichnet, wenn ich das sagen darf. Aus bestem Heidehonig.« Er führte sie hinein. Der alte Steinbau wurde von der Sonne erwärmt und aus der Backstube roch es verführerisch nach frischem Brot. An den Pflaumenbäumen im Garten reiften schon die ersten Früchte und es duftete nach Blumen.

Das Essen war ausgezeichnet und mehr als üppig: Fisch, Fleisch, Gemüse und Pasteten, ganz zu schweigen vom Met, den der Abt zu Recht gepriesen hatte.

»Mylady«, sagte er, als der Fisch aufgetragen wurde, »könnten Sie mir etwas über die Pilgerfahrt des Königs nach Rom erzählen? Das interessiert mich brennend. Ich selbst habe Schottland selten verlassen. Einige Male war ich in Northumbria, auch auf Holy Island, und ich habe Jarrow und sogar York besucht, aber das ist natürlich gar nichts, verglichen mit Frankreich oder gar Rom! Hat er den Heiligen Vater gesehen? Welche Neuigkeiten gibt es aus dem Osten? Werden wir Jerusalem jemals von den Ungläubigen befreien?«

Gruoch war bestürzt, wollte den Mann aber nicht vor den Kopf stoßen. Er sah sie erwartungsvoll und mit leuchtenden Augen an und vergaß sogar zu essen.

Macbeth hatte ihr seine Eindrücke ausführlich geschildert, sein Staunen über Zeugnisse vergangener Pracht und Herrlichkeit, aber auch sein Entsetzen über die Verwahrlosung der Ewigen Stadt. Seit ihrer Verwüstung durch Barbaren vor fast sechs Jahrhunderten hatte sie einen ständigen Niedergang erlebt.

Während sie ihm stundenlang zuhörte, konnte sie sich alles lebhaft vorstellen; sie verstand seinen Kummer und Zorn über blinde Zerstörungswut hasserfüllter Völker, aber auch über die Gleichgültigkeit der jetzigen Bewohner, die in den Ruinen erhabener Baudenkmäler nur wertlose Trümmerhaufen sahen.

Ihr war warm ums Herz gewesen, als er ihr seine Gefühle und Gedanken anvertraute, und unwillkürlich lächelte sie auch jetzt, als sie Macbeths Erlebnisse in der Ferne mit seinen eigenen Worten beschrieb.

Auch Crinan lauschte aufmerksam. Er war in England und in der Normandie gewesen, aber kein Ort der Welt besaß einen so magischen Klang wie Rom. Was waren schon die Provinzen verglichen mit dem Herzen des Erdkreises?

»Ah, wundervoll!«, seufzte der Abt schließlich und faltete seine Hände auf dem gewölbten Bauch. »Solche Herrlichkeit gesehen zu haben!« Er schenkte Met nach, denn ein leerer Becher war ein Verstoß gegen die Gastfreundschaft, jedenfalls in seinen Augen. »Aber es ist eine sehr weite und gefährliche Reise, die Monate dauert.« Er sah Gruoch mit großem Respekt an, denn ihm war bekannt, dass sie in dieser Zeit die Regierungsgeschäfte geführt hatte. »Für Sie muss das eine harte Bewährungsprobe gewesen sein.«

»Ja«, gab sie unumwunden zu. Härter, als jemand ahnen konnte … Nicht genug, dass sie ihren Mann sehr vermisste und unter Einsamkeit litt, nein, sie musste ständig schwierige Entscheidungen treffen, Streit schlichten, diplomatische Beziehungen zu Edward in England, Wilhelm in der Normandie und Thorfinn in Orkney unterhalten. Zu allem Übel hatte es auch noch eine Rebellion gegeben und sie musste hart durchgreifen, um eine Ausweitung zu verhindern. Sie hatte zu viel Blutvergießen erlebt, um sich Unentschlossenheit leisten zu können.

»Man musste wohl damit rechnen, dass jemand die Abwesenheit des Königs ausnutzen würde«, sagte der Abt nachdenklich und lächelte ihr gleich darauf zu. »Aber allen, die glaubten, Sie wären weich und schwach, haben Sie das Gegenteil bewiesen. Hätte das Haus Athol nicht an seinen eigenen Ruhm, sondern an das Wohl Schottlands gedacht, wäre es nicht zu diesem Aufstand gekommen. Nur wenige Menschen dürften um Maldred und seine Sippe trauern.«

»Aber vielleicht um seine Tochter Doada«, warf Crinan ruhig ein. »Sie hatte nichts verbrochen.«

»Vielleicht«, seufzte der Abt, »aber Blutsbande sind

nun einmal sehr stark. Sie hielt zu ihrem Vater und sie war energisch genug, um möglicherweise einen Rachefeldzug anzuzetteln. Eine sehr schöne Frau …«

»Man kann jemanden, der gegen die Krone rebelliert, nicht verschonen, nur weil es sich um eine Frau handelt«, sagte Gruoch mit aufrichtigem Bedauern. »Ich habe sie nicht gern verurteilt, aber sie besaß eine ähnliche Willenskraft wie ich selbst und war aus diesem Grund gefährlich. Wir können zwar keine Waffen tragen, aber wir vermögen genauso scharf zu denken und genauso abgrundtief zu hassen wie Männer. Hätte ich einen Mann verschont, nur weil er attraktiv war, würde man es als weibliche Schwäche auslegen und mich verfluchen, falls er das Land wieder in einen Krieg stürzen würde.«

»Ja«, stimmte der Abt leidenschaftlich zu. »Gott segne Ihre Tatkraft und Entschlossenheit!«

»Niemand will Krieg«, fügte Crinan mit gepresster Stimme hinzu. »Unter Duncan haben wir zu viel Leid erlebt. Weiß der Himmel, wie viele Menschen bei seinen sinnlosen Schlachten ums Leben gekommen sind!«

Sie saßen schweigend da, erinnerten sich an die Zeiten ständiger Furcht und Trauer und waren dankbar für die friedliche Gegenwart.

Kurz nach zehn schlenderte Gruoch allein durch den Klostergarten. Die Sonne ging farbenprächtig unter, aber der Himmel war noch hell. Das Licht würde noch fast zwei Stunden zum Lesen ausreichen.

Sie fuhr mit lautem Herzklopfen aus dem Schlaf und hielt erschrocken den Atem an. Vor der Tür war ein dumpfes Dröhnen zu hören, als stürze jemand zu Boden. Dann, nach kurzer Stille, ein lautes Stöhnen, kein bloßer Schmerzenslaut, sondern auch als Warnung gedacht.

Sie sprang aus dem Bett und griff nach dem Dolch, den sie beim Reiten am Gürtel trug.

Eilige Schritte vor der Tür, ein bestürzter Ausruf, gleich darauf ein entsetzter Aufschrei.

Jemand trommelte an ihre Tür und rief ihren Namen.

»Was ist los?«, fragte sie, den Dolch in der Hand, bereit, sich notfalls zu wehren.

»Ist alles in Ordnung, Mylady? Sind Sie verletzt?«

»Nein. Bist du das, Findlay?« Das war der Mann, der ihre Tür bewachte, ein Verwandter von Macbeth, dem sie völlig vertraute. Aber die Stimme hatte nicht nach ihm geklungen.

»Nein, Mylady. Ich bin's – Donald. Findlay ist tot. Gott steh uns bei!«

Gruoch riss die Tür auf. Donald stand vor ihr, sein Schwert in der Hand. Im Schein der Binsenfackel war sein Gesicht leichenblass. Zu ihren Füßen lag Findlay mit einer klaffenden Wunde zwischen den Rippen, aus der Blut auf den Boden floss.

Die Gewalt war zurückgekehrt! Erinnerungen brachen über sie herein, an ihren Vater und ihre Brüder, die ebenfalls durch das Schwert gestorben waren, an Gillecomgain, der im Feuer ums Leben gekommen war ... Das hier hatte Macbeth gegolten! Der Mörder hatte ihn hier vermutet und hier wäre er ja auch gewesen, wenn der Bote ihn nicht nach Cawdor zurückgerufen hätte. War das wieder der alte Hass im Haus Athol oder etwas Neues?

Sie wollte sprechen, aber ihre Stimme versagte.

Der Abt tauchte am Ende des Korridors auf. Seine Haare standen wirr vom Kopf ab, er war sichtlich in großer Hast in seine Kutte geschlüpft.

»Gott sei Dank!« Er bekreuzigte sich eifrig, als er sie sah. »Dem gütigen Gott sei Dank, dass Sie leben!« Dann sah er Findlay. »Armer Kerl! Gott sei seiner Seele gnädig.«

»Wer war das?«, brachte Gruoch mühsam hervor. »Wer hat das getan?«

»Ich weiß es nicht«, antwortete Donald. »Der Kerl ist geflüchtet, als Findlay aufschrie. Crinan verfolgt ihn mit Einar und Angus.«

»Nur ein Mann?«, wunderte sie sich. »Wie ist er hier eingedrungen?«

Ein Mönch eilte mit wehender Kutte den Korridor entlang. Er war völlig außer Atem und hatte einen Knüppel in der Hand. »Es waren drei Männer, Mylady«, berichtete er. »Zwei Mönche wurden zusammengeschlagen, aber mit Gottes Hilfe werden sie sich wieder erholen.« Er musterte sie besorgt. »Benötigen Sie etwas, Mylady? Fühlen Sie sich schwach?«

»Nein«, sagte Gruoch, obwohl sie in Wirklichkeit weiche Knie hatte und sich an der Tür festhalten musste. Sie zitterte vor Schreck, Zorn und Kummer, aber bei dem schwachen Licht würde das zum Glück wohl niemand bemerken. »Danke … aber ich glaube, dass sie es auf den König abgesehen hatten, nicht auf mich. Ich muss sofort nach Cawdor zurückkreiten, um ihn zu warnen.«

»Jetzt?« Der Abt riss ungläubig die Augen auf.

»Ja, sofort! Wir dürfen keine Zeit verlieren.« Sie war erleichtert, Crinan zu sehen, der die Verfolgung aufgegeben hatte. »Lass die Pferde satteln. Wir brechen auf, sobald ich mich angekleidet habe. Trotzdem werden wir anderthalb Tage benötigen und können nur hoffen, dass sie nicht schneller zuschlagen.«

»Schick unsere Begleiter auf dem Landweg zurück«, riet Crinan. »Wir zwei könnten zum Port of St. Colmac reiten. Das ist nur neun Meilen in östlicher Richtung von hier entfernt. Dort besorgen wir uns ein Boot, umrunden Tarbat Ness und durchqueren den Moray Firth. Von Ardersier reiten wir dann nach Cawdor. Wenn wir sofort aufbrechen, müssten wir gegen Mittag am Ziel sein.«

»Ein ausgezeichneter Vorschlag!«, rief Gruoch erleich-

tert. Sie würden Macbeth rechtzeitig warnen können!
»Dann lass nur unsere beiden Pferde satteln.« Sie kehrte
in ihr Zimmer zurück und schloss die Tür. Während sie
sich hastig anzog und ihre Haare zu einem Zopf flocht,
fiel ihr ein, dass sie ganz vergessen hatte, den Abt zu bitten, Findlay hier zu beerdigen. Sie würde ein anderes
Mal wieder kommen müssen, um mit ihm die Nöte der
Witwen und Waisen zu besprechen, doch vorab würde
sie einen Kurier mit Geld herschicken, damit die Mönche für Findlays Seele beteten und sein Grab pflegten.

Es war halb eins, als sie die Abtei verließ. Crinan
stand mit den Pferden am Tor, neben ihm der Abt, bleich
und verstört. »Gott beschütze Sie, Mylady«, sagte er
ernst. »Machen Sie sich keine Sorgen – wir werden Findlay würdig bestatten.«

»Das weiß ich«, sagte sie dankbar. »Ich werde mich
im Geiste Ihren Gebeten anschließen. Sobald ich den König gewarnt habe, werde ich mich erkenntlich zeigen.
Vorerst vertraue ich auf Ihre Fürsprache bei Gott. Friede
sei mit Ihnen!«

Während der Abt das Kreuzzeichen machte und ein
Gebet für sichere Heimkehr murmelte, schwang sie sich
in den Sattel. Crinan folgte ihrem Beispiel.

Sie ritten am Ufer der Halbinsel entlang nach Osten.
Die Himmelslichter spiegelten sich im Wasser, so dass
sie den Weg leicht erkennen konnten. St. Colmac war ein
alter Hafenort, der schon vor Christi Geburt von den
Pikten besiedelt gewesen war. Dort würden sie mühelos
ein Boot finden.

Nach etwa sechs Meilen lag das offene Meer vor ihnen, eine riesige silbrige Fläche, trügerisch sanft, weil es
fast windstill war. Im Norden ragte die schwarze Ge-
birgskette von Sutherland empor und die atemberaubende Schönheit dieser Landschaft ließ Gruoch vorübergehend ihre Ängste vergessen. Die Sommernacht
berauschte ihre Sinne und sie spürte, dass sie dieses

Land mit jeder Faser ihres Herzens liebte, weil es ihre Heimat war.

Crinan ritt schon den Hügel hinab und sie rief sich streng zur Ordnung. Dies war nicht der richtige Zeitpunkt für Träumereien! Sie konnte die dunkle Hafenmauer und die Umrisse von Schiffen erkennen, spornte ihr Pferd an und holte Crinan rasch ein.

Nebeneinander ritten sie über den harten Strand. Den winzigen Wellen fehlte die Kraft, Sand aufzuwirbeln. Gruoch deutete auf das erste niedrige Haus in der Nähe des Hafens. »Frag dort«, befahl sie. »Sag ihm, wer wir sind, und gib ihm Geld.« Sie holte eine Goldmünze aus dem Beutel an ihrem Gürtel, besann sich dann aber eines Besseren. »Nein, ich werde selbst fragen. Schieb du das Boot ins Wasser.«

Sie weckte den Fischer durch lautes Klopfen und natürlich überließ er ihr bereitwillig sein Boot. Eine Goldmünze war viel mehr wert als ein noch so volles Netz, außerdem wäre es höchst unklug, einer Königin einen Wunsch abzuschlagen. Sie bedankte sich und rannte über die Sanddünen und das Seegras. Crinan half ihr ins Boot, sprang selbst hinein und ruderte mit kraftvollen Bewegungen.

Außer dem leisen Glucksen des Wassers war kein Laut zu hören. Die See glich einem Spiegel, der Himmel war zu bleich für Sterne. Es musste nach zwei Uhr morgens sein, denn am Horizont war bereits die Dämmerung zu erkennen.

»Wer war es?«, fragte Gruoch, nachdem sie lange geschwiegen hatten. »Steckt wieder das machthungrige Haus Athol dahinter?«

»Vielleicht«, knurrte Crinan und ruderte noch schneller. »Der alte Malcolm hätte sogar einen Pakt mit dem Teufel geschlossen, um seiner Dynastie die Krone zu erhalten.«

»Malcolm ist tot«, sagte sie. »Und Duncan auch. Er

starb in der Schlacht von Pitgaveny, noch bevor Macbeth überhaupt vorgeschlagen wurde. Wer außer Edward möchte an Stelle meines Mannes einen englischen Prinzen auf dem Thron sehen?«

»Genügt Edward nicht? Außerdem ist Malcolm zwar an Edwards Hof aufgewachsen, aber er würde sich bestimmt nicht als Engländer bezeichnen.« Crinan stemmte sich mit aller Kraft gegen die Ruder und das Boot schoss nur so über das Wasser.

Er hatte Recht. Doch Malcolm würde, wenn überhaupt, mit einer Armee anrücken. Für einen Mord bei Nacht war er viel zu klug, denn dann würde der Hohe Rat ihn niemals als König anerkennen. Außerdem war Macbeth sehr beliebt. Unter seiner Herrschaft hatte Schottland seine Grenzen erweitert, seit fast einer Generation herrschte Frieden und dem Volk ging es besser denn je. Das war nach Malcolms und Duncans Kriegen ein wahrer Segen.

Nein, hier musste es sich um einen persönlichen Racheakt handeln, entweder aus Neid oder aus Mitgefühl für irgendein Opfer von Macbeths Herrschaft. Wieder fiel ihr das Haus Athol ein, das rebelliert hatte, während Macbeth in Rom weilte. Sie hatte Maldred, Doada und andere Verantwortliche hinrichten lassen. Die Entscheidung war ihr nicht leicht gefallen, aber sie hatte nie an der Notwendigkeit gezweifelt. Wenn man Verrat nicht wie Unkraut als zartes Pflänzchen ausrupfte, würde der König nie wieder ruhig schlafen können.

Sie hatten die Spitze von Tarbat Ness fast erreicht und waren ringsum von Wasser umgeben, das im ersten schwachen Morgenlicht wie Satin schimmerte.

Doada war jung gewesen. Gruoch konnte sich genau an ihr Gesicht und die langen blonden Haare erinnern. Sie war mutig gewesen, das konnte niemand leugnen ... und hasserfüllt. Viele Männer hatten sie geliebt, aber sie hatte keinen von ihnen geheiratet. Es wurde gemunkelt, ihre große Liebe hätte aus dem Haus Moray gestammt, aber ihr Vater hätte diese Ehe verboten, doch wahrscheinlich hatte irgendein Spielmann diese romantische Geschichte ersonnen.

Vielleicht wollte jemand Doada rächen …

»Glaubst du, dass es etwas mit dem Aufstand zu tun hat, als Macbeth in Rom war?«, fragte sie.

Crinan schaute auf.

Die Flut brach jetzt schnell herein. St. Colmac lag weit hinter ihnen und vor ihnen glitzerte silbrig-weiß der Moray Firth.

»Wegen Doada?«, sagte er lächelnd.

Sein Gesicht war der Morgendämmerung zugewandt. Plötzlich sah sie den Hass in seinen Augen und begriff alles. Auch Crinan hatte nie geheiratet … er war jener Mann, den Doada geliebt hatte … Wenn jemand sie rächen wollte, würde er sich an Gruoch halten, nicht an Macbeth! Sie hatte sich täuschen lassen und jetzt saß sie mit dem Mann, der sie töten wollte, allein in einem Boot!

Sie stand auf und warf sich nach vorne. Er reagierte sofort und packte ein Ruder mit beiden Händen. Sie duckte sich und der Schlag, mit dem er sie über Bord werfen wollte, ging ins Leere. Das Boot schwankte wild und als Gruoch auf die Seite sprang, wo er sich mühsam auf den Beinen hielt, verlor er das Gleichgewicht und fiel mitsamt dem Ruder ins Wasser.

Er schrie auf, bevor die kalten Wellen über seinem Kopf zusammenschlugen, kam wieder an die Oberfläche, wollte nach dem Bootsrand greifen. Sie packte das andere Ruder und paddelte mit der Flut, so schnell sie nur konnte, um seinen Händen zu entkommen, die sie erwürgen würden, wenn sie ihm eine Gelegenheit dazu gab.

Das Wasser war kalt und die Strömung trieb Crinan in Richtung der Felsen ab. Er versuchte zu schwimmen, aber seine Kräfte ließen rasch nach, seine Kleidung sog sich voll und zog ihn in die Tiefe. Genau diese Todesart musste er für sie vorgesehen haben.

Mit nur einem Ruder würde sie Ardersier niemals erreichen können, das war ihr klar, aber die Flut würde das Boot irgendwo an Land treiben; dann würde sie zu Fuß nach St. Colmac zurückkehren und den Leuten erzählen, Crinan wäre über Bord gegangen. Er hätte zweifellos das Gleiche behauptet! Natürlich würde sie Macbeth die Wahrheit gestehen, sobald sie zu Hause war. Zu Hause … das war jeder Ort, an dem er sich aufhielt … aber auch dieses Land war ihr Zuhause, von Caithness bis York. War sie nicht Königin von Schottland?

Sie lächelte und bestaunte den Sonnenaufgang, der die Heide in weiches rosafarbenes Licht tauchte, während das Boot auf den Wellen schaukelte.

Der Fall des Santo Niño

Frater José beugte sich etwas weiter vor. Sein Ohr lag fast auf den Dielen, während er an dem Spalt zum Raum darunter lauschte. Im Dunkeln hörte er neben sich Frater Domingo vor Aufregung schwer atmen, roch dessen Schweiß und spürte den groben Stoff der weißen Dominikanerkutte des Mitbruders an seinen Fingern. Er hatte die Kerze ausgeblasen aus Angst, das schwache Licht könnte durch den Spalt fallen und den Männern unter ihnen verraten, dass sie belauscht wurden. Das musste um jeden Preis vermieden werden, denn kein Ketzer würde sich verraten, wenn er wüsste, dass die Inquisitoren ganz in der Nähe waren und sich jedes Wort genau einprägten.

José hielt das im Grunde für Zeitverschwendung. Es war nicht nur sehr unbequem, sondern auch lächerlich, mit dem Gesicht am Boden auf den harten Brettern zu knien. Aber Frater Domingo war überrascht, dass diese Mühe sich lohnte, und es geschah ja im Dienste Gottes und der Heiligen Inquisition. Die Feinde des Glaubens mussten aufgespürt und, wenn irgend möglich, durch gutes Zureden von ihren Häresien abgebracht werden, damit ihre Seelen errettet würden. Frater Domingo war sich seiner Sache immer sicher. Wesentlich älter als José, mager und asketisch, war er in seiner Jugend ein großartiger Gelehrter gewesen und man munkelte, er trüge wie der berühmte Torquemada, der spanische Großinquisitor, ein härenes Hemd unter der Tracht. José wusste nicht, ob das stimmte oder nicht. Wenn ja, könnte es die Erklärung für sein aufbrausendes Wesen sein!

Frater Domingo zischte ärgerlich und versetzte José einen kräftigen Stoß in die Rippen, der seine Aufmerksamkeit daraufhin gehorsam wieder auf den Raum unter ihnen richtete.

»Was hat er nun genau gesagt?«, hörte er jemand mit sanfter Stimme neugierig fragen. Das war Felipe, ein Anhänger der Inquisition, der als Lockspitzel die Angeklagten zu belastenden Geständnissen verleitete, indem er vorgab, selbst beschuldigt zu werden. José mochte sein glattes, hinterlistiges Gesicht und seine elegante Kleidung nicht. Er wusste nur zu gut, dass die Leute manchmal mit Vergehen prahlten, die sie gar nicht begangen hatten, oder im Zorn Dinge sagten, die nur teilweise der Wahrheit entsprachen.

Frater Domingo betonte hingegen, dass aufrichtige Söhne und Töchter der Kirche nichts mehr hassten als ketzerische Lehren und sich niemals solcher Schandtaten rühmen würden, weder aus Angst noch aus Wut. Vielleicht hatte er ja Recht. Vielleicht war es vernünftig, aufmerksam zuzuhören.

»Dass wir die heilige Messe verhöhnt hätten«, erwiderte eine andere Stimme. Das musste Esteban Gomez sein, den man eben dieses abscheulichen Verbrechens verdächtigte.

»Oh!«, rief Felipe erstaunt. »Wie denn das?«

»Wir haben unsere eigene Messe abgehalten, natürlich in verkehrter Reihenfolge, und dabei getanzt und gelacht«, antwortete Esteban.

»Das ist nicht weiter schlimm«, beruhigte ihn Felipe.

Frater Domingo knirschte mit den Zähnen. José konnte ein Grinsen nicht mehr unterdrücken, was sein Mitbruder zum Glück jedoch nicht sah.

»Diese verdammten Schnüffler von der Inquisition finden es schlimm genug«, widersprach Esteban verärgert.

»Ist es aber nicht, wenn ihr keine echte Hostie hattet.« Felipe hörte sich leicht amüsiert an. »Ein paar Betrunkene, die eine Torheit begehen, weiter nichts. Wer war denn sonst noch dabei?«

Frater Domingo stöhnte leise: Felipe ging zu forsch vor.

»Nur Freunde«, sagte Esteban vorsichtig, vielleicht auch gekränkt über die abwertende Bemerkung seines Gesprächspartners.

»Nicht der Rede wert«, meinte Felipe ruhig, scheinbar nicht länger an der Geschichte interessiert.

»Warum?«, wollte Esteban wissen. »Was werfen sie dir denn vor?«

»Eine Hostie gestohlen zu haben«, berichtete Felipe mit einem Anflug von Stolz. »Natürlich eine echte, eine geweihte. Wir stachen mit einem Messer hinein und sie hat geblutet!«

Einen Augenblick herrschte Stille. José spürte, wie sich Domingos Finger in seinen Arm gruben, und vermutete, dass er blaue Flecken davontragen würde.

»Tatsächlich?« Estebans Stimme klang sehr überrascht. »Unsere hat nicht geblutet!«

»Bist du ganz sicher, dass es eine richtige Hostie war?«, provozierte Felipe ihn triumphierend.

»Natürlich!«

»Aus einer Kirche? Konsekriert?«

»Na klar! Was hätte es sonst für einen Sinn?«

José stöhnte unter Domingos eisernem Griff. Es war unerträglich stickig und er konnte sich kaum bewegen, geschweige denn entrinnen.

»Entschuldigung«, flüsterte Domingo und ließ seinen Arm los. »Jetzt haben wir ihn! Ich habe dir doch gesagt, dass er schuldig ist.«

Dem gab es nichts entgegenzusetzen.

Das weitere Vorgehen war klar. Esteban würde mit seinem Komplizen Rodrigo Sanchez in eine Zelle gesperrt werden und Domingo und José würden wieder lauschen, was die Beschuldigten redeten, wenn sie sich allein wähnten.

Nach einem besonders kärglichen Mittagsmahl wurde José von Domingo in einen Streit über Belanglosigkeiten verwickelt. Um des lieben Friedens willen und auch weil Domingo sein Vorsteher war, versuchte José einzulenken, aber Domingo ließ sich nicht besänftigen. Wahrscheinlich lag das an dem härenen Hemd. José hätte ihm Seide gegönnt, wenn der Jähzorn dadurch gemildert worden wäre. Er begriff nicht, wozu man etwas Kratzendes tragen sollte, wenn es einen nur unausstehlich machte.

»Es ist keine Kunst, freundlich zu sein, wenn man mit allem zufrieden ist«, hatte sein Beichtvater ihm einmal erklärt. »Viel verdienstvoller ist es, freundlich zu sein, obwohl man sich unwohl fühlt oder sogar Schmerzen hat.«

José hätte Domingo liebend gern Seide gekauft, doch dazu fehlte ihm nicht nur der Mut, sondern auch das nötige Geld, denn als Dominikaner hatte er natürlich das Gelübde der Armut abgelegt.

Abermals kauerten sie nebeneinander in dem dunklen Zimmer und horchten an dem Spalt im Fußboden.

»Also, was hast du ihm erzählt?« Das war nicht Estebans Stimme. Sie war tiefer, barscher. Das war Rodrigo Sanchez und er hörte sich wütend und vielleicht auch ein wenig ängstlich an.

»Nichts!«, versicherte Esteban nachdrücklich. »Nichts, was er nicht schon wusste.«

»Was?«

»Er sagte, er hätte eine Hostie gestohlen und als er hineinstach, hätte sie … hätte sie geblutet! Unsere hat nicht geblutet! Er sitzt noch viel schlimmer in der Patsche als wir.«

»Das hat er gesagt?« Die raue Stimme klang ungläubig.

»Ja, Ehrenwort!«

»Und hast du ihm erzählt, dass unsere nicht geblutet hat?«

26

»Ja ...«, gab Esteban zögernd zu, plötzlich verunsichert und furchtsam.

Stille.

Domingo schob José zur Seite und presste sein Ohr an den Spalt.

Immer noch Stille.

José war an die Wand gedrängt. Es war heiß und sehr unbequem. Wenn Domingo wirklich ein härenes Hemd trug, mussten seine Achselhöhlen wund sein!

Plötzlich hörten sie ganz deutlich Rodrigos Stimme: »Hast du Alvaro Lopez erwähnt?«

»Alvaro Lopez?«

»Ja – wiederhol doch nicht alles wie ein Volltrottel! Ja oder nein?«

»Nein, was hätte ich auch sagen sollen?«, fragte Esteban ungehalten. José konnte sich sein Gesicht mit der spitzen Nase und den großen runden Augen gut vorstellen.

»Die Sache mit dem Kind natürlich, was denn sonst?«

»Welches Kind?«, fragte Esteban völlig verwirrt.

»Was hast du denn gedacht, wo das Blut herkam?«, knurrte Rodrigo gereizt.

»Welches Blut? Da war doch gar kein Blut! Hostien bluten nicht.«

»Natürlich bluten sie nicht, du Dummkopf! Aber was glaubst du, was du getrunken hast? Wein?«

Für kurze Zeit trat wieder Stille ein.

José hörte Domingo schwer atmen.

»Allmächtiger!«, rief Esteban verzweifelt. »Was sagst du da? Ich dachte, das wäre Hühnerblut gewesen!«

Domingo zitterte am ganzen Leibe. José hatte das Gefühl, als wäre es im Zimmer eiskalt geworden. Ihn überkam eine nie gekannte Angst und er war zum ersten Mal, seit er sich erinnern konnte, heilfroh, Domingos Nähe und Körperwärme in dem stickigen Raum zu spüren.

»Ach, wirklich?« Rodrigos Stimme war eisig.

Esteban schluchzte auf.

»Nimm dich zusammen!«, schnauzte Rodrigo ihn an. »Gib nichts zu! Sie können es nicht beweisen.«

»Und was ist mit Alvaro? Sie werden uns auf dem Scheiterhaufen verbrennen!«

»Wenn sie Alvaro verbrennen, so ist das sein Problem. Halt du deinen Mund! Sag, du weißt nur von einem dummen kleinen Streich, dann wird dir nichts Schlimmeres passieren, als in einem Sanbenito durch die Straßen geführt zu werden.«

»Aber ich will nicht in einem mit Flammen und Teufeln bemalten Leinenhemd durch die Straßen getrieben und von allen verhöhnt und mit Steinen beworfen werden!«, kreischte Esteban. »Außerdem werden sie sich nicht damit begnügen. Sie werden versuchen, mein Haus und meinen Laden zu beschlagnahmen. Mir wird nichts bleiben!«

»Doch – dein Leben«, erwiderte Rodrigo grimmig. »Das heißt, wenn du tust, was ich dir sage.«

»Das werde ich ganz bestimmt! Ich weiß nichts von einem Kind. Ich weiß nicht einmal, was für ein Kind das sein soll.«

»Ein Junge aus dem Dorf Los Piños«, erklärte Rodrigo fast beiläufig.

»Wie seid ihr an ihn gekommen?«

»Wir haben ihn entführt, was denn sonst?«

»Er wird alles erzählen!« Esteban geriet noch mehr in Panik.

Josés Muskeln waren völlig verkrampft und er hätte alles darum gegeben, sich ein wenig bewegen zu können. Domingo schien ihn mit seinen wallenden weißen Gewändern und dem schwarzen Mantel zu ersticken und beißender Schweißgeruch stieg ihm in die Nase.

»Er ist tot, du Idiot!«, sagte Rodrigo verächtlich. »Es war sein Herzblut, das du getrunken hast. Frag Alvaro!«

»O ja«, berichtete Frater Matteo mit ernster Miene, als sie nach dem Abendgebet vor der Kapelle versammelt waren. Wie alle anderen Orden, so hielten sich auch die Dominikaner streng an die täglichen Gebetszeiten, es sei denn, dass sie von dringenden Pflichten daran gehindert wurden. »Ich habe Gerüchte gehört, dass das heilige Kind erst nach mehr als hundert Peitschenhieben gestorben ist.« Er beugte sich vertraulich vor. »Und es hat nicht geschrien … nicht ein einziges Mal!«

»Niemand würde hundert Hiebe überleben«, protestierte José. »Nicht einmal fünfzig. Wie alt war denn der Junge?«

»Ungefähr zehn.« Matteo ließ zwei Novizen vorbei. »Ein normaler Mensch würde das natürlich nicht überleben, aber er war eben kein gewöhnlicher Knabe, sondern ein heiliges Kind, ein Märtyrer. Habt ihr Alvaro Lopez bereits verhaftet?«

»Selbstverständlich«, versicherte Domingo. »Er leugnet alles, wie ja nicht anders zu erwarten war.«

»Was sagt er denn?« Matteos langes trauriges Gesicht drückte Bestürzung aus.

»Dass er von nichts weiß«, antwortete Domingo spöttisch und ging in Richtung Refektorium. »Natürlich lügt er, aber es ist verständlich, dass er nichts zugeben will. Ihm ist bewusst, dass er für dieses Verbrechen auf den Scheiterhaufen kommt. Was ist das nur für ein Mensch, der ein Kind entführt und tötet, um sein Herzblut zu trinken?«

»Ein Ketzer!« José versuchte mit Domingo Schritt zu halten. »Ein Mensch, der seine Seele dem Teufel verkauft hat.« Er bekreuzigte sich bei der Vorstellung, dass ein wehrloses Kind von maskierten Wahnsinnigen verschleppt, geschlagen und umgebracht wurde, die ihm anschließend auch noch das Herz aus der Brust schnitten. Nur Satanismus konnte jemanden zu einer solchen Tat anstiften! Normalerweise ärgerte José sich über Domingos Ansichten, weil der Mitbruder so überheblich, so dogmatisch und humorlos war. Zweifel, von denen andere Sterbliche gelegentlich heimgesucht wurden, schienen ihm völlig fremd zu sein. Heute empfand José das als tröstlich. Menschen wurden verrückt und Gräueltaten, die schlimmer als jeder Alptraum waren, kamen ans Tageslicht, aber Frater Domingo vermochte auch das nicht zu erschüttern. Erst jetzt begriff José, wie tröstlich ein solcher Fels in der Brandung sein konnte.

»Natürlich gibt es auch Wunder«, fuhr Frater Matteo heftig gestikulierend fort. »Catalina Hernandez sagt, sie hätte zu ihm gebetet und das hätte sie vor dem Verbluten gerettet.«

»Zu wem gebetet?«, fragte José, der nicht zugehört hatte.

»Natürlich zum Santo Niño, zum heiligen Kind! Das beweist, wie der Herr selbst aus der unvorstellbarsten Verderbtheit noch etwas Göttliches schafft.« Matteo bekreuzigte sich eifrig.

Alvaro Lopez leugnete hartnäckig, ein Kind entführt und ihm ein Leid zugefügt zu haben, daher wurde er der Folter unterzogen. Man führte ihn in einen Kellerraum, der eigens zu diesem Zweck mit den verschiedensten Instrumenten – Streckbänken, Flaschenzügen, Daumenschrauben und vielem mehr – ausgestattet war. Er wurde mit dem Kopf nach unten an ein Brett gefesselt, ein Lappen wurde ihm in den Mund gestopft und Wasser darauf gegossen, bis er zu ersticken drohte, doch er war störrisch wie ein Maulesel. Man band ihn los und half ihm auf die Beine, aber nur, um ihm die Hände auf dem Rücken zu fesseln und ihn in die Höhe zu ziehen, bis seine Schultern ausgekugelt waren, aber er gestand noch immer nicht.

Lopez war sehr groß und hatte die Statur eines Schmieds. Es war harte Arbeit, ihn zu foltern.

Schließlich wurde er in Schweiß gebadet herabgelassen und auf die Streckbank gelegt. Bevor sie zur Anwendung kam, wollte Domingo es aber noch einmal mit gutem Zureden versuchen. Vernunft war immer besser als Gewalt und es galt in erster Linie, den Mann zur Reue zu bewegen.

Die Fackeln flackerten an den Wänden und ließen Schatten tanzen. Hier unten war es unerträglich heiß, was wohl am Luftmangel lag.

»Warum lügst du immer noch?«, fragte Domingo ruhig und beugte sich über Alvaro. »Wir wissen, dass du beteiligt warst. Deine Komplizen haben schon gestanden und du machst es dir nur unnötig schwer, wenn du weiterhin leugnest.«

Alvaro hatte die Fackeln angestarrt, die ihr gelbes Licht an die Steinmauern warfen. Jetzt wandte er sich vor Schmerz ächzend Domingo zu. Er hatte ein breites Gesicht mit sinnlichen Lippen und kühnen Augen.

»Jemand hat Ihnen also gesagt, ich wäre dabei gewesen?« Seine Stimme war heiser, die Kehle von den Lumpen geschwollen.

»Ja«, bestätigte Domingo mit einem verhaltenen Lächeln.

»Wer?« Alvaro begann zu husten und zu würgen.

José holte Wasser in einer Blechtasse und gab dem Mann zu trinken. Das war eine notwendige Maßnahme, denn wie sollte er etwas gestehen, wenn er nicht sprechen konnte? Darauf hatte José den Mitbruder schon oft hingewiesen.

»Du weißt genau, dass ich dir das nicht sagen darf«, sagte Domingo indigniert. Niemals würde die Inquisition ihre Informanten verraten, sonst hätte sie bald keine mehr.

Um Gerechtigkeit walten zu lassen, durfte man den Angeklagten allerdings ein bisschen auf die Sprünge helfen und das tat José jetzt. »Hast du irgendwelche Feinde?«

Lopez lachte bellend. »Ein Dutzend!« Er konnte ein Stöhnen nicht unterdrücken, weil seine gepeinigten Muskeln bei der kleinsten Bewegung schmerzten. »Mit wem soll ich beginnen?«

»Mit dem, der dir am ehesten Schaden zufügen möchte«, antwortete Frater Domingo, als sei das ganz selbstverständlich.

»Wie wär's mit Julio Borges?«, erkundigte Alvaro sich neugierig. »Er schuldet mir Geld.«

»Das geht mich nichts an«, entgegnete Domingo unerbittlich. »Sonst noch jemand?«

»Rodrigo Sanchez«, meinte Alvaro grinsend. »Ich habe seine Frau nie angerührt, aber sie hat sich mir immer wieder angeboten und er weiß das.«

Er konnte Domingos Miene ansehen, dass er diesmal ins Schwarze getroffen hatte. »Also der ist es!«, murmelte er triumphierend. »Dieses fette Schwein Sanchez! Er verleumdet mich wegen Manuela! Ihn sollten Sie an den Armen hochziehen! So ein Schwein!«

Manuela Sanchez wurde vorgeladen und verhört, nicht in der Folterkammer, sondern in einem schlichten Zimmer mit Tisch und Stühlen. Sie gab zu, dass ihr Mann Alvaro Lopez hasse, allerdings aus gutem Grund. Alvaro begehre sie leidenschaftlich, so ihre Darstellung, und habe Rodrigos Abwesenheit ausgenutzt, um ihr immer wieder Avancen zu machen.

»Hat Ihr Mann davon gewusst?«, fragte Domingo mit missbilligend hochgezogenen Brauen.

»O nein«, leugnete sie hastig. Sie war eine hübsche dralle Frau mit glänzenden Haaren. Man konnte sich leicht vorstellen, dass zwei Männer ihretwegen raufen und lügen oder auch Verleumdungen äußern würden.

»Nein? Warum nicht?« Domingo legte den Kopf ein wenig zur Seite. Im Vernehmungsraum war es sehr heiß. Abgesehen von einem großen Holzkruzifix und den Fackelhaltern waren die Wände kahl. Draußen brannte die Sonne gnadenlos vom Himmel und man bekam kaum Luft. »Sie haben es ihm doch sicher erzählt, damit er Sie vor den Angriffen auf Ihre Tugend beschützen konnte, oder?«

José verdrehte die Augen zur Decke und konnte nur mit Mühe ein Lachen unterdrücken. Manchmal schien Frater Domingo völlig weltfremd zu sein, so als wäre er schon als Mönch geboren worden. Man musste nicht besonders klug sein, um zu erraten, wen eine lebenslustige Frau vorziehen würde – den muskulösen Alvaro oder den verbitterten Rodrigo, der hinterlistig und übellaunig war.

Manuela hielt Domingos bohrendem Blick stand, ohne mit der Wimper zu zucken. »Ich hatte Angst, sie würden miteinander kämpfen und Rodrigo würde dabei den Kürzeren ziehen«, gab sie geziert von sich. »Er ist nicht annähernd so groß und stark wie Alvaro.« Ihre leuchtenden Augen straften die gefalteten Hände Lügen. »Er hätte ihn nur mit einem Messer bezwingen können und ich wollte keinen Mord auf sein Gewissen laden, Pater.«

Domingo war außer Gefecht gesetzt. Er nickte verständnisvoll und ließ sie gehen, nachdem er sie noch über die Gefahren der Unkeuschheit belehrt hatte. Doch seine Hauptaufgabe bestand darin, Häresien zu verfolgen, nicht Wollust oder Ehebruch.

»Alvaro hat gelogen«, teilte er José mit, als sie wieder unter sich waren.

»Rodrigo aber auch!«

»Nein«, widersprach Domingo verärgert. Er liebte es nicht, bei irgendeinem Fehler ertappt zu werden, mochte dieser auch noch so geringfügig sein. »Er erwähnte nichts von seiner näheren Bekanntschaft mit Alvaro, weil wir ihn nicht danach gefragt haben.« Daran erinnerte er sich voller Genugtuung.

»Doch, ich habe es getan«, bemerkte José mit noch größerer Genugtuung.

Domingo starrte ihn eisig an. »Was?«

»Ich habe es getan«, wiederholte José, fragte sich allerdings schon, ob es klug gewesen war, das zuzugeben, und schluckte hart. »Um ganz rechtmäßig vorzugehen«, fügte er hinzu, was auch – mehr oder weniger – stimmte.

»Und er sagte nichts von seiner Ehefrau und Alvaro?« Domingo presste seine Lippen zusammen. »Natürlich nicht! Er wusste ja nichts von der Sache, das hat seine Frau bestätigt.«

»Würdest du nicht Verdacht schöpfen, wenn sie deine Frau wäre – bei einem Mann wie Alvaro?«, fragte José.

»Nein, nicht wenn ich ein vertrauensvoller Ehemann mit einem reinen Herzen wäre!« Domingo reckte sein Kinn.

»Das glaube ich dir sogar aufs Wort!« Insgeheim dachte José, dass nur ein blinder Vollidiot nichts merken würde.

»Ich verstehe nicht, was du damit meinst«, erwiderte Domingo scharf, dem die leichte Ironie nicht entgangen war.

»Das ist auch nicht weiter wichtig«, winkte José ab. »Was machen wir jetzt mit den Angeklagten?«

»Wir sperren sie bis zum Prozess und dem anschließenden Autodafé ein, was denn sonst? Sie sind alle schuldig, sei es als Täter oder als Mitwisser. Alvaro hat den Jungen entführt und umgebracht. Rodrigo und Esteban wussten davon und sind deshalb Komplizen. Sie waren mit der Schandtat einverstanden.«

»Esteban wusste nichts davon«, protestierte José.

»Jetzt weiß er es … und er hat uns nichts davon erzählt.« Domingo stand auf. »Das bedeutet, dass er seine Komplizen deckte. Aber du bringst mich da auf eine Idee, Frater José, auf eine gute Idee … wenn er gesteht, kann er seine Seele retten und dem Feuertod entgehen.

Ein reuiger Sünder ist allemal besser als ein Sünder, der mit seiner Schuld beladen in den Tod geht.«

»Aber Alvaro behauptet, unschuldig zu sein, und wir konnten bisher nicht das Gegenteil beweisen«, beharrte José, während er ebenfalls aufstand.

Domingo starrte ihn zornig an. »Warum verteidigst du den Mann, Frater José? Er hat die Ehefrau eines anderen belästigt und dann versucht, ihr die Schuld daran zuzuschieben. Rodrigo wusste nichts von der Sache, also ist er ein glaubwürdiger Zeuge. Alvaro ist schuldig! So, jetzt habe ich einiges in der Stadt zu erledigen. Anschließend werde ich nach Los Piños reiten, in das Dorf, wo die Schandtat geschah, und den braven Leuten dort mitteilen, dass wir die Ketzer, die ihr Kind töteten, gefunden haben und der gerechten Strafe zuführen werden.« Er ging zur Tür. »Vielleicht wird es sie ein wenig trösten zu wissen, dass Gott obsiegt und dass die heilige Inquisition Seiner Gerechtigkeit dient, zum Seelenheil der Menschen.« Er bekreuzigte sich. »Und du musst jetzt bestimmt ebenfalls deinen Pflichten nachkommen. An die Arbeit!«

Domingos Geschäfte nahmen mehr Zeit in Anspruch, als er erwartet hatte. Erst nach fünf Stunden kam er zurück und konnte nicht fassen, was inzwischen passiert war. Frater Matteo teilte ihm allen Ernstes mit, dass Alvaro Lopez freigelassen worden war.

Diese Neuigkeit verschlug Domingo einen Moment lang völlig die Sprache.

»Was?«, brüllte er dann so laut, dass ein älterer Mönch, der einen schweren Korb mit Broten schleppte, erschrocken zusammenzuckte. »Freigelassen? Nehmt ihn sofort wieder fest! Wer hat das veranlasst? Der Kerl wird von mir für einen Monat auf Wasser und Brot gesetzt!«

»Es war Frater José.« Matteo trat nervös von einem

Bein aufs andere. »Er meinte, es gebe keinerlei Beweise für die Schuld des Angeklagten. Die Aussage von Rodrigo Sanchez sei unglaubwürdig, weil es zwischen ihm und Alvaro Lopez immer Querelen gegeben habe.«

»Unglaubwürdig? Der wird von mir was zu hören bekommen! Unglaubwürdig!« Domingo hörte selbst, dass seine Stimme sich vor Zorn überschlug. Wie konnte jemand nur so vertrauensselig sein? »Er ist nicht nur ein Narr ... er ist ein arroganter, ungehorsamer Narr! Nehmt ihn fest!«

»Wir wissen nicht, wo er ist, Pater Inquisitor«, entschuldigte Matteo sich zerknirscht und rang seine knochigen Hände. »Er ist gleich nach seiner Freilassung geflüchtet.«

»Doch nicht Alvaro, du Dummkopf – José! Sperrt ihn ein! Ich werde ihn mir vorknöpfen, wenn ich zurück bin.«

»Zurück?«

»Ich werde mich jetzt an den Ort dieses schrecklichen Geschehens begeben, um der Familie des Santo Niño Trost zu spenden. Wenn ich nicht sofort aufbreche, werde ich vor Einbruch der Dunkelheit nicht zurück sein. Es ist schon fast Mittag.«

»O ja ...« Matteo bekreuzigte sich. »Gesegnet sei sein Name! Maria Benedetta sagt, sie sei vom Hexenschuss geheilt worden, weil sie eine Kerze für das heilige Kind aufgestellt habe.«

»Gut. Geh jetzt. Bring José in eine Zelle und gib ihm nur etwas Wasser, bis ich zurückkomme.«

»Ja, Pater Inquisitor.«

Domingo ließ sein Maultier satteln – Pferde waren bei den Dominikanern wie bei vielen anderen Ordensgemeinschaften verpönt – und machte sich auf den Weg. Es war sehr heiß und sein härenes Hemd kratzte noch mehr als sonst. Es wäre eine Schwäche oder sogar eine Sünde, von Seide zu träumen, aber Baumwolle wäre vielleicht gerade noch entschuldbar … Es war wirklich unerträglich schwül und die Straße, die sich durch Felder und Olivenhaine schlängelte, war uneben und staubig. Natürlich war die Eitelkeit und Prunksucht der Bischöfe verwerflich, aber manchmal wäre es ganz angenehm, auf einem Pferd zu reiten. Maultiere ließen es einen nämlich bei jedem Schritt spüren, dass sie nur höchst ungern jemanden auf dem Rücken hatten.

In der glühenden Hitze schien es eine Ewigkeit zu dauern, bis er Los Piños erreichte, wo die Wunder geschehen waren. Nur der Gedanke, die Eltern eines solch erhabenen Kindes kennen zu lernen, gab Domingo die Kraft durchzuhalten. Wenigstens konnte er ihnen mitteilen, dass die Heilige Inquisition die Schuldigen gefunden hatte und gebührend bestrafen würde. Wenn sie wollten, konnten sie zu der Ketzerverbrennung kommen und sich mit eigenen Augen davon überzeugen, dass der Frevel nicht ungesühnt blieb.

Als er endlich am Dorfplatz ankam, fragte er zwei Frauen, die am Brunnen standen, nach dem Kind und dessen Eltern.

Mit ehrfürchtiger Scheu schöpften sie ihm Wasser. Schließlich war er ein heiliger Vater der Inquisition, der nicht nur im Diesseits über Leben und Tod verfügte, sondern auch im Jenseits über Himmel oder Hölle entschied. Er konnte eine Seele in die Verdammnis schicken. Früher hatte ihn diese Ehrfurcht der Menschen geradezu berauscht, doch jetzt bereitete sie ihm Unbehagen und rief sogar Schuldgefühle hervor.

»Das Santo Niño«, wiederholte er, nachdem er sich für das Wasser bedankt hatte.

Sie bekreuzigten sich und priesen seinen Namen.

»Wo finde ich seine Eltern?«, fragte er geduldig. »Ich muss mit dem Vater und der Mutter des Jungen sprechen und ihnen sagen, dass wir die Entführer gefasst haben. Wo wohnen sie?«

Inzwischen hatten sich weitere Frauen, aber auch alte Männer und Kinder um den Brunnen geschart.

Alle schauten verwundert drein. »Das wissen wir nicht, Pater Inquisitor.«

»Aber dieses Dorf ist doch Los Piños! Ihr müsst die Familie kennen!«, beharrte Domingo.

»Nein, heiliger Vater!«

»Nun, wie viele Knaben werden hier denn vermisst?«

»Kein einziger … Hier werden keine Kinder vermisst.«

Er verlor allmählich die Geduld. »Ein Junge muss spurlos verschwunden sein. Denkt bitte nach. Ihr braucht keine Angst zu haben. Ich bin hergekommen, um sein Haus zu segnen und seiner Familie Trost zu spenden. Also, wo wohnen diese Leute?«

Niemand konnte ihm Auskunft geben. Er suchte das ganze Dorf ab und auch das nächste und übernächste, bis er so schwitzte, dass seine Haut unter dem härenen Hemd wund gescheuert war und sein Kopf wie ein Amboss dröhnte. Nirgends wurde ein Kind vermisst. Alle Jungen – und auch alle Mädchen – im Alter zwischen vier und achtzehn Jahren waren wohlbehalten zu Hause. Gewiss, einige Juden, die zum christlichen Glauben übergetreten waren, hatten sich bei einem Fest betrunken und gotteslästerliche Sprüche gemacht, die sie in nüchternem Zustand aber wieder bereuten. Das war auch schon alles. Vielleicht war eine geweihte Hostie gestohlen worden, vielleicht auch nicht. Niemand wusste etwas Genaues. Fest stand aber, dass es kein Santo Niño gab. Es gab nur Hass, Angst und Aberglauben, die erschreckende Ausmaße angenommen hatten.

Bei Sonnenuntergang boten die Dorfbewohner Domingo ihre Gastfreundschaft an, aber er lehnte dankend ab. Trotz seines Hungers und Durstes, trotz seines schmerzenden Körpers und dröhnenden Kopfes musste er zurückreiten. Es galt, ein Unrecht zu verhindern, bevor es zu spät war, bevor die Flammen des Scheiterhaufens unschuldige Leben vernichteten. Außerdem musste er mit Frater José sprechen und ihn freilassen, natürlich nach einer strengen Verwarnung, denn sein Verhalten war äußerst verantwortungslos gewesen.

Nur gut, dass das Maultier für den weiten Rückweg viel zu erschöpft war! Domingo würde sich ein Pferd leihen müssen. Morgen sollte José es zurückbringen und das Maultier abholen. Dieser Heimritt auf dem störrischen Vieh würde eine gerechte Buße für ihn sein!

Aber vielleicht hatte sein Mitbruder eine Buße viel weniger verdient als er selbst … vielleicht sollte er sein eigenes Urteilsvermögen in Ruhe überdenken …

Das körperliche Unbehagen, bei praller Sonne von einem Maultier durchgeschüttelt zu werden, würde immer noch leichter zu ertragen sein als die seelischen Qualen, die sein Gewissen belasteten. Nur die Gnade Gottes hatte ihn vor einem schrecklichen Irrtum bewahrt, nicht seine Menschenkenntnis oder seine Nächstenliebe.

Das durfte nie wieder vorkommen.

Die Flucht

Die Rettung aus dem Gefängnis *La Force* war sehr sorgfältig geplant. Sebastien hatte sich persönlich um jede
Einzelheit gekümmert und niemand hatte etwas erfahren, das er nicht unbedingt wissen musste. Gegen acht
Uhr abends waren alle zur Stelle.

Jacques´ Aufgabe bestand lediglich darin, die Kutsche
zu lenken, die sie zum Gefängnis bringen sollte, wo der
Mann, den sie befreien wollten, auf seinen Prozess vor
dem Sicherheitsausschuss wartete. Es bestand kein
Zweifel daran, dass man ihn zur Hinrichtung durch die
Guillotine verurteilen würde.

Der junge Aristokrat namens Maximilien de Fleury
saß nur deshalb ein, weil der gesamte Besitz seines Vaters konfisziert worden war. Damit dieses ansehnliche
Vermögen in den Händen – und Taschen – der Revolu-
tionäre bleiben konnte, musste auch Maximilien liqui-
diert werden. Außer Reichtum und Müßiggang war ihm
eigentlich nichts vorzuwerfen, doch diese ›Verbrechen‹
rechtfertigten im Paris des Jahres 1792 durchaus das Todesurteil.

Durch Bestechung hatte seine Familie die Erlaubnis erhalten, ihn ein letztes Mal zu besuchen, und ein teil-
nahmsvoller Wärter hatte für ein paar Sous versprochen,
anderwärts beschäftigt zu sein, damit sie allein Abschied
nehmen konnten. In dieser Zeit würden einige eilige
Maßnahmen getroffen werden und mit Hilfe der Passierscheine, die Philippe hervorragend gefälscht hatte, würden kurz nach der Wachablösung vier Leute das Gefängnis verlassen, obwohl nur drei gekommen waren.

Nicolette verstand es ausgezeichnet, Menschen abzulenken, und sie konnte sich blitzschnell auf die jeweilige

Situation einstellen, je nachdem, mit wem sie es zu tun hatte. Obwohl sie keine klassische Schönheit war, übte sie auf die meisten Männer einen unwiderstehlichen Reiz aus. Ihre Bewegungen waren anmutig und selbstbewusst und man spürte ihre Vitalität, Phantasie, Intelligenz und Tapferkeit. Wenn es angebracht war, wechselte sie aber wie ein Chamäleon die Farbe und wirkte schüchtern, sanft und zurückhaltend oder auch verängstigt und hilfsbedürftig. Sie hatte sogar Wächter erweicht, die Sebastien keiner menschlichen Regung für fähig gehalten hätte, und ihr reichhaltiges Repertoire verblüffte ihn stets aufs Neue, auch wenn er mittlerweile die Frau hinter der Fassade recht gut kannte. Nicolette hatte sich der kleinen Gruppe gleich zu Beginn angeschlossen, damals vor zwei Jahren, als der Versuch unternommen werden sollte, einen Freund aus einem der zahlreichen Pariser Gefängnisse zu befreien, bevor das Todesurteil gefällt wurde. Anfangs waren sie zu viert – Sebastien, Nicolette, Etienne und Philippe –, später kam noch Jacques hinzu.

Jene erste Rettung war gelungen, ebenso eine zweite und dritte. Auch 1791 hatten sie mehrere Menschen den Klauen des Revolutionskomitees entreißen können, mussten allerdings aber auch drei Misserfolge hinnehmen. Trotzdem machten sie weiter und in diesem Jahr – 1792 – hatten sie bisher immer Glück gehabt.

Jetzt stand Nicolette mit niedergeschlagenen Augen dicht neben Sebastien, während er den Wachposten die Papiere zeigte, die sie als Schwester und Schwager des Bürgers Fleury auswiesen, denen ebenso wie dem Bruder – dargestellt von Etienne – erlaubt worden war, ihn noch einmal zu sehen. Sie waren wie immer leicht verkleidet, um nicht wiedererkannt zu werden: gepuderte Haare, ein falscher Bart oder Schnurrbart, etwas Schminke, irgendein auffälliges Gebrechen wirkten Wunder, ebenso wie die jeweilige Kostümierung.

Sie wurden eingelassen und gingen langsam durch die kalten Korridore, die von Fackeln schwach beleuchtet wurden, auf die Zellen zu. Ihre Schritte hallten auf dem Steinboden wider. Jenseits der flackernden Flammen schien die Dunkelheit von Raunen, Seufzen und Stöhnen erfüllt zu sein, so als hätten Tausende von Eingekerkerten hier all ihre Qualen zurückgelassen, bevor sie zitternd zur Hinrichtung weggebracht wurden. Nicolette rückte unwillkürlich näher an Sebastien heran, der einen Arm um ihre Schultern legte.

Die Sekunden dehnten sich zu Stunden, während der Wärter die Ausweise und Passierscheine studierte, doch endlich rasselte er mit seinem schweren Schlüsselbund, schloss eine Zelle auf und öffnete die Tür.

Sebastien konnte einen Schauder nicht ganz unterdrücken, als er eintrat. De Fleury drehte sich um und sein leichenblasses Gesicht verriet, dass er mit dem Schlimmsten rechnete: nächtlicher Scheinprozess und Exekution im Morgengrauen. Das war durchaus üblich.

»Maximilien!« Nicolette rannte auf ihn zu und schlang ihre Arme um seinen Hals. Sebastien wusste, dass sie ihm jetzt ins Ohr flüstern würde, sie seien gekommen, um ihn zu retten; er müsse genau ihren Anweisungen folgen und dürfe sich keine Überraschung anmerken lassen.

Sebastiens Stiefel wirbelten schmutziges Stroh auf dem eisigen Boden auf, als er die Zelle durchquerte und dem Gefangenen kräftig die Hand schüttelte, wobei er ihm mit den Augen eine eindringliche Warnung zukommen ließ.

Der Wärter warf die Tür zu. Sebastien hielt mit rasendem Herzklopfen den Atem an, bis die Schritte des Mannes sich auf dem Korridor entfernten, ohne dass er abgeschlossen hatte.

Während Etienne in Türnähe Wache hielt und dabei nervös von einem Bein aufs andere trat, zog Sebastien seinen weiten Umhang aus und hielt ihn de Fleury hin. »Beeilen Sie sich!«, befahl er.

»Man wird mich nie passieren lassen!«, wandte Maximilien ein, doch wider alle Vernunft glomm Hoffnung in seinen Augen auf. »Sie sind zu dritt gekommen und man wird natürlich nur drei Personen herauslassen. Sie irren sich gewaltig, wenn Sie glauben, dass Sie freikommen, sobald sich herausstellt, dass der falsche Mann in dieser Zelle sitzt. Man wird Sie an meiner Stelle liquidieren, weil Sie mir zur Flucht verholfen haben, ist Ihnen das nicht klar?« Ein angeborenes Ehrgefühl hinderte ihn daran, ein solches Opfer anzunehmen, obwohl seine Hand nach dem Umhang greifen wollte.

»Wir haben für den Rückweg Passierscheine für vier Personen«, erklärte Sebastien. »Der Wärter ist bestochen worden, damit er uns nicht in die Quere kommt, und die Wachposten, die uns eingelassen haben, sind inzwischen abgelöst worden. Schnell!«

De Fleurys Gesicht spiegelte Ungläubigkeit, Verwunderung und Erleichterung in rascher Folge wider. Er zögerte nicht länger, warf sich den Umhang über die Schultern und eilte zur Tür.

»Nicht so hastig«, zischte Etienne.

De Fleury blieb stehen und drehte sich fragend nach Sebastien um.

»Angeblich haben Sie soeben von einem Familienangehörigen Abschied genommen«, erklärte Sebastien. »Danach rennt man normalerweise nicht wild durch die Gegend.«

»Ach ja … natürlich!« Maximilien zwang sich zur Ruhe, straffte die Schultern, verließ langsam die Zelle und behielt auch auf dem Korridor einen dem traurigen Anlass angemessenen schleppenden Gang bei. Einmal warf er sogar einen Blick zurück, als könnte er sich kaum von dem Verwandten trennen.

Etienne und Nicolette blieben dicht hinter ihm. Sebastien schloss die Zellentür und nahm die neuen Passierscheine für vier Personen zur Hand.

Wenige Meter vom Ausgang entfernt, wo Wachposten ihnen den Weg versperrten, hängte Nicolette sich bei Maximilien ein, als könnte sie sich vor Gram kaum noch auf den Beinen halten. In Wirklichkeit wollte sie dem Flüchtling Mut machen und ihn bei den entscheidenden Schritten in die Freiheit stützen.

Einer der Wachposten richtete seine Muskete auf die kleine Gruppe.

Alle blieben stehen.

»Hier!« Sebastiens Herz klopfte zum Zerspringen, als er vortrat und die gefälschten Papiere vorzeigte. Diese Wachposten hatten ihren Dienst erst vor wenigen Minuten angetreten, beruhigte er sich, folglich konnten sie nicht wissen, dass nur drei Leute das Gefängnis betreten hatten.

Der zweite Posten las die Namen auf der Besuchserlaubnis und schaute sich die verstörten Gesichter so genau an, wie das flackernde Licht es erlaubte: drei Männer, eine Frau.

In der beklemmenden Stille war nur das Zischen der Fackeln zu hören. »In Ordnung«, schnaubte der Posten endlich. »Raus mit euch!« Er deutete auf das große Tor.

Mit weichen Knien traten sie ins Freie, Nicolette noch immer dicht an Maximiliens Seite. Es hatte angefangen zu regnen. Auf der breiten Straße beschleunigten Etienne und Sebastien ihre Schritte, um das Paar einzuholen. Etienne wollte sich gerade bei Nicolette einhängen, als hinter ihnen ein Schuss in die Luft abgegeben wurde.

Sie erstarrten zu Salzsäulen.

Einer der Wachposten kam aus dem Tor gerannt, seine Muskete in den Händen.

Sebastien wirbelte auf dem Kopfsteinpflaster herum und wollte fragen, was los sei, als er hinter dem Wachposten den Wärter sah. Schlagartig begriff er die hässliche Wahrheit.

»Bürger Fleury!«, rief der Posten atemlos und starrte die Männer abwechselnd an.

Bevor Maximilien eine Bewegung machen konnte, legte Etienne ihm eine Hand auf den Arm und trat selbst vor. »Was gibt's denn? Ist etwas nicht in Ordnung?«

Auf der dunklen Straße konnte der Wachposten das Gesicht des Mannes nicht erkennen, aber der Wärter näherte sich mit einer Fackel in der Hand.

Sebastien hielt verzweifelt Ausschau nach der Kutsche. Würde Jacques trotz des Schusses kaltblütig genug sein, um sie abzuholen? Wenn nicht, waren sie verloren.

»Ist es nicht schlimm genug, dass wir unseren Bruder verlieren?«, fragte Etienne mit zitternder Stimme. »Müssen Sie uns auch noch belästigen?«

Sebastien hörte das Rumpeln von Rädern auf dem Kopfsteinpflaster und sah Jacques' hellen Haarschopf auf dem Kutschbock. Über die Schulter hinweg warf er Nicolette einen Blick zu, die sofort zu schwanken begann, als würde sie in Ohnmacht fallen. Mit einem Satz war er bei ihr und griff ihr unter die Arme. Etienne riss die Tür der Kutsche auf und stieß de Fleury hinein, der auf dem Boden landete. Nicolette warf sich über ihn und Sebastien schlug dem Wachposten das Gewehr aus der Hand, bevor er sich auf den Fußtritt schwang und am Türgriff festklammerte.

Die Pferde galoppierten los, verfolgt von wilden Flüchen und Schüssen, die ins Holz einschlugen. Etienne war in allerletzter Sekunde auf den anderen Fußtritt gesprungen, aber natürlich war er genauso gefährdet wie Sebastien selbst.

Die Gefängniswärter würden natürlich die Nationalgarde alarmieren, doch bis dahin würde de Fleury längst auf der Straße nach Calais unterwegs sein und sie selbst würden in den vertrauten Straßen und Gassen des

Cordeliers-Distrikts untertauchen – wenn es ihnen gelang, ihre Verfolger innerhalb der nächsten Stunde abzuhängen.

Der Regen wurde immer stärker und peitschte Sebastien ins Gesicht. Auf den dunklen Straßen war es neblig und die Pferdehufe rutschten auf dem nassen Kopfsteinpflaster aus. Die Kutsche schlitterte über die Rue Saint Antoine, in Richtung der Place de la Bastille, und noch immer waren hinter ihnen Schüsse zu hören.

Klammerte Etienne sich auf dem anderen Fußtritt genauso krampfhaft fest wie er selbst oder hatte er den Halt verloren und lag irgendwo auf der Straße, verletzt oder tot? War er vielleicht von einer Kugel getroffen worden?

Ein Glück, dass Jacques auch bei Dunkelheit gut sehen konnte! Sebastien war halb nachtblind, aber er roch das Wasser und wusste, dass sie dicht an der Seine sein mussten, wahrscheinlich auf dem Quai de l´Hotel de Ville. Nach wie vor wurden sie verfolgt und beschossen. Wenn sie nicht bald das Gassenlabyrinth in ihrem Stadtviertel erreichten, liefen sie Gefahr, doch noch geschnappt zu werden!

Die Kutsche schwenkte nach links auf den Pont d´Arcole ein. Auf der Ile de la Cité kam die riesige Silhouette von Notre Dame in Sicht. Sie rumpelten über einen offenen Platz und wieder krachten Schüsse. Die meisten Kugeln schrammten nur über das Pflaster, doch einige durchschlugen die Holzwände der Kutsche. Bei dem strömenden Regen fiel es Sebastien immer schwerer, sich festzuhalten. Die Haut an seinen Händen war aufgeschürft und seine Füße rutschten auf dem nassen Brett hin und her, während Jacques das Gefährt in mörderischem Tempo über den Petit Pont und den Quai Saint Michel lenkte, auf das Straßengewirr hinter der Kirche St. Severin zu.

Als sie endlich auf dem Stallhof anhielten, der von Fackeln erhellt wurde, waren Sebastiens Muskeln so verkrampft, dass er die Finger kaum von den Haltegriffen lösen konnte. Er fühlte sich wie zerschlagen und seine steifen Beine wollten ihn nicht tragen.

Die Pferde zitterten vor Erschöpfung und waren in Schweiß gebadet.

Philippe kam leichenblass aus dem Haus gerannt. »Was ist passiert? Du siehst grauenhaft aus!« Er warf einen Blick auf die Kutsche und erschrak noch mehr. »Allmächtiger, all diese Splitter im Holz! Waren das Kugeln?« Er riss die Tür auf und Nicolette fiel fast heraus. Ihr Gesicht war aschfahl.

Jacques kletterte vom Kutschbock und trat zu ihnen. Er war völlig durchnässt, hatte seinen Hut verloren und schien genauso erschöpft wie die Pferde zu sein. Seine Augen schweiften gehetzt zu Sebastien, der zuerst die Frage aussprach, die sie alle am meisten bewegte. »Wo ist Etienne? Und wie geht es de Fleury? Ist er wohlbehalten?«

Nicolette starrte ihn an und schüttelte unmerklich den Kopf. »De Fleury ist tot«, murmelte sie mit müder Stimme. »Eine der Gewehrkugeln muss ihn getroffen haben. Ich weiß nicht einmal, wann es passiert ist. Im Dunkeln konnte ich nichts sehen und er hat nicht aufgeschrien. Ich habe kein einziges Wort von ihm gehört. Vielleicht … vielleicht wurde er gleich in den ersten Minuten erschossen … aber es könnte auch später gewesen sein …«

Stiefel quietschten auf der nassen Straße. Etienne kam von hinten um die Kutsche herum, bleich und mit Blut am Ärmel, aber ansonsten offenbar unversehrt.

Sebastien atmete erleichtert auf, wurde aber gleich darauf von Schuldgefühlen geplagt. Sie hatten Maximilien de Fleury die Freiheit versprochen und jetzt war er tot!

Er nahm Philippe die Fackel ab und leuchtete in die Kutsche hinein.

De Fleury lag halb auf dem Sitz. Der weite Umhang, den Sebastien ihm im Gefängnis gegeben hatte, war zerknittert und seine Beine waren leicht verdreht, so als wäre er heftig zur Seite geschleudert worden, als die Kutsche durch die Dunkelheit raste, während Schüsse ins Holz einschlugen, an den Ohren der Pferde vorbeipfiffen oder von Mauern abprallten.

Sebastien hielt die Fackel höher und schob den Umhang zur Seite, um das Gesicht sehen zu können. Es gab keinen Zweifel daran, dass de Fleury tot war. Die weit aufgerissenen Augen waren glasig, die starren Züge spiegelten Überraschung wider. Trotz der Schreckenszeit im Gefängnis, der gefährlichen Flucht und wilden Schießerei hatte er offenbar nicht damit gerechnet, so jäh zu sterben.

Nicolette stand dicht hinter Sebastien und er gab ihr die Fackel. Ihre Hände zitterten so stark, dass die Flamme tanzte. »Was machen wir jetzt mit ihm?«, murmelte sie.

Darüber hatte er noch nicht nachgedacht. Bei ihren bisherigen Misserfolgen waren sie entweder gar nicht erst zu den Gefangenen vorgedrungen oder aber die Befreiung war in letzter Minute vereitelt worden. Schon einmal hatten sie überstürzt flüchten müssen, doch damals war der Gefangene zurückgeblieben und natürlich auf dem Schafott gelandet. Nicolettes Frage war sehr berechtigt, denn eine pietätvolle Bestattung war heutzutage kaum möglich. Seit einem entsprechenden Erlass waren alle Kirchen geschlossen und Priester mussten sich verstecken. Wer einen Geistlichen beherbergte, riskierte die Guillotine, ganz zu schweigen von jenen, die sich immer noch zur Religion bekannten.

»Ich werde ihn aus der Stadt schmuggeln, wie ursprünglich geplant, und irgendwo an der Straße nach Calais beerdigen.« Etienne schnitt eine Grimasse. »Immer noch besser als ein Massengrab, in dem die Opfer der Guillotine verscharrt werden. Und eine ruhige Kutschenfahrt in Richtung Calais ist allemal besser als der Schandkarren, auf dem die zum Tode Verurteilten vom Pöbel beschimpft und mit Dreck beworfen werden.«

»Ja«, stimmte Sebastien zu. »Danke …« Er beugte sich vor und wollte das Gesicht des Toten mit einem Zipfel des Umhangs verhüllen. Obwohl seit dem Sturm auf die Bastille vor fast drei Jahren Tausende ihr Leben verloren hatten, waren solche kleinen Gesten des Anstands noch nicht ganz aus der Mode gekommen – und vielleicht waren sie jetzt wichtiger denn je.

Etienne hatte seine Bewegung offenbar falsch gedeutet. »Lass ihn, wo er ist«, rief er rasch. »Ich schaffe ihn noch vor Tagesanbruch weg – im Dunkeln ist es sicherer und ich setz ihn so hin, dass es aussieht, als würde er schlafen.«

»Gut … vielen Dank …« Sebastien betrachtete immer noch das Gesicht des Toten. Er fühlte sich schuldig und es war nur ein schwacher Trost, dass dem Mann eine öffentliche Hinrichtung erspart worden war. Sie hatten ihn nicht gerettet, sie hatten versagt … Wie hatte das geschehen können? Kein Außenseiter war in ihre Pläne eingeweiht gewesen und die Einzelheiten waren erst in der vergangenen Nacht besprochen worden. Warum war der bestochene Wärter vorzeitig wieder aufgetaucht und hatte Alarm geschlagen?

»Es tut mir leid«, flüsterte er de Fleury zu und verspürte das Bedürfnis, den Toten wenigstens etwas bequemer sitzen zu lassen. Das war natürlich absurd, aber er rückte ihn trotzdem zurecht, bis die Haltung halbwegs würdig war.

Erst jetzt sah er das Loch in der Rückenlehne. Welche Ironie des Schicksals, dass die einzige Kugel, die nicht im Holz oder im Polster stecken geblieben war, de Fleury mitten ins Herz getroffen hatte! Auf dem Sitz waren dunkle Blutflecken. Sebastien schob einen Finger in das runde Loch und erstarrte im nächsten Augenblick. Er hatte die Kugel berührt! Aber das war doch unmöglich …

Als der Sturm wirrer Gedanken in seinem Verstand abebbte, blieb nur eine einzige logische Schlussfolgerung übrig: de Fleury war von vorne erschossen worden, von jemandem in der Kutsche! Nur Nicolette oder Etienne kamen in Frage, allenfalls noch Jacques, falls er die Zügel vorübergehend irgendwo festgebunden und sich vom Bock geschwungen hatte, ohne dass Nicolette es im Dunkeln bemerkte.

Aber warum? Weshalb sollte einer dieser drei Menschen, für die er seine Hand ins Feuer gelegt hätte, Maximilien de Fleury ermorden?

Nicolette stand immer noch neben ihm und hielt die Fackel. Sebastien trat einen Schritt zurück und schlug die Tür der Kutsche zu. Ihm fehlten die Worte. Nur eines interessierte ihn: wer – und warum?

Im Grunde wollte er es gar nicht wissen, denn seine Freundschaften bedeuteten ihm sehr viel. Aber er musste es herausfinden, denn mit einem Verräter in den eigenen Reihen konnten sie natürlich keinen weiteren Rettungsversuch mehr riskieren. Ein Verräter – das erklärte die Rückkehr des Wärters, die Schüsse, alles andere.

Es regnete unaufhörlich. Alle standen herum und beobachteten ihn. Nicolettes Haare hingen strähnig in die Stirn und ihr Kleid klebte am Körper. Etienne hatte seinen blutenden Arm vor der Brust angewinkelt, Jacques sah verängstigt und verwirrt aus und Philippe wurde langsam gereizt, wie immer. Das war verständlich, denn er hatte hier ausgeharrt, ohne zu wissen, was geschehen war.

Sebastien rang sich ein Lächeln ab. »Gehen wir ins Haus und trinken etwas Heißes. Ich friere erbärmlich und euch geht es bestimmt genauso.«

Die allgemeine Erleichterung war deutlich zu spüren

und sie folgten ihm bereitwillig ins Licht und in die Wärme.

Später schlief Sebastien erschöpft ein, doch als er am nächsten Morgen mit heftigen Kopfschmerzen aufwachte, fiel ihm alles sofort wieder ein. Einer von ihnen hatte Maximilien de Fleury kaltblütig umgebracht! Nachdem die Rettung trotz des Doppelspiels des Wärters gelungen war, hatte jemand den jungen Adligen in der Kutsche erschossen!

Aber wer und wie? Keiner von ihnen hatte eine Waffe ins Gefängnis mitgenommen, denn das wäre glatter Selbstmord gewesen. Die Pistole musste in der Kutsche versteckt gewesen sein, für den Fall, dass die Wachposten die Flucht nicht vereiteln würden. Das hätte Jacques am leichtesten bewerkstelligen können, denn es war seine Aufgabe gewesen, die Kutsche zu besorgen. Andererseits wäre es für ihn sehr schwierig gewesen, die Tat auszuführen, denn wenn er auf einer geraden Strecke den Kutschbock verlassen hätte, wäre das Nicolette höchstwahrscheinlich trotz der Dunkelheit aufgefallen.

Nicolette hätte den Mord mühelos verüben können, weil sie mit de Fleury allein in der Kutsche gewesen war. Aber wann hatte sie die Pistole versteckt? Sebastien zermarterte sich den Kopf beim Frühstück, das aus heißer Schokolade und zwei ziemlich harten Brotscheiben bestand. Brot war neuerdings schwer aufzutreiben und teuer. Er ließ den vergangenen Tag im Geist noch einmal Revue passieren, von dem Zeitpunkt an, als Jacques die Kutsche gebracht hatte, bis zu dem Augenblick, als sie das Gefängnis verließen.

Während dieser Zeitspanne war Nicolette nie allein gewesen. Zuerst hatte sie Philippe beim Fälschen der Papiere geholfen, danach ihm selbst bei sonstigen Vorbereitungen.

Die entscheidende Frage blieb: Warum? Warum sollte Etienne dem jungen Adligen den Tod wünschen? Woher kannte er Maximilien de Fleury überhaupt? Und falls sie erbitterte Feinde waren – warum hatte er das nicht einfach zugegeben und sich geweigert, an der Befreiung mitzuwirken?

Sebastien blieb keine andere Wahl: er musste Etienne mit den Beweisen konfrontieren, um die Wahrheit zu erfahren. Wider alle Vernunft hoffte er, dass sein Freund irgendeine plausible Rechtfertigung vorbringen würde.

Am frühen Abend klopfte Sebastien an Etiennes Wohnungstür in der Rue de Seine. Er hatte diesen Besuch den ganzen Tag hinausgeschoben, weil er Angst vor der Aussprache hatte.

Etienne öffnete die Tür und lächelte überrascht und erfreut. »Sebastien! Planst du einen weiteren Rettungsversuch? Es muss sich um eine sehr wichtige Persönlichkeit handeln, wenn du das Risiko so kurz nach dem gestrigen Fiasko eingehen willst!«

»Nein, kein weiterer Rettungsversuch«, erwiderte Sebastien ruhig. »Ich hätte von dir nur gern eine Antwort, besser gesagt, eine Erklärung.«

Etiennes helle Augenbrauen schossen in die Höhe. »Wofür?«

»Für die Tatsache, dass du uns verraten und de Fleury erschossen hast, nachdem die Flucht trotzdem gelungen war!«

Etienne stand regungslos da, ohne auch nur mit der Wimper zu zucken. Er dachte an Sebastiens Mut, an ihre Freundschaft, an alles, was sie gemeinsam erlebt hatten, an die Gefahren, die berauschenden Erfolge und bitteren Niederlagen, und er sah ein, dass Leugnen zwecklos wäre.

»Wie bist du darauf gekommen?«, fragte er nach längerem Schweigen.

»Die Kugel steckte noch im Loch in der Rückenlehne. Er muss von vorne erschossen worden sein.«

»Wie nachlässig von mir«, murmelte Etienne mit leichtem Achselzucken. »Ich habe die Kugel nicht gesehen und dachte, sie würde so tief im Polster stecken, dass niemand sie finden würde.«

»Das hätte ich auch nicht, wenn ich nicht zufällig den Finger in das Loch gesteckt hätte.«

Etienne hatte sich noch immer nicht bewegt. »Warum nicht Nicolette? Sie saß mit ihm in der Kutsche.«

»Aber sie hatte keine Gelegenheit, eine Pistole in der Kutsche zu verstecken.«

»Verstehe.«

»Warum?«, wollte Sebastien wissen. »Was hattest du mit de Fleury zu tun?«

Etienne machte einige Schritte nach hinten, in den eleganten Raum mit Erinnerungen an bessere Zeiten, als es noch vorteilhaft war, ein Aristokrat zu sein und ein Wappen zu besitzen. An der rückwärtigen Wand hing denn auch ein Wappenschild mit zwei gekreuzten Degen darunter.

»Nichts«, beantwortete er Sebastiens Frage. »Und im Grunde genommen hat der Mann auch dir nichts bedeutet ... verglichen mit unserer Freundschaft.« Es war eine sachliche Feststellung, keine Bitte, und seine Augen waren furchtlos, spiegelten nur leichte Belustigung und Bedauern wider.

Völlig unerwartet sprang er zurück, sein Arm schoss in die Höhe. Er riss einen der Degen von der Wand und ging in Angriffsstellung. Sein Blick verriet jetzt Trauer, noch mehr aber stählerne Härte. Er würde den Todesstoß führen, ohne auch nur eine Sekunde zu zögern.

Sebastien warf sich gerade noch rechtzeitig zur Seite. Die scharfe Klinge zerfetzte nicht seine Brust, sondern nur ein Stuhlpolster. Er selbst hatte keine Waffe, denn der zweite Degen hing drei Meter entfernt an der Wand, hinter Etienne. Auf einem Tisch zur Linken stand ein silberner Kerzenleuchter und er griff danach, während die funkelnde Klinge wieder durch die Luft sauste. Die Spitze schlitzte seinen Ärmel auf, er sah einen dünnen Blutfaden und spürte den Schmerz, doch immerhin hatte er den Hieb mit dem Leuchter pariert. Lange würde er sich damit freilich nicht verteidigen können, denn der Degen war gut dreißig Zentimeter länger und wesentlich leichter zu handhaben. Etiennes Miene war anzusehen, dass er kurzen Prozess machen wollte.

Er könnte Etienne den schweren Leuchter an den Kopf werfen, doch wenn er ihn verfehlte, wäre er völlig wehrlos. Nein, seine einzige Chance bestand darin, an den zweiten Degen heranzukommen, aber das war natürlich auch seinem Gegner bewusst, der sein Möglichstes tun würde, um das zu verhindern.

Sebastien hob mit der freien Hand einen leichten Stuhl hoch und setzte ihn als Wurfgeschoss ein. Etienne kam nur ein wenig aus dem Gleichgewicht, doch währenddessen gelangte Sebastien einen Meter näher an den Degen heran.

»Du vergeudest nur deine Zeit, mein Freund«, sagte Etienne ruhig. In seiner Stimme schwang Schmerz mit, denn er hatte diese Situation nicht gewollt, aber wenn er zwischen sich und einem anderen entscheiden musste, fiel die Wahl ihm nicht schwer. »Du kannst es als Fechter niemals mit mir aufnehmen. Vergiss nicht, ich bin Aristokrat, auch wenn das heute nicht mehr viel wert ist. Sattel und Degen gehörten sozusagen zu meinen Geburtsrechten. Hör auf zu kämpfen, dann mache ich es kurz und schmerzlos.«

Sebastien warf mit einer Vase aus Sèvresporzellan nach ihm.

»Verdammt, die hättest du nicht zerbrechen dürfen, du Barbar!«, rief Etienne empört und schlitzte Sebastiens zweiten Ärmel auf, wobei wieder etwas Blut floss.

Sebastien sprang über einen Schemel und griff nach

dem zweiten Degen. Etienne verfolgte ihn, stolperte aber über den Schemel und stürzte zu Boden. Während er sich wieder aufrappelte, riss Sebastien den Degen aus der Halterung und gleich darauf kreuzten sie die Klingen. Möbel fielen um, mal rutschte der eine aus, mal der andere. Sebastien war stärker, doch Etienne konnte viel besser mit der Waffe umgehen und würde die erste Blöße zum Todesstoß ausnutzen.

Als gäbe es ringsum nicht schon genug Tod! Ganz Paris stank nach Angstschweiß und Verwesung. Etienne besaß so viele gute Eigenschaften – Mut, Heiterkeit, Phantasie und die Gabe, andere zu inspirieren, so dass sie ihr Bestes geben und über sich selbst hinauswachsen konnten.

Doch im nächsten Moment tauchte vor Sebastiens geistigem Auge Maximilien de Fleurys Gesicht auf, voller Hoffnung und Dankbarkeit. Dafür hatten sie ihr Leben riskiert. Etiennes Verrat war unverzeihlich.

Sebastien trat einen Schritt zurück, riss mit aller Kraft einen Gobelin von der Wand und warf ihn in Etiennes Richtung. Der duckte sich fluchend, wütend über die Beschädigung des Erbstücks, und im selben Augenblick sprang Sebastien vor und stieß zu …

Etienne brach zusammen, sein weißes Hemd verfärbte sich rot. Sebastien blickte auf ihn hinab, erstaunt über seinen leichten Sieg, aber ohne Genugtuung oder Befriedigung. Er zog die Klinge aus der tödlichen Wunde und warf den Degen beiseite. Trauer machte ihm das Herz so schwer, dass er sich kaum auf den Beinen halten konnte.

Er beugte sich über den Leichnam, so wie er es letzte Nacht bei Maximilien de Fleury getan hatte, aber jetzt war es viel schmerzhafter, denn Etienne war sein Freund gewesen und er selbst hatte ihn getötet. Er wollte etwas sagen, aber nur ein einziges Wort drängte sich ihm auf: Warum? Warum hatte ein Mann wie Etienne Maximilien erschossen? Warum hatte er es Sebastien nicht einfach gesagt, falls de Fleury ein alter Feind von ihm gewesen war?

Die Ecke eines Schriftstücks lugte aus Etiennes Tasche hervor. Er zog es heraus und entfaltete es. Ein großes Blatt hochwertiges Velinpapier, die Schrift wie gestochen. Offenbar ein offizielles Dokument, so kurz gefasst, dass es nur zwei Drittel des Bogens beanspruchte, darunter zahlreiche Unterschriften.

Sebastien las.

Versailles, 5. Juni 1785

Ich, Maximilien Honore de Fleury, Vicomte de Lauzun, schließe hiermit einen feierlichen Bund mit Satan, dem Herrn der Finsternis und der Lügen, dem Meister der Zerstörung, dem Fürsten der Unterwelt und gesetzmäßigen Erben, was auf Erden ist. Ich will ihm dienen und meinen gesamten Besitz übereignen und ich verspreche, ihm weitere Seelen zuzuführen, durch geistige Beeinflussung und Verführung Unschuldiger, durch frevelhafte Leidenschaften und Menschenopfer. Für meine Treue wird er mich in dieser Welt mit Reichtümern sowie Genüssen aller Art belohnen und im Jenseits wird mir ein Platz unter den Herrschern seines Reiches gewiss sein.

Hiermit verpfände ich meine Seele und unterschreibe mit meinem eigenen Blut.

Maximilien Honore de Fleury

Als Zeugen setzen wir, ebenfalls Diener Seiner Majestät des Satans, unsere Namen unter diesen Vertrag:

Jean Sylvain Marie Dessalines
Jean Marie Victor Coritot
Stanislas Marie Delabarre
Donatien Royou
Joseph Augustin Barere
Etienne Jacques Marie du Bac
Ignace Georges Legendre

Sebastien starrte das Blatt ungläubig an. Etienne war Zeuge dieser Groteske gewesen? Hatten diese Männer wirklich geglaubt, einen Pakt mit dem Teufel zu schließen? Vielleicht war das im Jahr 1785 noch eine Art Spaß gewesen – ein reichlich geschmackloser Spaß. Heutzutage spaßte niemand mehr über den Teufel, denn er war überall gegenwärtig. Sein Schwefelgestank verpestete die Luft und er bemächtigte sich mühelos der Herzen.

Die Menschen hatten sich in wilde Raubtiere verwandelt, die einander rücksichtslos töteten. Dass ausgerechnet Etienne – ein gebildeter, humorvoller und mutiger Mann – Maximilien de Fleury das Leben geraubt hatte, um dieses absurde Geheimnis zu wahren, war jedoch besonders tragisch. Hätte er Sebastien ins Vertrauen gezogen, wäre die Katastrophe vermeidbar gewesen. Sebastien hätte de Fleury das Dokument abgenommen und ihn schwören lassen, niemals ein Wort darüber verlauten zu lassen. Und Maximilien hätte sich zweifellos an dieses Versprechen gehalten, um die ihm in England gewährte Gastfreundschaft nicht zu gefährden.

Kalte Schauer liefen Sebastien über den Rücken. Vielleicht waren das die Auswirkungen eines Teufelspakts – man sah die Dummheit des Bösen nicht mehr, ebenso wenig wie die Weisheit von Tugenden. Man richtete sich selbst zugrunde – völlig unnötig.

Er steckte den Brief in seine Tasche, fest entschlossen, ihn zu Hause sofort zu verbrennen. Nach einem letzten Blick auf den Leichnam ging er zur Tür hinaus und schloss sie leise.

Eine peinliche Affäre

Das Geräusch war unverkennbar: lautes Klirren von Glas. Danach Stille. Lady Vespasia Cumming-Gould setzte sich im Bett auf. Es war aus dem Raum nebenan gekommen, dem einzigen leer stehenden Gästezimmer im Haus.

Die Londoner Saison war zu Ende; die Königin und Prinz Albert genossen den Spätsommer in Osbourne und ein langes Wochenende auf dem Lande wurde gern für romantische Affären genutzt, selbstverständlich ganz diskret, was den Reiz nur erhöhte. Ein Rendezvous mitten in der Nacht war durchaus nicht ungewöhnlich: Glas ging dabei allerdings normalerweise nicht in Scherben. Dies hier hörte sich eher nach einem Unfall oder einem Einbrecher an.

Vespasia tastete im Dunkeln herum, fand die Streichhölzer und zündete die Lampe auf dem Nachttisch an. Dann stand sie auf und warf sich den elfenbeinfarbenen Seidenmorgenrock über die Schultern, ohne die üppigen Spitzen zu glätten. Sie verzichtete auch darauf, ihre Haare hochzustecken, nahm die Lampe zur Hand und öffnete leise die Tür.

Der Korridor wurde von einer Wandleuchte erhellt, doch die Gasflamme war so klein gestellt, dass sie nur einen schwachen gelben Schein verbreitete. Kein Mensch war zu sehen, kein Laut zu hören.

Auf Zehenspitzen schlich Vespasia zur nächsten Tür und stieß sie weit auf.

Lady Oremia Blythe stand mitten im Zimmer. Ihr blondes Haar hing lose über die Schultern, das rosa Nachthemd aus glänzendem Satin mit extravaganten Bändern klaffte bis zum Busen weit auseinander. Sie hielt den Messingfuß einer Öllampe in der rechten Hand. Die Scherben des Glasschirms lagen auf dem Fußboden und dazwischen lag regungslos Sir Ferdinand Wakeham. Er trug einen wollenen Morgenrock und ein gestreiftes Baumwollnachthemd – und er hatte eine blutende Wunde auf dem kahlen Schädel.

Vespasia warf mechanisch einen Blick auf das Himmelbett. Es sah einigermaßen ordentlich aus, aber längst nicht so, wie ein Zimmermädchen es zu hinterlassen pflegte. Das Laken war an den Ecken nicht gleichmäßig eingeschlagen, die Decke unter den Kissen nicht geglättet. Zweifellos war es vor kurzer Zeit benutzt worden.

Unverständlich war hingegen, warum Oremia den armen Ferdie bewusstlos geschlagen hatte, warum sie überhaupt mit ihm zusammen gewesen war. Vespasia hatte ihre Gäste das ganze Wochenende über aufmerksam beobachtet. Sie hatte verstohlene Blicke, verheißungsvolles Lächeln, verrutschte Röcke, fallen gelassene Taschentücher, unnötige Aufträge, kehliges Lachen und flüchtige Berührungen registriert und wusste deshalb genau, dass Ferdie an einer anderen Dame interessiert war.

Vespasia warf Oremia mit gehobenen Brauen einen fragenden Blick zu.

»Oh … äh … Vespasia …«, stammelte Oremia und leckte sich die trockenen Lippen. Die Hand, mit der sie den Lampenfuß umklammerte, zitterte ein wenig. »Ich … äh … ich …« Sie schluckte. »Vespasia, was soll ich nur tun? Um Himmels willen, hilf mir!«, flüsterte sie heiser.

Vespasia schloss hinter sich die Tür und musterte Oremia. Sie schätzte die Frau nicht besonders, den Ehemann aber umso mehr. Toby Blythe war nicht nur ein alter Freund, dem sie Spott und einen Skandal ersparen wollte, sondern auch eine Persönlichkeit, die in der Öffentlichkeit stand und auf einen makellosen Ruf angewiesen war. Es stand in seiner Macht, viel Gutes zu tun, und seine Ziele lagen Vespasia sehr am Herzen. Selbstlos setzte er sich für die Ausdehnung des Wahlrechts ein, womit er sich bei seinesgleichen ziemlich unbeliebt machte. Ihn der Lächerlichkeit preisgeben zu können wäre eine mächtige Waffe für seine Feinde.

»Was ist passiert?«, erkundigte sie sich nicht sehr teilnahmsvoll, aber neugierig.

Oremia schwankte zwischen dem Wunsch, sich zu verteidigen, und der Notwendigkeit, Vespasias Hilfe zu erlangen. Ihr Selbsterhaltungstrieb gewann die Oberhand.

»Ich …« – ihre Miene spiegelte das Dilemma deutlich wider – »ich hatte mich hier verabredet und mein … Liebhaber …« – sie lächelte mit leuchtenden Augen – »… mein Liebhaber war noch nicht gegangen, als Ferdie hereinkam. Ich hatte keine andere Wahl!« Sie zuckte anmutig mit den Schultern. »Ich durfte nicht zulassen, dass er uns ertappt! Ich tat das einzig Mögliche … ich hatte die Lampe in der Hand und schlug zu!«

»Verstehe«, sagte Vespasia trocken.

»Um Himmels willen, was soll ich jetzt machen?« Oremias schrille Stimme verriet, dass sie einer Panik nahe war. »Hilf mir!«

Vespasia zwang sich, an Toby zu denken, und unterdrückte deshalb die scharfe Antwort, die ihr auf der Zunge lag. Toby hatte sie einst sehr bewundert und sie hatten wunderschöne Stunden zusammen verbracht, an die sie sich immer noch gern erinnerte. Unwillkürlich huschte ein Lächeln über ihr Gesicht, während sie überlegte, wie man diesen eher lächerlichen Zwischenfall beilegen konnte.

»Das ist alles andere als amüsant!«, fauchte Oremia. »Hast du eine Ahnung …?« Sie verstummte mit hochrotem Gesicht.

»O ja«, entgegnete Vespasia kühl. »Es wäre ein gefundenes Fressen ... die Leute würden sich das Maul zerreißen ...« Sie hatte keine Ahnung, mit wem Oremia sich vergnügt hatte, aber sie wollte nicht fragen. Inzwischen war ihr die Lösung des Problems eingefallen. »Leg den Fuß der Lampe hier hin.« Sie deutete auf den Boden, etwa einen Meter von Ferdies Kopf entfernt. »Geh in dein Bett zurück. Schließ die Tür ab. Sollte morgen jemand fragen, behauptest du, die ganze Nacht durchgeschlafen und nichts gesehen oder gehört zu haben.«

Oremia starrte sie begriffsstutzig an.

»Beeil dich!«, befahl Vespasia. »Verschwinde, bevor Ferdie wieder zu Bewusstsein kommt.«

»O ja, natürlich. Vespasia, du ...« Sie zögerte immer noch, atmete schwer mit wogender Brust.

»Nein, ich werde Toby nichts erzählen«, beantwortete Vespasia die unausgesprochene Frage. »Und jetzt tu, was ich dir gesagt habe.«

»Ja ... ja ...« Oremia hastete zur Tür und wollte sie aufreißen, doch Vespasia packte sie am Arm.

»Pass auf!«, zischte sie. »Vergewissere dich erst, dass niemand draußen ist. Du kannst es dir nicht leisten, gesehen zu werden!« Um ein Haar hätte sie hinzugefügt: ›du dumme Pute‹, verkniff es sich aber in letzter Sekunde. Sie war immer noch die schönste Frau in diesem Haus, eine der schönsten Frauen von ganz England, aber sie war zwanzig Jahre älter als Oremia Blythe und hatte im Leben manches gelernt, obwohl sie gelegentlich ihrer Jugend nachtrauerte.

Oremia schnappte erschrocken nach Luft und blieb steif stehen. Sie kehrte Vespasia den Rücken zu, vielleicht aus Verlegenheit, eher wohl aus Wut. Langsam und vorsichtig öffnete sie die Tür, zuerst nur einen schmalen Spalt, dann etwas weiter.

»Kein Mensch weit und breit«, flüsterte sie befriedigt, so als hätte sie es von vornherein gewusst.

»Dann nichts wie weg!«, riet Vespasia. »Und bleib in

deinem Zimmer, es sei denn, es passiert etwas, das sogar Tote auferwecken würde.«

Oremia wirbelte herum. »Was meinst du damit?«

»Eine Explosion oder Feueralarm«, schmunzelte Vespasia. »Oder ein hysterisches Dienstmädchen … etwas in dieser Art.«

Die jüngere Frau vergaß vorübergehend ihre Angst und warf ihr einen vernichtenden Blick zu, bevor sie auf dem Korridor um eine Ecke bog.

Vespasia schloss die Tür und stellte erleichtert fest, dass Ferdie Wakeham noch bewusstlos war. Sie überlegte, ob sie ihm einen zweiten Schlag versetzen sollte, damit er nicht vorzeitig zu sich kam, denn sie hatte noch ziemlich viel zu erledigen. Aber sie wollte den armen Mann nicht zusätzlich verletzen und beschloss deshalb, einfach auf ihr Glück zu vertrauen.

Sie eilte zum Fenster, öffnete es, vergewisserte sich rasch, dass Ferdie noch kein Lebenszeichen von sich gab, schlüpfte aus dem Zimmer und versteckte sich in dem riesigen Wäscheschrank auf dem Korridor. Kaum war sie darin verschwunden und hatte die Tür bis auf einen Spalt geschlossen, da rauschte auch schon jemand vorbei – eine üppige Dame in einem Negligé aus raschelnder Seide, was für ein diskretes Stelldichein ziemlich leichtsinnig war. Es handelte sich um die Ehrenwerte Mrs. Leonora Vickery, die im Ostflügel das vierte Zimmer auf der linken Seite bewohnte.

Sobald sie in dem leeren Gästezimmer verschwunden war, wo das Schäferstündchen mit Ferdie Wakeham stattfinden sollte, verließ Vespasia den Wäscheschrank, raffte das lange Nachthemd hoch und rannte durch die Korridore in den Ostflügel, wo sie leise die vierte Tür öffnete, genauso leise hinter sich schloss und die nur ganz schwach glimmende Gaslampe auf eine kräftigere Flamme einstellte.

Sie schaute sich im Raum um. Die Bettdecke war achtlos zurückgeworfen und der Stuhl vor dem Toilettentisch, wo Leonora sich vor ihrem Rendezvous frisiert hatte, stand schief. Neben Bürsten und Kämmen entdeckte Vespasia die Schmuckschatulle, die sie benötigte. Sie hastete zum Fenster und riss es weit auf. Die Nachtluft war warm und duftete nach Gras. Am Nachmittag hatte der Hilfsgärtner den Krocketrasen gemäht.

Vespasia holte die Schmuckschatulle vom Toilettentisch, vergewisserte sich, dass alle Fächer geschlossen waren, und warf sie aus dem Fenster, so weit sie konnte. Fast lautlos schloss sie es wieder, drehte das Gas zurück und huschte auf den Korridor hinaus. Zum Glück war niemand zu sehen. Sie durfte keine Zeit verlieren, denn inzwischen würde Leonora den bewusstlosen Ferdie gefunden und begriffen haben, dass sie es sich nicht leisten konnte, zu so nächtlicher Stunde im Westflügel ertappt zu werden. Dafür gäbe es keine vernünftige Erklärung, denn selbst wenn er geschrien hätte, hätte sie das in ihrem Zimmer nicht hören können. Eine wirklich verliebte Frau würde vielleicht aus Sorge um den Verletzten ihren Ruf – und den seinen – aufs Spiel setzen und Hilfe holen, doch das hielt Vespasia für ziemlich unwahrscheinlich.

Auf dem Rückweg in den Westflügel kam sie an der Treppe vorbei, die zum Dienstbotentrakt im obersten Stockwerk führte. Dort stand ein Tisch mit einer großen Blumenvase, die so aussah, als wäre jemand im Halbdunkel dagegen gestoßen und hätte sie fast umgeworfen, doch Vespasia blieb keine Zeit, sie zurechtzurücken, denn jemand kam den Korridor entlang. Das musste Leonora sein!

Was sollte sie jetzt machen? Ihr Herz klopfte zum Zerspringen, denn wenn sie sich hier begegneten, würde Leonora natürlich vermuten, dass Vespasia ihr Bett aus demselben Grund wie sie selbst verlassen hatte, und eine solche Waffe wollte sie Leonora nicht liefern.

Sollte sie das Licht dämpfen, um nicht gesehen zu werden?

Ja!

Nein!

Leonora könnte im Dunkeln über etwas stolpern und das ganze Haus aufwecken! Sie könnte die Blumenvase auf dem Tisch zum Dienstbotentrakt umstoßen ... oder die Topfpflanze neben dem Treppengeländer. Das wäre überaus peinlich, denn wie wollte die Frau erklären, was sie mitten in der Nacht hier zu suchen hatte? Allenfalls könnte sie behaupten, zu viel getrunken zu haben!

Seide raschelte, als sie näher kam. Törichte Person, dachte Vespasia, presste sich an die Wand neben der Topfpalme und hielt den Atem an. Leonoras süßes Mandelblütenparfum stieg ihr in die Nase, noch bevor die Ehrenwerte Mrs. Vickery auf ihrer Höhe war. Die Frau setzte vorsichtig einen Fuß vor den andern und wirkte leicht verstört. Kein Wunder, schließlich hatte sie im Gästezimmer einen liebeshungrigen Galan erwartet und es musste ihr einen Schock versetzt haben, ihn bewusstlos auf dem Boden liegen zu sehen. Das hinderte sie freilich nicht daran, in erster Linie an ihr eigenes Wohl zu denken, und sie bog zielstrebig um die Ecke zum Ostflügel.

Im nächsten Augenblick hastete Vespasia zum Tatort zurück. Ferdie Wakeham lag immer noch zwischen den Glassplittern, aber lautes Stöhnen verriet, dass er gerade wieder zu sich kam.

»O Ferdie!«, rief Vespasia erschrocken. »Wie unglaublich mutig von dir!«

»W-W-Was?« Er blinzelte, schlug die Augen auf und schnitt im hellen Licht eine Grimasse. »Ooh! Oh ... ooooh!« Er streckte die Hand aus, ritzte sich die Haut an einer Scherbe und saugte sich fluchend das Blut vom Finger. »Was, zum Teufel, ist hier passiert?«

»Du musst ihn auf frischer Tat ertappt haben«, berichtete Vespasia bewundernd.

»Ertappt?« Wegen der Glasscherben zog Ferdie es vor, sich nicht zu bewegen.

»Den Einbrecher! Du hast ihn gehört und verfolgt. Hier musst du ihn gestellt haben, aber er ...« – sie warf einen Blick auf den Fußboden – »er hat dir offenbar die Lampe über den Schädel geschlagen und ist geflüchtet.« Sie deutete auf das offene Fenster. »Lass mich dir bitte helfen. Wir haben dir so viel zu verdanken.« Vespasia bückte sich, hob die Glasscherben vorsichtig auf und warf sie in einen hübschen Papierkorb aus geflochtenem Bast, der mit Bändern verziert war. »Beweg dich nicht, bis ich alle aufgesammelt habe.«

Ferdie setzte sich auf, immer noch leicht benommen.

Sie warf die letzte Scherbe in den Korb. »So, jetzt kannst du aufstehen, ohne weitere Verletzungen zu riskieren. Ist dir schwindelig?« Vespasia betrachtete besorgt seine Kopfwunde. »Das muss ein richtiger Grobian gewesen sein, stimmt's?«

»Ja«, bestätigte Ferdie. »Es war ein Riesenkerl.«

»Darf ich?« Sie streckte ihm die Hand hin und mit ihrer Hilfe kam er taumelnd auf die Beine. Oremia hatte wirklich kräftig zugeschlagen, denn er sah erbärmlich aus ... aber andererseits war es ein Glück, dass er das Bewusstsein verloren hatte!

»Danke«, stammelte Ferdie und hielt sich länger als beabsichtigt an Vespasia fest. »Ja, es war ein Grobian sondergleichen ... Danke für deine Hilfe ... Du hast vermutlich gehört, wie die ... wie die Lampe zerbrach?«

»Ja«, erwiderte Vespasia wahrheitsgemäß. »Ich muss sehr tief geschlafen haben, denn ich brauchte eine Weile, bis mir klar wurde, dass etwas passiert war.«

»Verständlich« meinte er nickend und stöhnte im nächsten Augenblick, denn es war keine gute Idee gewesen, den Kopf zu bewegen.

»Ich glaube, wir sollten lieber die Dienstboten wecken und feststellen lassen, ob etwas abhanden gekommen ist«, erklärte Vespasia entschlossen. »Außerdem sollte dein Kopf verarztet werden. Die Platzwunde sieht ziemlich hässlich aus. Du wirst morgen vermutlich schlimmes Kopfweh haben.«

»Das habe ich schon jetzt«, jammerte Ferdie. »Ein Kater ist nichts dagegen!« Er lächelte mühsam. »Nur zu viel Apfelwein richtet einen ähnlichen Schaden an.«

»Komm mit!« Sie bot ihm ihren Arm und führte ihn den Korridor entlang zum Treppenhaus, wo er auf den einzigen bequemen Stuhl sank, während sie die Gaslampen aufdrehte. Im Haus war es immer noch ganz still. Sollten Gäste aufgewacht sein, so verhielten sie sich sehr diskret, weil sie heimliche Rendezvous vermuteten.

Vespasia ging zur Dienstbotentreppe. Erneut fiel ihr die Blumenvase auf, die gefährlich nahe am Tischrand stand. Jemand musste sie fast umgerissen haben, aber warum hatte diese Person es bei der schwachen Beleuchtung so eilig gehabt?

Weil er oder sie nicht gesehen werden wollte, was denn sonst?

Plötzlich fiel es Vespasia wie Schuppen von den Augen. Ferdie hatte ein Gästezimmer betreten, das er leer glaubte, und ein anderes Liebespaar ertappt, das gerade gehen wollte. Oremia hatte ihn niedergeschlagen, doch ihr Galan hatte sich aus dem Staub gemacht und war nach oben in sein Zimmer gerannt. Ja, es war die einzige logische Erklärung: Oremia hatte mit einem Dienstboten geschlafen! Es musste der auffallend attraktive junge Lakai mit den dunklen Haaren, wohlgeformten Beinen und sinnlichen Lippen sein. Aber wie konnte Oremia sich nur so unglaublich töricht benehmen? Es wäre schlimm genug gewesen, wenn sie Toby mit einem seiner Freunde betrogen hätte, aber ein Dienstbote war wirklich das Letzte! Wenn das bekannt wurde, dann würde man ihn bemitleiden oder verhöhnen. Kein Mensch mehr würde ihn ernst nehmen und er könnte seine edlen Ziele nicht mehr verwirklichen.

Vespasia kochte vor Wut über Oremias Rücksichtslosigkeit, die diesen jungen Mann vor wenigen Tagen zum ersten Mal gesehen hatte und nur an die flüchtige Befriedigung ihrer Lüste dachte. Wenn der Lakai sich geweigert hätte, ihr zu Willen zu sein, hätte sie ihn aus Rache höchstwahrscheinlich irgendwie verleumdet und ruiniert. Vespasia hätte ihr liebend gern den Hals umgedreht, doch stattdessen musste sie ihr Versprechen halten und die Person beschützen – Toby zuliebe!

Mit geballten Fäusten ging sie die Treppe hinauf und klopfte an die Zimmertür des Butlers, beim zweiten Mal etwas energischer, damit er nicht glauben konnte, sich verhört zu haben.

Nach einigen Minuten wurde die Tür einen Spalt weit geöffnet und ein verschlafenes Gesicht spähte heraus. Wirre Haare kamen unter der schief sitzenden Nachtmütze hervor und er blinzelte mehrmals, bevor er Vespasia erkannte.

»Lady Cumming-Gould! Ist etwas passiert, Mylady?«

»Ja, leider, Harcourt. Sir Ferdinand hat einen Einbrecher ertappt und wurde von diesem niedergeschlagen. Er ist nicht ernsthaft verletzt, war aber kurze Zeit bewusstlos und hat eine hässliche Platzwunde am Kopf. Wir wissen noch nicht, ob etwas gestohlen wurde.«

»O Gott!« Harcourt war jetzt hellwach. »Das ist ja schrecklich. Geht es Ihnen gut, Mylady?«

»Ja, danke, Harcourt, ich bin gänzlich unversehrt. Vielleicht sollten Sie jemanden vom Personal wecken, der Wunden verarzten und starkes Kopfweh lindern kann, und dann selbst nachsehen, ob etwas fehlt oder ob jemand aufgeschreckt wurde. Ich habe allerdings bis jetzt nichts gehört, was darauf hindeuten würde.«

»Gewiss, Mylady, ich werde mich gleich um alles

kümmern.« Der Butler zog sich hinter die Tür zurück und schlüpfte hastig in seine Kleider. Schließlich stand er allen anderen Dienstboten vor und musste würdig aussehen, um zu beweisen, dass er jede noch so schwierige Situation im Griff hatte.

Vespasia ging wieder nach unten, wo Ferdie kraftlos im Stuhl lehnte. Er sah immer noch sehr mitgenommen aus.

»Ich glaube, du brauchst einen Brandy«, sagte sie mitfühlend. »Oder einen guten Kräutertee, der gegen Kopfweh hilft, und erst danach den Brandy.«

»Ich möchte lieber gleich einen Brandy«, erklärte er energischer, als sie ihm zugetraut hätte.

»Das wundert mich nicht«, erwiderte Vespasia lächelnd. »Die Kräuter dürften allerdings länger wirken.«

»Brandy!«, verlangte er.

Sie schmunzelte. »Wenn du wieder einmal mitten in der Nacht Einbrecher hörst, würde ich dir raten, Leonora nicht in die Sache zu verstricken.«

»Oh …«, murmelte Ferdie verblüfft und bekam einen hochroten Kopf. »O ja … natürlich … ich …«

Vespasia wandte sich ab, um ihn nicht noch mehr in Verlegenheit zu bringen. Sie brauchte nicht deutlicher zu werden. Ihm war klar, dass sie Bescheid wusste.

Harcourt kam die Treppe herab, ganz Herr der Lage, gefolgt von zwei Zofen und einem Kammerdiener. Brandy und Kräutertee wurden geholt, außerdem eine Schüssel heißes Wasser, Salbe und Verbandszeug.

Die Dienstboten begannen an alle Türen zu klopfen und schlaftrunkene Gäste tauchten unvollständig bekleidet auf. Leonora Vickery kam erst nach zehn Minuten aus ihrem Zimmer gerannt und jammerte laut, ihr Schmuck sei gestohlen worden … ihr ganzer Schmuck … sogar die Schatulle, in der sie ihn aufbewahrte. Es sei grauenvoll! Man habe ihr alles geraubt!

»Nicht alles«, murmelte Vespasia vor sich hin. »Etwas,

das du herschenken wolltest, ist dir erhalten geblieben!«
Kaum jemand hörte zum Glück ihre rätselhafte Bemerkung und die wenigen, die sie doch gehört hatten, waren von der nächtlichen Aufregung so benommen, dass sie sich nicht den Kopf darüber zerbrachen. Niemand fragte Vespasia, was sie damit gemeint hatte. Es kam sowieso selten vor, dass man ihr Fragen stellte.

Gegen drei Uhr lag Ferdie mit einem Verband im Bett und Leonora war mit der Versicherung getröstet worden, dass man am nächsten Morgen das ganze Gelände nach ihrem Schmuck absuchen würde. Alle kehrten in ihre Zimmer zurück.

Um neun ging Vespasia bei strahlendem Sonnenschein den Korridor zur Treppe entlang. Die Gärtner würden Leonoras Schmuckschatulle bestimmt schon gefunden haben. Ferdies Schädel dröhnte vermutlich noch, aber das würde sich legen. Außerdem konnte er sich dafür als Held feiern lassen, der einen Einbrecher in die Flucht geschlagen hatte. Alles in allem war sein Abenteuer glimpflich verlaufen.

Vespasia war mit sich selbst sehr zufrieden und sie sah wie immer hinreißend aus. Toby Blythe ging die Treppe hinab. Sie betrachtete seinen schlanken Rücken und den dunklen Kopf, der erste graue Strähnen aufwies. Angenehme Erinnerungen zauberten ein Lächeln auf ihr Gesicht.

Oremia kam aus dem Ostflügel angerannt, mit weit gebauschten rosa und weinroten Röcken, leichenblass, die Augen schreckensweit aufgerissen.

Vespasia blieb bestürzt stehen. »Was ist los?«

»Meine Diamanten!«, flüsterte Oremia heiser, so leise, dass Vespasia sie kaum verstehen konnte. »Meine Diamanten wurden gestohlen!«

Vespasia zog scharf die Luft ein und hielt sich die Hände vor den Mund, um ein Lachen zu unterdrücken.

»Nun, meine Liebe«, sagte sie ohne besonderes Mitgefühl, »wenn du mit einem Dienstboten schläfst, musst du dich auf gewisse Unannehmlichkeiten gefasst machen!«

Oremia starrte sie an, wirbelte auf dem Absatz herum und lief hinter ihrem Mann die Treppe hinab.

Vespasia seufzte, lächelte dann und folgte ihnen hoch erhobenen Hauptes. Ihre weiten elfenbeinfarbenen Röcke streiften auf beiden Seiten am Geländer entlang.

Der Jakobinerklub

Henry Rathbone zog das letzte Unkraut aus dem Beet, trat zurück und betrachtete sein Werk voller Wohlgefallen. Er zündete seine Pfeife an, die sofort wieder ausging, was ihn jedoch nicht im Geringsten störte. Zufrieden schlenderte er auf die Apfelbäume und die lange Geißblatthecke zu. Es war schon früher Abend. Das Licht wurde schwächer und der Blumenduft vermischte sich mit den Gerüchen von fruchtbarer Erde und frisch gemähtem Gras.

Er bemerkte den Butler erst, als der Mann dicht neben ihm stand. »Tut mir leid, Sie zu stören, Sir, aber Mr. Crombie möchte Sie sehen. Er scheint ziemlich verstört zu sein. Wollen Sie hereinkommen oder soll ich ihn bitten, sich hier zu Ihnen zu gesellen?«

»Vielleicht sollte ich lieber ins Haus gehen.« Henry warf einen Blick auf seine schmutzigen Hände und fleckigen Hosenbeine. Auch seine Schuhe waren alles andere als sauber.

»Ich glaube, er würde sich sehr gern hier draußen mit Ihnen unterhalten«, erwiderte der Butler hastig, weil er an die Teppiche dachte. Henry war schrecklich zerstreut. »Es ist ja ein besonders schöner Abend.«

»Wie Sie meinen«, stimmte Henry bereitwillig zu. Er mochte Crombie, obwohl ihre Wege sich nicht oft kreuzten. Rathbone war Mathematiker, Crombie Architekt. Die Höflichkeit des Mannes, seine aufrichtige Begeisterungsfähigkeit für schöne oder kuriose Dinge und seine Tierliebe hatten Henry stets gefallen und er würde es sehr bedauern, wenn Crombie jetzt in irgendwelchen Nöten steckte.

Der Butler eilte davon und Henry ging gemächlich

den gepflegten Rasen hinauf und um die Rittersporn-beete herum. Er brauchte nur wenige Augenblicke zu warten. Crombie war viel jünger als er selbst, erst Mitte Vierzig, ergraute aber schon. Er hatte vor zwei Jahren im Krimkrieg seinen ältesten Sohn verloren. Seine Gesichts-züge hatten nichts Bemerkenswertes an sich, doch für gewöhnlich verlieh seine heitere Miene ihnen großen Charme. Heute sah er jedoch zutiefst unglücklich aus und schien weder die Blütenpracht noch den Gesang der Vögel wahrzunehmen.

»Was ist passiert, mein Lieber?«, fragte Henry be-sorgt.

»Ich weiß es nicht«, antwortete Crombie niederge-schlagen. »Ich kann das überhaupt nicht verstehen! Es ist … es ist einfach unbegreiflich! Ich …« Er zuckte mit den Schultern und spreizte hilflos die Hände, sichtlich der Verzweiflung nahe. »Wenn der Brief nicht wäre, könnte ich es nicht glauben.«

Henry verbarg seine Verwirrung. »Welcher Brief? Ha-ben Sie ihn bei sich?«

»Nein. Ich erinnere mich nicht einmal daran, was ich damit gemacht habe.«

»Was stand denn darin?«

»Etwas ganz Simples«, erwiderte Crombie. »Der *Albion Club* bedauert, meinem Antrag auf Mitgliedschaft nicht stattgeben zu können. Ein Grund für die Ableh-nung wurde natürlich nicht genannt.« Ein schroffes, spöttisches Lachen ging sehr schnell in Husten über. »Das tun sie nie. Wer irgendeinem angesehenen Londo-ner Club beitreten möchte, lässt zunächst einmal seine Freunde gründlich ihre Fühler ausstrecken, bevor er er-laubt, dass sein Name vorgeschlagen wird.« Er schluck-te hart. »Abgelehnt zu werden ist eine Brüskierung, die den guten Ruf vollkommen zerstört. Wenn man etwas auf dem Kerbholz hat, das einen untragbar macht, wird erwartet, dass man das selbst weiß und erst gar keinen

Antrag stellt, um eine derart peinliche Situation zu vermeiden. Aber ich tappe wirklich völlig im Dunkeln, was man mir zur Last legt, denn ich bin mir keiner Schuld bewusst.«

Henry war entsetzt. Er kannte die Konsequenzen einer solchen Ablehnung genauso gut wie Crombie und ihm wollten beim besten Willen keine tröstlichen Worte einfallen, die die Wucht dieses Schlages etwas mildern könnten. Es hatte wenig Sinn zu fragen, ob es sich vielleicht nur um irgendein Missverständnis handelte. Diese Möglichkeit hatte Crombie gewiss selbst bedacht und verworfen. Während Henry das leidgeprüfte Gesicht betrachtete, traute er dem Mann ein Doppelspiel nicht zu. Sollte er tatsächlich einen unentschuldbaren Verstoß begangen haben, so war er sich dessen nicht bewusst.

»Ich hatte so hochfliegende Pläne!«, fuhr Crombie etwas gefasster fort. Seine Panik hatte bitterer Belustigung Platz gemacht. »Ich wollte diesen abscheulichen Block Mietshäuser kaufen, von dem ich Ihnen erzählt habe … im Devil´s Acre, ganz in der Nähe von Westminster. Ich wollte das alles abreißen und anständige Häuser bauen lassen, mit einer Kanalisation, die funktioniert! Aber dafür müsste ich mir Geld leihen, ich bräuchte jeden nur möglichen Kredit. Und nachdem der Club mich jetzt abgelehnt hat, kann ich das vergessen. Es ist so verdammt ungerecht! Und ich kann mir nicht erklären, warum!«

Es war nicht empfehlenswert, eine Entscheidung des Komitees offen in Zweifel zu ziehen. Wenn Henry Rathbone dies täte, liefe er Gefahr, selbst nicht mehr gern gesehen zu sein. Nein, er musste auf Umwegen vorgehen. Auf gar keinen Fall wollte er die Angelegenheit einfach auf sich beruhen lassen, obwohl ihn der Gedanke quälte, dass er möglicherweise etwas über Crombie erfahren würde, was er lieber nicht gewusst hätte.

»Sind Sie ganz sicher«, fragte er langsam, »dass man

nichts herausgefunden haben kann, was für Sie … nun ja …?«

»Da gibt es absolut nichts!«, versicherte Crombie. »Bei Gott, Rathbone, ich habe mir nichts zuschulden kommen lassen!«

»Tag, Stackfield«, grüßte Henry freundlich. Beide gingen am frühen Nachmittag im St. James´s Park spazieren, Stackfield aus alter Gewohnheit, Rathbone mit der Absicht, eine scheinbar zufällige Begegnung herbeizuführen. Es war sonnig, die leichte Brise versetzte die Bäume kaum in Bewegung und überall vergnügten sich die Menschen – Kinder mit Drachen, Kreiseln und Reifen, junge Paare Arm in Arm, ältere Männer und Frauen auf den Bänken, tief in Erinnerungen versunken. In der Ferne spielte ein Orchester und hin und wieder drangen ein paar Takte Musik an ihre Ohren.

»Ach … Tag, Rathbone!« Stackfield drehte sich um und stützte sich ein wenig auf seinen Stock. Er war um die Sechzig, ziemlich beleibt und hatte ein gerötetes Gesicht. Sein weißer Backenbart sträubte sich nach militärischer Fasson, obwohl er in Wirklichkeit nie in der Armee gedient hatte.

Henry begleitete ihn ein paar Schritte und sie tauschten belanglose Bemerkungen über das Wetter, die Preise von Aktien und Wertpapieren und den bedauerlichen Zustand des modernen Journalismus. Dabei überholten sie ein Kindermädchen in gestärkter Tracht, an dessen Seite zwei kleine Kinder hüpften.

»Unverantwortlich«, stimmte Henry Stackfields letztem Kommentar zu und nickte nachdrücklich. »Übrigens hab ich in einer geschäftlichen Angelegenheit ein sehr gutes Angebot erhalten. Brauche einen Partner. Hab an Crombie gedacht. Guter Mann, sehr sympathisch.«

Stackfield blieb abrupt stehen. »Sagten Sie Crombie?«

»Ja, Robert Crombie. Kennen Sie ihn?«

»Oh …« Stackfield sah verwirrt aus. »Nun … ›kennen‹ wäre zu viel gesagt … Warum versuchen Sie′s nicht mit dem jungen Havershott? Er hat Geld zum Investieren und ist äußerst rechtschaffen. Ich kenne seinen Vater sehr gut.«

Henry ging weiter. »Stimmt mit Crombie etwas nicht?«, fragte er unschuldig.

»Nun … nicht dass ich wüsste.« Stackfield mied Henrys Blick. Er hatte den Vorsitz im Mitgliederkomitee des *Albion Club*.

»Dann ist er für mich der richtige Mann«, erklärte Henry fröhlich. »Ich schlage vor, dass auch Sie etwas Kapital investieren, aber ich bin gern bereit, den größeren Anteil zu übernehmen …« Er verstummte, als Stackfield ihn am Arm packte und zum Stehenbleiben zwang, wobei er fast mit einer Dame in lächerlich weitem Rock und schmeichelhafter Haube zusammenstieß.

»Entschuldigung, gnädige Frau.« Stackfield lüftete seinen Hut, bevor er sich wieder an Henry wandte. »Ich bitte Sie, noch einmal gründlich darüber nachzudenken und keine voreilige Entscheidung zu treffen. Nehmen Sie lieber jemanden, den Sie besser kennen.«

»Oh, ich kenne Crombie recht gut«, wandte Henry ein, »und mir gefällt seine Begeisterung. Außerdem war das Unternehmen seine Idee und es könnte zu Missverständnissen Anlass geben, wenn ich es mit jemand anderem in Angriff nehme.«

»Dann geben Sie die ganze Sache auf!«, beharrte Stackfield auf seiner Meinung.

Zwei Husaren in prächtigen Uniformen kamen ihnen entgegen und einer schaute Stackfield aufmerksam an, so als sei er unsicher, ob er diesen älteren Herrn eigentlich kennen müsste, setzte dann aber seinen Weg fort, wobei er geschickt einem Reifen auswich, der auf ihn zurollte, gefolgt von einem Jungen in blauem Matrosenanzug.

Stackfield straffte seine Schultern. »Geben Sie die Sache auf«, wiederholte er resolut.

Henry lächelte vage. »Ach, ich glaube, er wäre sehr enttäuscht, wenn ich das täte. Er rechnet ziemlich stark mit meiner Unterstützung.«

»Mein lieber Freund ...« Stackfield schüttelte den Kopf. »Glauben Sie mir, auf Crombie ist kein Verlass! Absolut kein Verlass!«

»In welcher Hinsicht?« Henry hob überrascht eine Braue. »Mich hat er nie enttäuscht. Worauf wollen Sie hinaus?«

Stackfield wandte sich ab und ging weiter, wobei er mit den Füßen nach Kieselsteinen trat – eine Geste leichter Verärgerung. »Glauben Sie es mir doch einfach, mein Lieber. Kann Ihnen nichts Näheres erzählen. Eine Ehrensache, wissen Sie.«

»Unerfreuliche Gerüchte gehört?« Rathbone hielt mühelos mit ihm Schritt, fest entschlossen, nicht aufzugeben. »Vermutlich irgendein Missverständnis, an dem nichts dran ist. Ich kann einen Menschen nicht wegen eines Gerüchts im Stich lassen.«

»Es ist kein Gerücht«, widersprach Stackfield zornig und mit hochrotem Kopf. »So glauben Sie mir doch endlich!«

Henry zögerte. Er war sich nicht sicher, wie weit er seinen Gesprächspartner bedrängen konnte, ohne die Grenze zwischen Naivität und Sensationslust zu überschreiten. Stackfields Jähzorn war allgemein bekannt und gefürchtet. Ohne sich anmerken zu lassen, ob er sein Urteil akzeptiert hatte oder nicht, lief Henry mit den Händen in den Hosentaschen schweigend neben ihm her.

»Verdammt, es ist kein Gerücht!«, explodierte Stackfield. »Glauben Sie, ich würde den Stab über einen Mann brechen, wenn ich mir meiner Sache nicht ganz sicher wäre?«

»Vielleicht habe ich Sie falsch verstanden«, erwiderte Henry sanft. »Was haben Sie gesagt?«

»Der Mann ist nicht ehrlich!«

»Sie meinen, er hat etwas gestohlen?«

»Nein, natürlich nicht! Um Himmels willen, Rathbone! Crombie hat sich Geld geborgt und es nicht zurückgezahlt.«

»Vielleicht tut er es noch.« Henry zwang seine Stimme zur Ruhe. Es war ein unangenehmer Gedanke und er spürte die ersten Bedenken. »Vielleicht wollte Crombie es zurückzahlen und hat sich nur zu viel Zeit damit gelassen.«

»Wohl kaum!«, entgegnete Stackfield bitter. »Er schrieb klipp und klar, dass er es nicht tun würde, machte keinen Hehl daraus. Der arme Tropf, dem er das Geld schuldete, konnte seine eigenen Schulden nicht begleichen und hat sich erschossen. Verstehen Sie jetzt, dass Crombie ein Schurke ist? Sie dürfen nichts mehr mit ihm zu tun haben, Rathbone. Ich selbst bringe es nicht einmal über mich, auch nur ein Wort mit ihm zu wechseln, weil ich Iverson gut kannte. War ein anständiger Bursche. Hinterließ Frau und drei Kinder. Schreckliche Geschichte!«

Henry war fassungslos und fror plötzlich trotz der warmen Sonne. Er konnte sich noch genau an Iversons Tod im Oktober 1854 erinnern.

»Sind Sie ganz sicher, dass es sich um ein und denselben Crombie handelt?« Ihm war bewusst, dass dies eine törichte Frage war, dass er sich verzweifelt an einen Strohhalm klammerte.

Stackfield sah ihn gereizt an. »Natürlich! Der Brief hatte dieselbe Schrift. Glauben Sie, ich hätte sie nicht genau verglichen?«

»Dieselbe Schrift?«, wiederholte Henry verständnislos.

»Wie in dem Brief, mit dem er seine Mitgliedschaft im

Albion Club beantragte. Protheroe fühlte sich verpflichtet, uns den Brief zu zeigen, in dem Crombie Iverson mitteilte, dass er seine Schuld nie zurückzahlen werde. Ausgeschlossen, ihn als Mitglied in Betracht zu ziehen. Protheroe fühlte sich scheußlich deswegen, doch seine Ehre zwang ihn, so zu handeln.«

»Wie ist er denn an jenen Brief gelangt?«, wollte Henry neugierig wissen. Er hielt nicht viel von Protheroe, obwohl er seine Abneigung nicht logisch begründen konnte. Vielleicht war es die Härte und Profitgier des Mannes, die ihn abstieß, vielleicht war es aber auch nur seine Vorliebe für seidene Taschentücher und übertrieben polierte Stiefel.

»Natürlich durch Iversons Witwe«, erwiderte Stackfield. »Er war ein Freund der Familie und half der armen Frau, die nach der Tragödie völlig verstört war, nach besten Kräften.«

»Ja, ich verstehe«, murmelte Henry, der sich die Verzweiflung der Witwe vorzustellen versuchte.

»Empörend!« Stackfield schob die Unterlippe vor. »Ein unverzeihliches Verhalten, völlig unverzeihlich!«

»Wenn man verzweifelt ist …«, begann Henry von Mitleid gepackt.

»Crombie schrieb einen Brief, frech wie Oskar!«, schnaubte Stackfield. »›Ich werde Ihnen meine Schuld nie zurückzahlen.‹ Das war es, was dem armen Iverson den Rest gab.«

»Und Sie sind sicher, dass der Brief zu jenem Zeitpunkt abgeschickt wurde?«, unternahm Henry einen letzten Versuch, obwohl er sich dabei selbst lächerlich vorkam.

Stackfield warf ihm denn auch einen vernichtenden Blick zu. »Natürlich! Der Kerl erwähnte das Neueste vom Tage, schrieb sogar vom Theater. Kalt wie ein Fisch, sage ich Ihnen! Der Teufel soll ihn holen! Iverson war ein anständiger Mann.« Er trat wütend gegen die Graskante. »Vielleicht nicht sehr klug, aber anständig. Betrachtete Crombie als Freund, nahm ihn zu sich ins Haus, ließ ihn bei sich wohnen! Kümmerte sich wie ein Bruder um ihn, nachdem Crombies Sohn gefallen war.«

Das entsprach so gar nicht dem Bild, das Rathbone von Crombie hatte, dass er die Beschuldigungen einfach nicht akzeptieren konnte. Doch ihm fehlten die Argumente, um Stackfield zu widerlegen.

»Könnten Sie den Brief falsch gedeutet haben?«, fragte er verzweifelt. »Oder könnte Crombie sich missverständlich ausgedrückt haben?«

»Er schrieb über die neuesten Nachrichten von der Krim!« Stackfield war mit seiner Geduld am Ende. »Verdammt, vorher konnte er sie schließlich nicht kennen und nach Iversons Tod hätte er sich bestimmt nicht die Mühe gemacht, einen Brief aufzusetzen.« Er schüttelte den Kopf. »Tut mir leid, Rathbone, aber es führt kein Weg daran vorbei – wie Protheroe zu Recht betont hat, war es Crombies Weigerung, seine Schulden zu begleichen, die Iverson des letzten Hoffnungsschimmers beraubte. Armer Teufel!«

»Ja«, murmelte Henry kläglich. »Ja, ich habe verstanden. Entschuldigen Sie bitte!«

»Sie brauchen sich nicht zu entschuldigen.« Stackfield wurde plötzlich großzügig. »Niemand möchte solche Dinge von einem Freund glauben. Kommen Sie mit in den Club und trinken Sie einen Whisky. Ich kann jetzt auch einen gebrauchen.«

»Danke«, willigte Henry ein. »Verdammter Profitjäger! Will aus diesen grässlichen Mietshäusern im Devil's Acre Kapital schlagen! Aber die Kirche macht ja das Gleiche und wenn es bei ihr recht und billig ist, sollte ich mich nicht beklagen.« Er schlug mit seinem Stock erbost auf die viel zu langen Grashalme ein. »Haben Sie den Artikel in der *Times* gelesen? Ich wollte Sie schon neulich danach fragen …«

Trotzdem war Henry zutiefst unglücklich über die Situation, so sehr, dass er Crombie aufsuchte und ihn mit Stackfields Anschuldigungen konfrontierte.

Alle Farbe wich aus dem Gesicht des Architekten und er starrte Rathbone ungläubig an. »Das stimmt absolut nicht!«, protestierte er. »Gewiss, ich habe einen solchen Brief geschrieben. An den genauen Wortlaut kann ich mich nicht mehr erinnern, aber ich weiß mit Sicherheit, dass ich mir niemals Geld von Iverson oder sonst jemandem geborgt habe.« Er schluckte verlegen. »Die Schuld, die ich erwähnte, bezog sich auf einen Freundschaftsdienst, der mir in Zeiten großen persönlichen Leids erwiesen wurde. So etwas lässt sich natürlich niemals zurückzahlen.«

Henry wollte ihm Glauben schenken, aber außer Crombies Wort gab es nichts, was seine Version der Geschichte untermauerte. Wenn es so war, wie er behauptete – warum war Iverson dann nach dem Erhalt des Briefes so verzweifelt gewesen, dass er sich das Leben nahm?

Crombie musste die Zweifel – und vielleicht auch die dumpfe Trauer – an Henrys Gesicht abgelesen haben. »Ich stand nur, was Güte und Freundlichkeit betrifft, in seiner Schuld«, sagte er ruhig, »das schwöre ich Ihnen.«

Henry gab keine Antwort. Da gab es weiter nichts zu sagen.

Bei Iversons finanziellen Schwierigkeiten hatte es sich um Ehrenschulden gehandelt, die mit seinem Tod erloschen waren, und so lebte seine Witwe noch immer recht luxuriös in ihrem gemeinsamen Haus. Offenbar war sie kürzlich nach dem Ableben ihres Vaters zu etwas eigenem Vermögen gekommen. Das Haus lag außerhalb des Dorfes Bolton, vom Bahnhof aus eine halbe Stunde Fahrt mit einem zweirädrigen Pferdewagen über enge Straßen, die sich einen breiten Hügel hinauf zogen.

Mrs. Iverson empfing ihn höflich, wenngleich ein wenig überrascht. »Mr. Henry Rathbone?«, fragte sie in dem bezaubernden Salon mit Erkerfenstern und geblümten Vorhängen. Die Aussicht reichte über einen weiten Rasen hinweg zu Feldern und einem Wäldchen.

»Es tut mir leid, Sie zu belästigen, gnädige Frau«, entschuldigte er sich. »Aber da gibt es eine Sache, die einem Freund von mir großen Kummer bereitet, und möglicherweise handelt es sich dabei nur um ein Missverständnis, das Sie aufklären können.«

»Wirklich?« Sie war eine hübsche Frau Ende Dreißig, die immer noch Schwarz trug, mit einer erlesenen Trauerbrosche am Kragen des schlichten Kleids. »Sagen Sie mir doch bitte, wie ich Ihnen helfen kann. Darf ich Ihnen eine kleine Erfrischung anbieten? Vielleicht eine Tasse Tee?«

»Vielen Dank«, stimmte Henry zu. »Das wäre sehr liebenswürdig. Die Fahrt von London war zwar nicht unbequem, aber ziemlich heiß.«

»Sie sind den ganzen Weg von London hierher gekommen?« Mrs. Iverson zog an der Klingelschnur. »Machen Sie es sich doch bitte bequem.« Sie deutete auf einen Lehnstuhl. »Erzählen Sie mir von diesem Missverständnis.«

Rathbone setzte sich erst, nachdem seine Gastgeberin Platz genommen hatte. »Ich glaube, Sie und Ihr Mann waren sehr freundlich zu einem Mr. Robert Crombie, besonders nach dem Tod seines Sohnes.«

Ihr Gesicht verhärtete sich und ihre Augen erkalteten. »In der Tat, Mr. Rathbone. Warum fragen Sie?«

Henry wurde das Herz schwer. Ihr Gesichtsausdruck war Antwort genug, dennoch konnte er seine Geschichte jetzt nicht einfach abbrechen. Er glaubte, durch das Eintreten des Butlers einen kleinen Aufschub zu erhalten, aber Mrs. Iverson sah ihn weiterhin mit gerunzelter Stirn an.

»Ich glaube, Ihr Mann erhielt an seinem Todestag einen Brief von Crombie«, murmelte Henry verlegen und bedauerte zutiefst, sich auf dieses Unterfangen eingelassen zu haben.

»Jener Brief war die Ursache seines Todes, Mr. Rathbone«, sagte sie verbittert. »Sie brauchen nicht so diskret darauf anzuspielen. Der Brief war deutlich genug und ich habe keine Angst, ihn zu erwähnen.«

Der Butler räusperte sich.

Sie wandte sich ihm zu. »Würden Sie bitte Mr. Rathbone und mir Tee bringen, Wilkinson?«

»Jawohl, gnädige Frau. Aber wenn Sie mir die Bemerkung gestatten – der Brief kann nicht an jenem Tag eingetroffen sein. Es muss der Tag davor gewesen sein.«

»Nein«, warf Henry ein. »Das ist unmöglich, auf Grund von Neuigkeiten, die darin erwähnt werden.«

»Dann war es der Tag danach«, erklärte Wilkinson entschieden. »An Mr. Iversons Todestag ist überhaupt keine Post gekommen. Wir hatten einen sehr schlimmen Schneesturm und die Straße zum Dorf war unpassierbar. An jenem Tag war Mr. Collingwood aus dem Herrenhaus jenseits der Felder der einzige Besucher.«

Mrs. Iverson warf dem Butler einen erstaunten Blick zu. »Mr. Collingwood war hier? Davon habe ich ja gar nichts gewusst.«

»Er wollte den Hausherrn sprechen, gnädige Frau. Es ging um Land, das er von Mr. Iverson kaufen wollte.«

»Mr. Collingwood wollte von Mr. Iverson Land kaufen?«, fragte Henry ungläubig. Das ließ die These unsinnig erscheinen, seine Schulden hätten ihn in den Selbstmord getrieben.

»Nein, Sir.« Der Butler schüttelte den Kopf. »Mr. Collingwood war hergekommen, um mitzuteilen, dass er es sich anders überlegt hätte. Mr. Iversons eigene Mittel reichten offenbar nicht für die Forderungen aus.« Er wandte sich Mrs. Iverson zu. »Ich war gerade im Zim-

mer, gnädige Frau, weil ich den Herren Brandy ein-
schenkte. Es tut mir wirklich leid, aber ich konnte weder
Hilfe noch Trost spenden. Ihr Gatte war ein absoluter
Ehrenmann.« Er ließ den Rest unausgesprochen, weil eine Erklärung überflüssig war.

»Aber der Brief war geöffnet!« Mrs. Iverson schüttelte
den Kopf. »Ich habe ihn bei Georges Sachen gefunden.
Darin war von einer Schuld die Rede, die Crombie nicht
zurückzahlen wollte.«

»Ich habe ihn geöffnet, gnädige Frau, als Sie mich ba-
ten, mich um den Briefwechsel zu kümmern, den Sie Ihrem Rechtsberater übergeben wollten. Es handelte sich
nicht um eine Geldschuld, sondern um einen Freundschaftsdienst.«

Sie schaute Henry mit hochroten Wangen an. »Es tut
mir sehr leid … Offenbar habe ich Mr. Crombie falsch
eingeschätzt. War … war es das, was Sie wissen wollten?«

»Ja, gnädige Frau, genau das hoffte ich in Erfahrung
zu bringen, hatte die Hoffnung aber schon fast aufgegeben. Sie sind mit Mr. Protheroe bekannt?«

»O ja, er ist mir seit dem Tod meines Mannes sehr be-
hilflich gewesen.«

»Ich rate Ihnen von ganzem Herzen, über seinen Bei-
stand noch einmal gründlich nachzudenken, Mrs. Iver-
son. Ich befürchte nämlich, dass er aus unredlichen
Gründen heraus erfolgt. Sie haben bestimmt bessere
Freunde und ich glaube, zu denen gehört auch Mr.
Crombie.«

Bei Tee und Gurkenschnittchen, die der pflichtbe-
wusste Wilkinson ihnen servierte, erzählte Henry die
Geschichte von Crombies Antrag auf Mitgliedschaft im
Albion Club, der nun wohl doch noch Erfolg haben
würde.

Der Erpresser

Der Butler schloss die Salontür hinter sich. »Verzeihung, Sir, ein junger Gentleman wünscht Sie zu sprechen.« Er reichte Henry Rathbone den Silberteller mit der Visitenkarte. Henry nahm sie zur Hand und las. Er kannte keinen James Darcy und auch die Adresse in Mayfair war ihm unbekannt. Es war halb zehn an einem eisigen Januarabend. Die Gaslaternen auf der Straße kämpften mühsam gegen den dichten Nebel an, Droschkenräder rumpelten auf dem feuchten Pflaster und der Klang der Pferdehufe wurde von der undurchdringlichen Dunkelheit fast verschluckt.

»Er wirkt sehr aufgeregt, Sir«, berichtete der Butler, der Henrys erstaunte Miene bemerkt hatte. »Er bat mich inständig, Sie sprechen zu dürfen, weil er in irgendwelchen Schwierigkeiten steckt, obwohl er mir natürlich nichts Näheres anvertraut hat.«

»Dann sollte ich ihn wohl empfangen«, seufzte Henry. »Ich kann mir allerdings nicht vorstellen, wie er darauf kommt, dass ich ihm helfen könnte.« Er war Mathematiker und Gelegenheitserfinder, ein Liebhaber feiner Aquarelle, die er sammelte, soweit er sich das leisten konnte. Außerdem stöberte er für sein Leben gern in Antiquitätenläden herum, wobei ihn einfache Gebrauchsgegenstände aus alten Zeiten mehr interessierten als wertvolle Raritäten.

Der Mann, der dem Butler ins Zimmer folgte, war mittelgroß, hatte einen hellen Teint und ebenmäßige Gesichtszüge. Er war sehr gut gekleidet, seine Krawatte war perfekt gebunden, seine Stiefel glänzten, und trotz seiner unübersehbaren Verstörung trat er durchaus selbstbewusst auf.

»Es ist überaus freundlich von Ihnen, mich zu empfangen, Sir, zumal zu dieser späten Stunde.« Der Besucher streckte seine Hand aus. »Ehrlich gesagt, habe ich den ganzen Nachmittag mit mir gerungen, was ich tun soll – ob ich mich an Sie wenden soll oder nicht.« Er schaute Henry mit entwaffnender Aufrichtigkeit an und seine Augen spiegelten grässliche Angst wider.

»Bitte nehmen Sie Platz, Mr. Darcy«, lud Rathbone ihn ein. »Vielleicht ein Glas Brandy? Ihnen ist sicherlich kalt.«

»Ja, das stimmt. Sehr liebenswürdig von Ihnen.« Darcy trat näher an den Kamin heran, blieb noch einen Moment stehen und sank dann mit einem schweren Seufzer in den Sessel, so als trügen seine Beine ihn plötzlich nicht mehr. »Ich befinde mich in einer furchtbaren Lage, Mr. Rathbone, und ohne die Hilfe von jemandem wie Ihnen, einem unbestrittenen Ehrenmann, kann ich mich nicht daraus befreien. Ich werde erpresst!«

Er saß regungslos da, die blauen Augen unverwandt auf Henrys Gesicht gerichtet, um dessen Reaktion nicht zu verpassen.

Henry schenkte Brandy ein und drückte Darcy ein Glas in die Hand. »Verstehe … Wissen Sie, von wem?«

»O ja«, antwortete der junge Mann hastig. »Von einem Kerl namens James Albury, mit dem ich zu meinem Leidwesen flüchtig bekannt bin.«

Henry zögerte. Er hatte noch nie etwas mit Erpressung zu tun gehabt, war aber bereit, alles zu tun, was er konnte, um Darcy aus der Klemme zu helfen. Welche Schwächen oder Fehler er auch immer haben mochte, der Versuch eines anderen Menschen, daraus einen Vorteil für sich zu ziehen, war unentschuldbar. Es verstieß gegen Henrys Taktgefühl, weitere Fragen zu stellen, doch er musste das Vergehen kennen, um die Folgen einer Weigerung, auf den Erpressungsversuch einzugehen, realistisch einschätzen zu können.

Als hätte er das Dilemma seines Gastgebers geahnt, begann Darcy zu sprechen, leicht nach vorne gebeugt, so dass der Feuerschein seinem bleichen Gesicht etwas Farbe verlieh.

»Ich habe kein Verbrechen begangen, Mr. Rathbone. Es wäre mir nie in den Sinn gekommen, Sie in eine kriminelle Sache zu verwickeln. Wenn ich Ihnen die Geschichte erzähle, werden Sie mich vielleicht verstehen.«

Henry lehnte sich zurück und stellte zerstreut seine Füße auf das Kamingitter. Von dieser Angewohnheit waren seine Pantoffeln bereits ziemlich angesengt. »Dann erzählen Sie bitte«, sagte er aufmunternd.

Darcy nippte an seinem Brandy, wobei er das Glas mit beiden Händen umklammerte. »Ich habe das Wochenende auf dem Landsitz von Lord Wilbraham verbracht. Es waren auch andere Gäste anwesend, darunter meine Verlobte, Miss Elizabeth Carlton.« Er holte tief Luft und blickte zu Boden. Seine Wangen waren jetzt nicht nur vom Flammenschein gerötet.

Henry unterbrach ihn nicht.

»Ich muss Ihnen die Architektur des Hauses erklären«, fuhr Darcy fort. »Der Wintergarten befindet sich hinter einem sehr schönen Damensalon, in dem mehrere wertvolle Bilder hängen, insbesondere einige auf Elfenbein gemalte persische Miniaturen. Sie sind ganz klein – nur ein paar Zentimeter lang und breit –, aber außergewöhnlich fein gearbeitet, mit einem Pinsel, der angeblich nur aus einem einzigen Haar besteht. Außer der Tür, die in die Eingangshalle führt, gibt es keinen Zugang zu diesem Raum.«

Henry fragte sich, worauf Darcy hinauswollte. Wahrscheinlich hatte es etwas mit den Miniaturen zu tun. Der Mann fühlte sich sichtlich unwohl in seiner Haut und starrte auf den Teppich.

»Bitte glauben Sie mir, Mr. Rathbone, ich bete Miss

Carlton an. Sie ist aufrichtig, sanft, bescheiden ... so liebenswert, wie man sich eine Frau erträumt ...«

Im Grunde waren das beschönigende Umschreibungen der Tatsache, dass dieses Mädchen langweilig war, dass es ihm an Geist und Temperament mangelte, doch Henry verzichtete auf jeden Kommentar und lächelte nur.

Darcy biss sich auf die Lippe. »Ich war jedoch so unbesonnen, an jenem Abend längere Zeit in der Gesellschaft einer anderen jungen Dame zu verweilen. Wir hielten uns allein im Wintergarten auf, wohin ich ursprünglich rein zufällig geschlendert war, aber als ich Lizzie ... Miss Carlton ... durch die offenen Türen in den Damensalon kommen hörte, wollte ich nicht, dass sie mich mit Miss Bartlett herauskommen sah, die ... äh ... nun ja, ziemlich ausgelassen war ... Außerdem hatte sie ihr Kleid zerknittert, weil ihr Rock an einem Palmwedel hängen geblieben war und ...« Er blickte Henry mit weit aufgerissenen Augen unglücklich an.

»Ich verstehe«, sagte Rathbone mitfühlend. Es war nicht seine Aufgabe, darüber zu entscheiden, ob Darcys Schilderung der Wahrheit entsprach oder nicht. »Und welche Rolle spielen nun die Miniaturen?«

»Zwei davon wurden gestohlen«, murmelte Darcy heiser. »Sobald das jemandem auffiel, wurde natürlich Alarm geschlagen und aus den Umständen ging hervor, dass sie entwendet worden waren, bevor Lizzie den Damensalon betreten hatte, obwohl sie aussagte, das Fehlen der kleinen Bilder nicht bemerkt zu haben.«

»Und die Erpressung?«, fragte Henry. »Unterstellt man Ihnen, sie gestohlen zu haben, als Sie durch das Zimmer in den Wintergarten gingen?«

»Ja. Kurz zuvor hatte man sie noch gesehen!« Darcys Stimme wurde vor Angst schriller. »Begreifen Sie meine verzweifelte Lage? Ich war die ganze Zeit mit Miss Bartlett zusammen. Sie könnte bezeugen, dass ich die Miniaturen nicht genommen habe und auch gar keine Gelegenheit dazu hatte. Doch wenn sie das täte, würde Lizzie erfahren, dass ich mit Miss Bartlett im Wintergarten war … und ich muss gestehen, Mr. Rathbone, dass dies für sie sehr schmerzlich und für mich äußerst peinlich wäre. Miss Bartletts Ruf ist … nun ja, eher …«

»Sie brauchen es mir nicht näher zu erklären.« Henry beugte sich vor, schürte das Feuer und legte einige Kohlen nach.

»Hinzu kommt noch Folgendes«, fuhr Darcy fort. »Wenn ich meine Unschuld beweise, könnte man die arme Lizzie verdächtigen. Natürlich ist sie genauso unschuldig wie ich selbst. Ich kenne keinen ehrlicheren Menschen und außerdem ist sie eine reiche Erbin. Niemand könnte sich vorstellen, dass sie … aber unangenehm wäre es trotzdem … und ich kann nicht zulassen …«

»Ja, ich verstehe Ihre missliche Lage«, sagte Henry teilnahmsvoll. Ihm war klar, dass Darcy sich bezüglich der wohlhabenden Miss Carlton, die seine Tändelei mit Miss Bartlett nicht wohlwollend aufnehmen würde, in einem Widerstreit der Gefühle befand. »Ich weiß jedoch nicht, wie ich Ihnen helfen kann. Was verlangt Mr. Albury von Ihnen? Das haben Sie noch nicht erwähnt.«

»Oh, natürlich verlangt er Geld«, antwortete Darcy verächtlich. »Und wenn ich auf seine Forderung eingehe, wird er wieder kommen, wann immer ihm danach zumute ist.« In seinen Augen stand Panik geschrieben und er rang verzweifelt die Hände. »Er wird mich schröpfen, bis ich nichts mehr besitze! Doch wenn ich nicht bezahle, wird er mich ebenfalls ruinieren! Entweder gerate ich selbst unter Verdacht oder ich verteidige mich auf Lizzies Kosten und setze damit meine Verlobung und mein zukünftiges Glück aufs Spiel.« Er vergrub sein Gesicht in den Händen. »Mein Gott, war ich dumm, so lange in diesem verdammten Wintergarten zu bleiben! Doch es war nichts Unrechtes dabei, das schwöre ich Ihnen!«

Rathbone empfand tiefes Mitleid. Jeder junge Mann konnte eine solche Torheit begehen – und die meisten hatten sie wohl begangen –, wenn die Ehe und die damit verbundenen häuslichen Fesseln näher rückten und sich eine letzte Gelegenheit zu einem kleinen Flirt bot. Darcy war durch einen unglückseligen Zufall in die Zwickmühle geraten, aber Henry hatte keinen blassen Schimmer, wie er ihm helfen könnte. Ihm wollten nicht einmal tröstliche Worte einfallen.

Darcy schaute auf. »Mr. Rathbone, ich kann mir nur einen einzigen Weg vorstellen, wie man diesem Schuft das Handwerk legen könnte.«

»Wirklich?« Henry war sehr erleichtert. »Sagen Sie mir wie, und ich werde Ihnen mit dem größten Vergnügen helfen.« Das war sein voller Ernst.

Der Besucher straffte seine Schultern, nahm einen kräftigen Schluck Brandy und stellte das Glas ab.

»Mr. Rathbone, wenn Sie und irgendein hoch angesehener und geachteter Gentleman aus Ihrem Bekanntenkreis – ich weiß, es gibt deren viele – in meine Wohnung kommen und sich bei angelehnter Tür im Nachbarzimmer verstecken würden, könnte ich Albury dazu verleiten, seine Schandtat zuzugeben. Und sobald er das vor unbeteiligten Zeugen getan hat, deren Ruf niemand in Frage stellen kann, wird er es bestimmt nicht mehr wagen, mich weiter zu belästigen. Er könnte genauso viel zu verlieren haben wie ich – vielleicht sogar noch mehr, denn kein Ehrenmann hat Nachsicht mit einem Erpresser!«

»Stimmt«, bestätigte Henry eifrig. »Ich glaube wirklich, dass Sie die Lösung gefunden haben, Mr. Darcy. Ich habe mindestens ein halbes Dutzend guter Bekannter, die sich glücklich schätzen würden, einen solchen Schurken zur Strecke zu bringen und damit der Menschheit einen Dienst zu erweisen. Auf Anhieb fällt mir da Lord Jesmond ein. Wenn Sie mit ihm einverstanden sind, werde ich ihn gleich morgen ansprechen.«

»Selbstverständlich bin ich mit ihm einverstanden«, erwiderte Darcy rasch. »Ein bewundernswerter Gentleman, dessen Missbilligung Albury – oder jeden anderen Dummkopf – zugrunde richten könnte. Ich weiß gar nicht, wie ich Ihnen danken soll. Ich werde für immer in Ihrer Schuld stehen, wie auch meine liebe Lizzie, obwohl sie nie etwas davon erfahren wird.« Er erhob sich und streckte spontan seine Hand aus. »Ich danke Ihnen von ganzem Herzen, Mr. Rathbone!«

Zwei Tage später, an einem frostigen Nachmittag, als das Eis auf den Pfützen splitterte und der bleiche Winterhimmel eine bitterkalte Nacht versprach, stiegen Henry Rathbone und Lord Jesmond vor Darcys Wohnung in Mayfair aus einer Droschke. Sie waren nicht mit Lord Jesmonds eigener Kutsche gekommen, um zu verhindern, dass der Erpresser bei deren Anblick Verdacht schöpfen würde.

An der Tür wurden sie von Darcy empfangen, der sich verständlicherweise in einem höchst erregten Zustand befand. Seine Augen glänzten fiebrig, sein Gesicht war gerötet. Mit fahrigen Bewegungen bat er sie ins Haus, wobei er sogar eine Hand auf Henrys Arm legte, die er jedoch mit einer gestammelten Entschuldigung rasch wieder zurückzog, sobald er sich der ungehörigen Vertraulichkeit bewusst wurde. Rathbone stellte ihn Lord Jesmond vor.

»Ich bin Ihnen von Herzen dankbar, Mylord«, stammelte Darcy. »Sie erweisen mir einen unschätzbaren Dienst, indem Sie sich derart für mich einsetzen. Ich werde Ihnen das nie vergelten können.«

»Das ist auch nicht nötig, mein lieber Freund«, versicherte Jesmond mit einem betont kräftigen Händedruck.

»Erpressung ist eine üble Sache. Der Kerl hätte die Peitsche verdient, aber ich denke, dass ein anständiger Schreck auch seinen Zweck erfüllen wird, ohne Ihren guten Namen oder Ihr zukünftiges Glück zu gefährden. Wo können wir warten, um diesen Gauner zu beobachten, ohne selbst gesehen zu werden?«

»Hier entlang, meine Herren.« Darcy drehte sich auf dem Absatz um und führte sie in einen hübschen Wohnraum, der mit Lehnstühlen und einem kleinen Tisch mit orientalischen Schnitzereien ausgestattet war. Über dem Kamin im Stil von Robert Adam hingen sehr originelle Gemälde, die allesamt das Kap der Guten Hoffnung darstellten. Zwei elegante Messingleuchter standen auf dem Kaminsims und ein prasselndes Feuer ließ das Zimmer sehr gemütlich erscheinen.

Darcy öffnete die Tür zu einem angrenzenden Schlafzimmer, das offensichtlich nicht benutzt wurde, denn der einzige Einrichtungsgegenstand war ein großer chinesischer Seidenparavent.

»Es tut mir leid«, entschuldigte er sich. »Ich weiß natürlich, dass es hier erbärmlich kalt ist, doch wenn ich Feuer machen würde, könnte das Alburys Misstrauen erregen und ich möchte diese leidige Angelegenheit unbedingt heute hinter mich bringen. Eine zweite Chance dieser Art bietet sich mir bestimmt nicht wieder. Der Kerl ist zwar ein Schuft, aber kein Dummkopf.«

»Ganz recht, mein Lieber«, pflichtete Lord Jesmond ihm sofort bei. »Er könnte es sich ja beim nächsten Mal einfallen lassen, Sie auf offener Straße zu treffen, was? Verdammte Kälte, verdammter Regen! Wir werden es hier gut aushalten, das versichere ich Ihnen. Eine ausgezeichnete Idee von Ihnen, den Paravent aufzustellen – für den Fall, dass er einen Blick ins Zimmer werfen sollte.« Er lächelte, um Darcy Mut zu machen.

Darcy erwiderte das Lächeln, doch es wirkte gequält und zumindest Henry fiel seine Angst auf.

»Machen Sie sich keine Sorgen«, sagte er sanft. »Wenn wir den Burschen auf frischer Tat ertappt haben, wird er die Sache nie wieder zur Sprache bringen, aber es ist ganz gut, dass Sie etwas angespannt wirken. Ziehen Sie jetzt die Tür zu. Wir werden hinter dem Paravent warten.«

»Vielen Dank … tausend Dank …«, murmelte Darcy bewegt und tat, wie ihm geheißen. Im nächsten Augenblick wurde die Tür angelehnt. Rathbone und Jesmond blieben allein und sahen nur die kunstvoll bestickte Seide des Wandschirms. Die Stille schien förmlich zu knistern. Weder Schritte noch Stimmen des Personals waren zu hören. Vermutlich hatte Darcy allen dienstbaren Geistern irgendwelche Aufträge außer Haus erteilt. Nicht einmal das Prasseln der Flammen war aus dem Wohnzimmer nebenan zu vernehmen. Die ganze Wohnung schien den Atem anzuhalten.

Dann endlich vernahmen sie etwas: eine Stimme, die nicht Darcy gehörte, eine weiche, einschmeichelnde Stimme, kultiviert und scheinbar ungezwungen. Doch Henry nahm eine leichte Nervosität und Schärfe wahr, die kleinen Pausen beim Luftholen eines Mannes, der weiß, dass er sich auf ein gefährliches Terrain begeben hat und einiges riskiert.

»Nun, Darcy, lassen Sie uns keine Zeit mit Höflichkeitsfloskeln vergeuden, die keiner von uns ernst meint. Ich hoffe, dass es Ihnen gutgeht, und Sie wünschen mir die Pest an den Hals, davon können wir ausgehen, ohne es auszusprechen. Aber ich lebe nun einmal, erfreue mich bester Gesundheit und habe nicht die Absicht, demnächst das Zeitliche zu segnen – es sei denn, Sie wären so töricht, mich ermorden zu wollen. Dagegen habe ich allerdings gewisse Vorsichtsmaßnahmen getroffen.« Er lachte auf. »Außerdem wäre es eine sehr übertriebene Reaktion auf meine recht bescheidene Bitte. Schließlich werden Sie nach der Hochzeit mit Miss Elizabeth Carlton ein reicher Mann sein.«

»Der Teufel soll Sie holen!«, knurrte Darcy nach kurzem Schweigen mit belegter Stimme.

»Dieser Ehe steht meines Wissens nach nichts im Wege«, fuhr Albury ungerührt fort. »Vorausgesetzt, Sie erweisen mir den kleinen Gefallen, um den ich Sie gebeten habe.«

»Was für einen Gefallen?«, fragte Darcy scharf.

»Ach, stellen Sie sich doch nicht dümmer, als Sie sind!«, erwiderte Albury herablassend. »Sie wissen genau, was ich meine. Schließlich haben wir unsere Standpunkte bereits geklärt.« Seiner Stimme war keine Ungeduld anzuhören. Henry, der hinter dem chinesischen Paravent im Nebenzimmer stand, hatte den Eindruck, als genieße der Erpresser sein Machtgefühl und wolle es voll auskosten.

Der gleiche Gedanke musste auch Darcy gekommen sein, denn er rief empört: »Es bereitet Ihnen Vergnügen, mich zu quälen, Sie Schuft! Bis vor kurzem habe ich Sie zwar nicht gerade für einen Freund, aber doch für einen achtbaren Menschen gehalten. Mein Gott, wie habe ich mich in Ihnen getäuscht! Sie sind nicht würdig, Ihren Fuß über die Schwelle irgendeines anständigen Hauses zu setzen!«

»Ich glaube kaum, dass Sie es sich in Ihrer prekären Situation leisten können, andere Menschen zu tadeln, geschweige denn zu beleidigen, mein lieber Darcy«, entgegnete Albury amüsiert. »Was meinen Sie denn, über wie viele Schwellen Sie noch Ihren Fuß setzen werden, wenn allgemein bekannt wird, dass Sie zwei der wertvollsten persischen Miniaturen Ihres Gastgebers entwendet haben?«

»Das habe ich nicht getan! Ich …«

»Nein? Dann werden Sie Ihre Unschuld zweifellos beweisen und mich der Verleumdung bezichtigen, wenn ich allen erzähle, was ich weiß.«

»Ich …« Darcy schluchzte beinahe und Henry tauschte einen Blick mit Jesmond. Der junge Mann spielte seine Rolle ausgezeichnet, es sei denn, Albury hatte seine Zuversicht tatsächlich erschüttert. Rathbone schäumte vor Wut, denn Erpressung gehörte für ihn zu den verabscheuungswürdigsten Verbrechen, weil es eine vorsätzliche langsame Folter war.

»Vielleicht sollten Sie doch lieber wie vereinbart meine Forderungen erfüllen«, schlug Albury entschieden vor. »Zwanzig Pfund im Monat werden mir den Luxus gewähren, nach dem ich mich schon lange sehne, und Sie wird diese Summe nicht an den Bettelstab bringen. Sie werden nur auf einige Annehmlichkeiten des Lebens verzichten müssen, die Sie bis jetzt genossen haben. Möglicherweise wird es Ihren edlen Bordeaux nicht mehr geben, die vielen Opernbesuche, die unzähligen neuen Hemden. Sie werden Ihre Schuhe ein wenig länger als bisher tragen müssen. Und zumindest bis zur Hochzeit werden Sie Miss Carlton nicht mehr ganz so großzügig beschenken können.«

»Sie sind ein Mistkerl!«, schnaubte Darcy. »Das ist Erpressung!«

»Selbstverständlich!« Albury hörte sich belustigt an. »Haben Sie das jetzt erst begriffen?«

»Nein.« Darcy wurde schlagartig ein neuer Mensch, mit schneidend scharfer Stimme. »Nein, ich habe es von Anfang an gewusst, aber ich wollte, dass Sie es selbst zugeben. Erpressung ist nämlich ein Verbrechen, sogar ein recht schweres, und ich habe Zeugen für unsere Unterhaltung. Das dürfte Ihren bisherigen Vorteil ausgleichen, meinen Sie nicht auch?«

»Was?«, rief Albury entgeistert. »Wo?«

Henry trat genau in dem Moment hinter dem Paravent hervor, als die Tür auflog und ein dunkelhaariger junger Mann mit offenem Mund und schreckensweit aufgerissenen Augen auf der Schwelle stand.

»Mr. Darcy hat völlig Recht.« Rathbone machte einige

Schritte zur Seite, damit auch Lord Jesmond ins Blickfeld kam. »Wir haben das ganze Gespräch mit angehört, Mr. Albury, und ich gebe Ihnen den guten Rat, sofort zu verschwinden und kein Wort über diese Angelegenheit zu verlieren, so lange Sie leben. Sie können sich glücklich schätzen, dem gesellschaftlichen Ruin und einer Strafverfolgung zu entgehen. Von Mr. Darcy werden Sie keinen Penny bekommen, dafür werden weder Lord Jesmond noch ich etwas von Ihrem niederträchtigen Verhalten verlauten lassen. Es wird so geheim bleiben, wie es jetzt ist.«

Albury wich einen Schritt zurück und starrte Darcy hasserfüllt an.

»Kein Wort«, bestätigte Darcy und deutete demonstrativ auf die Wohnungstür. »Verlassen Sie mein Haus und betreten Sie es nie wieder. Sollte ich Ihnen zufällig in Gesellschaft begegnen, werde ich Sie um unserer Abmachung willen so höflich behandeln, als ob zwischen uns nie etwas vorgefallen wäre.«

Henry und Jesmond traten ins Wohnzimmer und genossen die Wärme. Das Kaminfeuer brannte lichterloh, denn Darcy hatte Holzscheite nachgelegt. Erleichterung lag in der Luft, fast eine Art Siegesstimmung.

»Abmachung?« Albury blickte einen nach dem anderen voller Wut und Enttäuschung an. »Ich bekomme gar nichts und Sie kommen mit Ihrem Diebstahl ungestraft davon? Was sind diese Miniaturen wert? Einhundert Pfund? Zweihundert? Noch mehr? Sie werden sie verkaufen und es sich gutgehen lassen.«

»Ich habe sie nicht gestohlen«, sagte Darcy ernst. »Ich habe noch nie im Leben etwas gestohlen.«

»Nein?« Albury riss ungläubig die Augen auf.

»Nein.«

»Warum haben Sie das damals nicht gleich gesagt und mich zur Hölle geschickt?«, meinte Albury mit einem süffisanten Grinsen.

»Weil ich dann hätte zugeben müssen, dass ich mit einer jungen Dame, die nicht meine Verlobte ist, allein war, und dafür hätte Miss Carlton wenig Verständnis gehabt. Außerdem hätte es zu Mutmaßungen Anlass gegeben, dass …« Darcy verstummte mitten im Satz, weil ihm vermutlich bewusst geworden war, dass er viel mehr als nötig gesagt und genau jene Fragen aufgeworfen hatte, die er eigentlich vermeiden wollte.

Albury lächelte und stellte dabei ebenmäßige, blendend weiße Zähne zur Schau. »Sie meinen, man könnte vermuten, dass Miss Carlton die Miniaturen gestohlen hat? Diese Vermutung wäre in der Tat nahe liegend … und nicht ganz unberechtigt!«

»Es wäre eine ungeheuerliche Unterstellung!«, rief Darcy wutentbrannt und machte mit geballten Fäusten einen Schritt auf Albury zu. »Wagen Sie es nicht, so etwas noch einmal zu behaupten! Haben Sie mich verstanden? Andernfalls werde ich Ihnen mit dem größten Vergnügen eine Tracht Prügel verabreichen, dass Ihnen Hören und Sehen vergeht!«

»Trotzdem ist es die Wahrheit«, entgegnete Albury, ohne zurückzuweichen.

»Das geht wirklich zu weit, Sir«, schaltete sich Lord Jesmond endlich ein. »Eine Dame zu verunglimpfen, wenn sie nicht anwesend ist, um sich verteidigen zu können, ist unentschuldbar. Sie werden Ihre Verleumdung sofort zurücknehmen und dann gehen! Seien Sie heilfroh, wenn Sie mit heiler Haut davonkommen und nur Ihre Ehre verloren haben.«

Henry betrachtete die beiden jungen Männer, deren Gefühle ihnen deutlich ins Gesicht geschrieben standen, und von einer Sekunde zur anderen kam ihm ein seltsamer Gedanke in den Sinn.

»Das ist doch aberwitzig!«, protestierte Darcy. »Lizzie würde so etwas nie tun, das weiß jeder, der sie kennt! Sie besitzt alles, was sie sich nur wünschen kann, und ist grundehrlich.«

»Aber sie ist eine Frau«, betonte Albury, der Lord Jesmond keines Blickes würdigte und nur Darcy fixierte. »Und Frauen sind bekanntlich eifersüchtig.«

Darcy schluckte. »Eifersüchtig?«, fragte er heiser.

»Natürlich! Dachten Sie wirklich, dass sie nichts von Ihrem längeren Aufenthalt mit Belle Bartlett im Wintergarten wusste, dass sie sich nicht lebhaft ausmalen konnte, was sich dort zwischen Orchideen und Palmen abspielte? Dann sind Sie ein bedauernswerter Dummkopf!«

Darcys Adamsapfel hüpfte auf und ab und er schien trotz des warmen Kaminfeuers zu frösteln.

»Sie hat die Miniaturen genommen«, fuhr Albury fort, »um Sie zu kompromittieren. Sie weiß besser als jeder andere, dass Sie die Bilder nicht gestohlen haben, aber sie möchte entweder Sie oder Miss Bartlett des Diebstahls angeklagt sehen, und falls ihr das nicht gelingen sollte, wird diese unselige Geschichte Ihr ganzes gemeinsames Leben lang wie ein Damoklesschwert über Ihnen hängen.«

»Sagen Sie das nie wieder!«, murmelte Darcy erstickt und mit trockenen Lippen. »Nie wieder, hören Sie?«

Albury streckte die Hand aus. »Fünfzig Pfund, einmalig.«

Darcy drehte sich um und ging zu einem kleinen Sekretär auf der anderen Seite des Zimmers. Er öffnete die Klappe und entnahm einem Geheimfach mehrere Banknoten. Wortlos hielt er sie Albury hin.

»Einen Augenblick!« Henry fiel ihm in den Arm, um Albury daran zu hindern, das Geld an sich zu nehmen. »Sie brauchen ihn nicht zu bezahlen.«

»Doch, ich muss!«, rief Darcy verzweifelt. »Weiß Gott, ich kann Lizzie jetzt nicht mehr heiraten. Es wäre Tag und Nacht eine einzige Qual. Bei jedem Blick würde ich die Eifersucht in ihren Augen lesen. Unser Leben wäre unerträglich. Wann immer ich mich mit einer anderen

Frau höflich unterhalte, müsste ich irgendwelche Torheiten von ihr befürchten. Aber man kann eine Liebe nicht so einfach auslöschen, nicht mit einem Schlag, mag er auch noch so hart sein. Ich werde ihre Ehre verteidigen. Niemand braucht davon zu wissen außer ihr selbst und ihrem Vater.« Er biss sich auf die Unterlippe. »Ich werde mit ihm sprechen müssen. Unsere Vereinbarung kann nicht bestehen bleiben, doch dies möchte ich zumindest noch für Lizzie tun. Lassen Sie bitte meine Hand los, Sir.«

Henry hielt sie weiter fest. »Was Sie Mr. Albury geben wollen oder warum, ist natürlich Ihre Sache, Mr. Darcy, doch Sie müssen ihn nicht bezahlen, um Miss Carlton zu schützen, denn sie hat sich allenfalls eine Fehleinschätzung Ihres Charakters zuschulden kommen lassen.«

»Ich weiß nicht, was Sie meinen«, protestierte Darcy. »Sie hat sich verabscheuungswürdig verhalten. Aus Eifersucht wollte sie Miss Bartlett zur Diebin stempeln!«

»Weil sie wusste, dass Sie mit der jungen Dame im Wintergarten waren?«

»Offensichtlich.«

»Dann musste ihr doch auch klar sein, dass nicht nur Miss Bartlett Ihre Unschuld beschwören könnte, sondern dass umgekehrt auch Sie Miss Bartlett entlasten würden; damit würde der Verdacht, wie Mr. Albury betont hat, auf Miss Carlton selbst fallen.«

Darcy erbleichte und schaute von Henry Rathbone zu Albury und zurück. Er schien etwas sagen zu wollen, blieb jedoch stumm.

»Aber das ergibt doch keinen Sinn, mein lieber Freund«, murmelte Lord Jesmond völlig verwirrt. »Sie müssen sich irren.«

»Es ergibt sehr wohl einen Sinn«, erklärte Henry. »Wir müssen die ganze Geschichte nur von Anfang an unvoreingenommen betrachten anstatt so, wie Darcy es uns weismachen wollte. Ein junger Mann, der mit einer jungen Dame verlobt ist, stellt fest, dass er sich zu einer anderen – vielleicht temperamentvolleren – stärker hingezogen fühlt. Er kann seiner Verlobten aber nicht einfach den Laufpass geben, denn das ist laut Gesetz Bruch des Eheversprechens und bedeutet für einen Mann mit beträchtlichen Ambitionen den gesellschaftlichen Ruin. Nach einem solchen Eklat könnte er niemals um die Hand der von ihm begehrten Frau anhalten, denn ihr Vater – eine wohlhabende und einflussreiche Persönlichkeit – würde das nicht dulden.«

Darcy war jetzt aschfahl.

»Unser junger Mann muss also einen anderen Ausweg finden«, fuhr Henry fort. »Seine Verlobte ist nicht bereit, ihn zu verlassen. Er braucht einen ehrenhaften Vorwand, um sich von ihr trennen zu können, einen Vorwand, bei dem er unbescholten bleibt und ungehindert sein Ziel weiter verfolgen kann. Bei einem Landhausaufenthalt bietet sich eine günstige Gelegenheit und die Idee wird geboren. Er benötigt nur noch die Hilfe eines guten Schauspielers.« Rathbone schaute Albury an, der einen sehr verlegenen Eindruck machte. »Und zwei Zeugen von untadeligem Ruf, redliche Leute, die erpicht darauf sind, Unrecht zu verhindern, denen es aber zugleich an Erfahrung im Umgang mit skrupellosen jungen Männern fehlt, deren Handeln von Erfolgsgier bestimmt wird.«

»Du lieber Himmel!«, murmelte Jesmond erschüttert.

Henry blickte jetzt wieder Darcy an. »Immerhin ist Ihr Plan nicht gänzlich misslungen. Sobald ich Miss Carlton über die Vorgänge in Kenntnis gesetzt habe, wird sie Sie zweifellos freigeben und dann können Sie sich um Miss Bartlett oder andere junge Damen bemühen. Allerdings bezweifle ich, dass Sir George Bartlett Sie in seine Familie aufnehmen wird – ich täte es auch nicht. Wenn ich Ihnen auch nicht in der von Ihnen beabsichtigten Weise dienen konnte, so habe ich doch einen guten Zweck erfüllt. Kommen Sie, Jesmond.« Er ging zur Tür, drehte sich aber noch einmal um. »Vergessen Sie nicht, dass Sie Mr. Albury für seine hervorragende schauspielerische Leistung etwas schuldig sind! Guten Tag, meine Herren!«

Die Mitternachtsglocke

Mein Freund und Kollege Sherlock Holmes hatte keine hohe Meinung von weiblicher Logik. Seiner Ansicht nach lagen die Stärken von Frauen auf anderen Gebieten, an denen er selbst jedoch wenig Interesse hatte, weil er kein häuslicher Mann war. Er musste seinen glänzenden Verstand ständig an neuen Herausforderungen messen, sonst wurde er leicht melancholisch. Frauen hingegen würden die abstrakten Freuden der reinen Vernunft niemals ermessen können, davon war er felsenfest überzeugt. Sie beurteilen alles von einem sehr persönlichen und emotionalen Standpunkt aus.

Wenn die junge Frau, die an jenem kalten Morgen drei Tage vor Weihnachten bei uns in der Baker Street saß, für ihr Geschlecht typisch war, musste ich Holmes Recht geben. Sie verkörperte alles, was er verabscheute: klein und zierlich wie eine Porzellanpuppe, verspielt gekleidet, nervös … Ständig spielte sie mit ihrem Pelzmuff herum, zupfte daran oder streichelte das Ding, als wäre es ein lebendiges Tier. Noch schlimmer war aber, dass sie keinen Satz zu Ende brachte, sondern zusammenhanglos von einem Thema zum anderen hüpfte, ohne etwas Wesentliches zu sagen.

Ich konnte Holmes ansehen, dass er mit seiner Geduld fast am Ende war. Er hatte eingewilligt, sie zu empfangen, weil er sich langweilte, und in ihrem Brief hatte sie höchste Lebensgefahr angedeutet.

Bisher hatte die Besucherin uns aber nur von den herrlichen Weihnachtsfesten in Northumberland berichtet, von knirschendem Schnee, prasselnden Kaminfeuern und der zauberhaften Landschaft geschwärmt, ganz zu schweigen von vollen Speisekammern und

Weinkellern. Dazwischen hatte sie auch noch die Stallungen, den Wintergarten und die Parkanlagen erwähnt, die angeblich sogar um diese Jahreszeit sehr reizvoll waren.

Holmes konnte dieses Geschwafel nicht länger ertragen. »Miss Bayliss«, sagte er gefasst. »Bitte kommen Sie endlich zur Sache. Sie haben uns ein richtiges Idyll geschildert. Wovor haben Sie dann Angst? Was führt Sie nach London? Was führt Sie zu mir?«

Sie schaute ihn verwirrt an. »O Gott, es tut mir so leid, Mr. Holmes. Ich war so durcheinander, dass ich einfach drauflos geschwafelt und Ihre Zeit unnötig in Anspruch genommen habe, ohne etwas zu erklären.«

Holmes ließ sich von ihrem flehenden Blick nicht erweichen. »Zur Sache, Miss Bayliss!«, wiederholte er ungeduldig.

Sichtlich verstört zerrte sie an dem Muff, ihr Busen hob und senkte sich in kurzen Abständen. Ich hätte ihr gern eine Erfrischung angeboten, um sie von ihrer Furcht abzulenken, denn mir war klar, dass ihre Aufregung sie am Sprechen hinderte, aber ich befürchtete, dass Holmes sich einfach zurückziehen würde, wenn er nicht bald eine befriedigende Auskunft erhielt.

»Schweben Sie in Gefahr, Miss Bayliss?«, fragte ich deshalb sanft.

Sie saß in einem großen Lehnstuhl und drehte sich mir dankbar zu. »O nein, Dr. Watson, nicht ich! Mein Vater!«

»Und was könnte Ihrem Vater Ihrer Ansicht nach zustoßen?«, warf Holmes ein.

»Er soll ermordet werden«, antwortete sie unumwunden.

Holmes war keineswegs beeindruckt. Er hielt sie für eine hysterische Person mit blühender Phantasie, die sich irgendetwas einbildete.

»Warum befürchten Sie einen Anschlag auf sein Leben, Miss Bayliss? Hat er Drohungen erhalten oder gab es bereits einen Mordversuch?«

»O nein!« Sie lächelte, als wäre es eine gänzlich absurde Idee. »Sie kennen meine Schwester nicht, Mr. Holmes, sonst würden Sie solche Fragen nicht stellen.«

»Ihre Schwester?« Er hob erstaunt die Brauen, aber ich konnte ihm ansehen, dass er nach wie vor nicht an eine wirkliche Gefahr glaubte. »Soll das heißen, dass Ihre Schwester Ihrem Vater nach dem Leben trachtet?«

»So ist es.« Miss Bayliss ließ den Kopf hängen. »Sie können sich nicht vorstellen, wie beschämend es ist, das sagen zu müssen.« Ihre Stimme war sehr leise, aber deutlich. »Das ist einer der Gründe, weshalb ich nicht zur Polizei gehen kann. Man würde mir nicht glauben, wofür ich durchaus Verständnis habe. Alyson ist nach außen hin so lieb, so gehorsam und ehrerbietig … aber ich kenne sie gut genug, um zu wissen, was sie im Schilde führt …«

Der letzte Funke Interesse erstarb in Holmes' Augen. »Es tut mir leid, aber ich pflege mich nicht in Familienstreitigkeiten einzumischen.«

Seine kühle Distanz entging ihr nicht und sie schien den Tränen nahe. »Wenn Sie wüssten, was für ein nobler Mensch mein Vater ist, Mr. Holmes, würden Sie die Sache nicht so abtun. Er gehört zu den tapfersten Soldaten, die unser Land jemals hatte. Er kämpfte bei Rorke's Drift gegen die Zulu … er spricht selten darüber, aber obwohl ich selbst nie in Afrika war, habe ich größten Respekt vor den Männern, die an jenen Feldzügen teilnahmen. Ich vermute, dass Sie darüber Bescheid wissen, Dr. Watson, und nicht überrascht sein werden zu hören, dass die Narben eines Zulu-Speers ihm bis heute Schmerzen bereiten.«

»Selbstverständlich!«, rief ich aufrichtig. Es gab keinen Soldaten in der Armee Ihrer Majestät, der die Geschichte des kleinen Militärhospitals bei einer Missionsstation am Buffalo River nicht kannte, wo 104 Mann heldenhaft einen Angriff nach dem anderen von etwa 4000 Zulu-Kriegern zurückgeschlagen hatten. Es war eine der tragischsten Episoden unserer Kolonialgeschichte und die Überlebenden hatten die höchsten Tapferkeitsauszeichnungen erhalten. Jeder Mann, der dort gewesen war, verdiente zweifellos nicht nur Respekt, sondern auch unseren Beistand, falls er ihn benötigte.

Ich schaute Holmes an und hoffte, dass meine eigenen Gefühle sich in seinem schmalen Gesicht widerspiegeln würden, und ich wurde nicht enttäuscht. An seiner Skepsis gegenüber Miss Bayliss hatte sich nichts geändert, aber er schien jetzt doch bereit zu sein, ihr Gehör zu schenken.

»Wer ein solches Gemetzel überlebt hat, sollte nicht das Opfer eines Familienangehörigen werden«, sagte er freundlicher als zuvor. »Bitte erzählen Sie mir, warum Sie glauben, dass Ihre Schwester ihm nach dem Leben trachtet.«

Auch ich hörte aufmerksam zu. Sie musste gute Gründe und irgendwelche Beweise für ihre Behauptung haben. Wer würde sonst einer solch ungeheuerlichen Beschuldigung Glauben schenken?

Sie begann zu sprechen, diesmal erstaunlich ruhig und zusammenhängend.

»Meine Schwester Alyson ist älter als ich, Mr. Holmes. Wir führen ein verhältnismäßig einsames Leben. Meinem Vater gehört das größte Haus weit und breit. Natürlich haben wir Freunde, aber unser Bekanntenkreis ist ziemlich klein und es gibt nicht viele Herren, unter denen Alyson oder ich unsere Lebenspartner aussuchen konnten.«

»Ich verstehe«, sagte Holmes rasch. »Hat Alyson sich in einen Mann verliebt, den Ihr Vater nicht billigt?«

Sie schaute ihn mit glänzenden Augen an. »Ja, genau das ist passiert und vor einem Jahr hat sie ihn geheiratet.« Ihr zartes Gesicht verriet Zorn und Traurigkeit und sie schien die Situation nicht nur uns, sondern auch sich selbst erklären zu wollen. »Er ist sehr attraktiv und charmant und wenn er mit Alyson oder meinem Vater zusammen ist, benimmt er sich untadelig. Nur mir gegenüber hat er sich nie verstellt, weil er mich für ein Dummchen hält. Der Mann ist rücksichtslos und habgierig, Mr. Holmes! Er hat seine bescheidenen Geldmittel durchgebracht und lauert jetzt auf Alysons Erbe. Der Name meines Vaters hat großes Gewicht …«

»Natürlich«, fiel ich ihr ins Wort. »Ein Mann mit einer solchen Vergangenheit muss zwangsläufig in hohen Ehren gehalten werden. Ist der Mann Ihrer Schwester ebenfalls Soldat?« Ich wollte mir ein Bild von ihm machen können.

»O nein, Dr. Watson!« Sie schüttelte heftig den Kopf. »Er hat sein Leben nie für andere Menschen riskiert und er will auch keine anderen Pflichten übernehmen. Harte Arbeit ist ihm ein Gräuel, dafür liebt er Luxus jeglicher Art.«

»Aber was fasziniert Ihre Schwester an diesem Mann, der offenbar das genaue Gegenteil Ihres Vaters ist?«, fragte ich ungläubig.

»Seine geschmeidige Zunge«, erwiderte Miss Bayliss. »Seine Aufmerksamkeiten … Außerdem kann er sehr gut über Kunst und Philosophie reden und ist sehr belesen. Alyson hat wohl zu viel über die Armee, Auslandseinsätze und Führungseigenschaften gehört. Sie möchte einen Mann haben, der bei ihr bleibt und sie ständig unterhält.«

Holmes schwieg, aber sein Gesicht spiegelte Verachtung wider; meine eigene Miene war vermutlich genauso vielsagend.

»Ihr Vater kann diese Ehe natürlich nicht billigen«, sagte ich eifrig. »Die Zukunft Ihrer Schwester muss ihm große Sorgen bereiten. Glauben Sie aus diesem Grund, dass er in Lebensgefahr schwebt? Die meisten Menschen schrecken trotz allem vor einer Verzweiflungstat wie Mord zurück.«

»Gewiss«, stimmte sie zu, »aber Theodore benötigt das Geld, das Alyson nach dem Tod meines Vaters erben wird, und glauben Sie mir, Sir – es ist ein großes Vermögen. Vielleicht habe ich mich nicht klar genug ausgedrückt, aber es handelt sich um eines der schönsten Anwesen von Northumberland und die finanziellen Mittel gewähren nicht nur die angemessene Instandhaltung, sondern auch ein sorgenfreies Leben, wie jeder Gentleman es sich nur wünschen kann. Das ist eine große Versuchung …«

»Dann ist es also Theodore, den Sie in Verdacht haben, Ihren Vater ermorden zu wollen?«, korrigierte Holmes ihre frühere Behauptung.

»Nein, Mr. Holmes, es ist Alyson, die unter seinem Einfluss zur Tat schreiten wird. Sie besuchen uns für mindestens drei Tage über Weihnachten und werden an Heiligabend eintreffen. Theodore ist bis über beide Ohren verschuldet, will seinen Lebensstil aber beibehalten. Er muss sehr schnell handeln, sonst machen seine Gläubiger ihm das Leben zur Hölle. Natürlich wird er weit vom Tatort entfernt sein, um nicht in Verdacht zu geraten. Und niemand außer Ihnen und mir würde Alyson verdächtigen.«

Sie schaute ihn ernst an. »Deshalb brauche ich Sie, Mr. Holmes, einen Mann, der sich von Schönheit und Charme nicht blenden lässt, der aus den Tatsachen logische Schlussfolgerungen zieht, auch wenn sie noch so abstoßend sein mögen. Ihr scharfer Verstand und Ihr unbestechliches Wahrnehmungsvermögen sind sogar bei uns im hohen Norden, an der Grenze zu Schottland, berühmt, und man weiß, dass Sie furchtlos und völlig unvoreingenommen an einen Fall herangehen.« Es hörte sich nicht wie ein gewolltes Kompliment, sondern wie eine nüchterne Feststellung an.

»Name und Adresse Ihres Vaters, Miss Bayliss?«, fragte Holmes kurz angebunden.

Sie wagte noch nicht zu glauben, dass sie gewonnen hatte. »Oberst John Bayliss, Sir, Allenbury Park, in der Nähe von Alnwick. Werden … werden Sie mir wirklich helfen, Mr. Holmes?«

Der Gedanke, dass Oberst Bayliss von seinem eigenen Kind ermordet werden könnte, war mir unerträglich, und ich ergriff eigenmächtig die Initiative. »Selbstverständlich werden wir Ihnen helfen, Miss Bayliss! Sagen Sie uns, wie wir hinkommen, und wir werden bald dort sein. Seien Sie ganz beruhigt – wenn irgendein Mensch auf Erden Ihren Vater retten kann, so ist es Sherlock Holmes!«

»Das weiß ich, Dr. Watson«, sagte sie leidenschaftlich. »Deshalb bin ich schließlich hier.«

Holmes nahm mir meinen Übereifer zum Glück nicht übel, sondern lächelte nur trocken. »Wir benötigen allerdings noch etwas, Miss Bayliss.«

»Was? Alles, was in meiner Macht steht …«

»Eine einleuchtende Erklärung, warum wir an Heiligabend bei Ihrem Vater aufkreuzen, obwohl wir ihn überhaupt nicht kennen und auch mit Ihnen nur flüchtig bekannt sind.«

»Oh … o ja, natürlich …« Sie geriet wieder in helle Aufregung und begann am Muff zu zupfen.

Ich zerbrach mir den Kopf über einen unverfänglichen Vorwand für den Besuch bei Oberst Bayliss, aber mir fiel nichts Vernünftiges ein. Ich befürchtete, dass Holmes wegen dieser Schwierigkeiten den Fall doch noch ablehnen würde. »Vielleicht könnten wir behaupten, irgendwohin unterwegs zu sein, wobei ich darauf bestanden hätte, die Bekanntschaft eines Mannes zu machen, der bei Rorke´s Drift dabei war … Ihr Vater wird uns bestimmt auf ein Glas Punsch ins Haus bitten und dann können wir improvisieren … ein lahmes Pferd

oder irgendein anderes Hindernis, um unsere Reise fort-
zusetzen ...« Ich errötete, weil mein Vorschlag nicht einmal mir selbst einleuchtete, aber Miss Bayliss griff ihn
begierig auf.

»Ausgezeichnet, Dr. Watson! Bitte kommen Sie einfach. Notfalls zerlege ich eigenhändig Ihre Kutsche, damit Sie bei uns bleiben müssen!«

Und so kam es, dass Holmes und ich am Spätnachmittag von Heiligabend, als der weite Himmel über dem
Hochmoor von Alnwick allmählich dunkel wurde, in einer am Bahnhof gemieteten Kutsche saßen und durch
die bittere Kälte in Richtung des riesigen Herrenhauses
fuhren, dessen hell erleuchtete Fenster schon von weitem zu sehen waren.

Wir wurden überaus höflich empfangen, obwohl wir
sozusagen aus dem Nichts aufgetaucht waren und uns
auch nicht auf irgendwelche gemeinsamen Bekannten
berufen konnten. Oberst Bayliss war ein kräftiger Mann
Anfang Sechzig, weißhaarig und mit braungebrannter
Haut, die zweifellos von dem langen Aufenthalt in Afrika herrührte. Er hinkte ein wenig – möglicherweise war
der Zulu-Speer schuld daran, von dem seine Tochter gesprochen hatte –, schien sich ansonsten jedoch bester
Gesundheit zu erfreuen.

Es bedurfte nicht Holmes´ scharfer Beobachtungsgabe,
um auf den ersten Blick zu sehen, dass in Allenbury Hall
großer Wohlstand herrschte. Mit bunten Papiergirlan-
den, Schleifen, Kerzen sowie Kränzen aus Stechpalme
und bemalten Tannenzapfen weihnachtlich geschmückt,
wirkten die Räume zugleich herrlich gemütlich.

Ich hielt meine sorgfältig vorbereitete Rede, in der ich
meiner Bewunderung für den Oberst Ausdruck verlieh,
aber er wehrte meine Lobeshymnen mit sympathischer
Bescheidenheit ab und hieß mich und Holmes herzlich
willkommen.

»Es ist eine Freude, so kurz vor Weihnachten uner-
warteten Besuch zu bekommen. Könnte man sich etwas
Besseres wünschen? Ich glaube, dass es bald schneien
wird. Das geschieht oft um diese Jahreszeit, wenn der
Wind nachlässt. Wir werden weiße Weihnachten haben!
Wenn Sie erlauben, wird mein Kutscher Ihre Pferde in
den Stall bringen.«

»Das wäre sehr freundlich von Ihnen, Sir«, erwiderte
Holmes und ich wusste in diesem Augenblick, dass wir
bestimmt zum Abendessen bleiben und vermutlich
auch hier übernachten würden.

So geschah es denn auch. Der Tisch war exquisit ge-
deckt, mit funkelndem Kristall, feinstem Leinen, Silber,
mehrarmigen Leuchtern und einem prächtigen Gesteck
aus Stechpalme und Mistelzweigen, wobei rote und
weiße Beeren einen reizvollen Kontrast bildeten. Im riesigen Kamin prasselte ein Feuer, das den ganzen Raum
erwärmte, und es roch verführerisch nach gebratenem
Wildbret und dampfendem Gemüse, noch bevor wir
Platz genommen hatten und uns zunächst eine köstliche
Suppe schmecken ließen.

Wir saßen nur zu sechst an dem langen Tisch – der
Oberst am Kopfende, seine jüngere Tochter, die zierliche
Millicent, der wir unser Hiersein verdankten, ihm gegenüber, Alyson und ihr Mann an einer Längsseite, Holmes und ich an der anderen. Alyson war so, wie ihre
Schwester sie beschrieben hatte: schön und charmant,
ein bisschen eigenwillig, sichtlich daran gewöhnt, im
Mittelpunkt zu stehen. Auch Theodore Franklyn entsprach Millicents Beschreibung: er war attraktiv und
wortgewandt. Mir kam es so vor, als wolle der Mann unbedingt allen gefallen und halte deshalb manchmal mit
seiner eigenen Meinung hinter dem Berg, aber vielleicht
war ich voreingenommen, weil ich in ihm einen Komplizen des geplanten Mordes sah. Dieses Komplott erschien mir umso schändlicher, seit ich Oberst Bayliss

persönlich kennen gelernt hatte, der mir auf Anhieb sehr sympathisch gewesen war.

Nach der langen Zugfahrt war ich hungrig und durchgefroren und sprach dem Essen deshalb herzhaft zu. Die Unterhaltung sprang von einem Thema zum anderen, aber ich muss gestehen, dass ich nicht allzu aufmerksam zuhörte, sondern lieber die Gesichter von Alyson und Theodore beobachtete, die sich angeregt an den Gesprächen beteiligten. In allen wichtigen Fragen schien sie sich seiner Meinung zu fügen, in Dingen des Geschmacks gab er ihr immer Recht. Trotz dieser scheinbaren Harmonie gewann ich den Eindruck, als empfinde Alyson für ihren Mann wesentlich mehr als umgekehrt.

Mir fiel auch auf, dass er die Annehmlichkeiten, die Allenbury Hall zu bieten hatte, sehr schätzte. Er sprach vom Reiten, Schießen, Angeln, von der Jagd am zweiten Weihnachtstag. Sie würde nach der Bescherung der Dienstboten und Pächter stattfinden und er spielte diskret darauf an, dass man ihm zu dieser Gelegenheit ein besonders gutes Pferd zur Verfügung stellen solle.

Erwartungsgemäß begann es zu schneien und der Oberst lud uns ein, in seinem Haus zu übernachten. Ich fing einen Blick von Millicent auf und sah ihre grenzenlose Erleichterung. Kurz darauf stand sie auf und bat, sie für den Rest des Abends zu entschuldigen. Sie fühle sich nicht ganz wohl und wolle gleich zu Bett gehen.

»Kommst du nicht zur Mitternachtsandacht, meine Liebe?«, fragte der Oberst und erklärte an Holmes und mich gewandt: »Wir haben hier unsere eigene kleine Kapelle und diese Andacht hat eine lange Tradition. Nichts Großartiges … herrliche Musik haben wir leider nicht zu bieten. Wir singen nur einige Hymnen und sprechen ein Gebet und genau um Mitternacht läute ich als Herr von Allenbury die Glocke. Darin bin ich zwar kein Meister, aber sie hat einen schönen Klang, der meilenweit zu hören ist. Mir macht diese Sitte, das Fest einzuläuten, immer wieder Freude.«

»Es hört sich sehr reizvoll an«, rief ich begeistert, »und ich würde das liebend gern miterleben.«

»Ich auch«, versicherte Holmes, was mich ziemlich überraschte, denn er glaubte doch bestimmt nicht, dass Alyson ihren Vater bei dieser Gelegenheit umbringen wollte.

»Millicent?«, erkundigte Bayliss sich mit besorgt gerunzelter Stirn.

»Danke, Papa, aber lieber nicht. Ich werde mich hinlegen und Dora wird bei mir bleiben. Morgen geht es mir bestimmt wieder besser. Wahrscheinlich bin ich nur etwas übermüdet.«

»Die Reise nach London war zu viel für dich«, sagte Alyson teilnahmslos. »Zwei so lange Zugfahrten innerhalb kurzer Zeit sind sehr anstrengend. Du hättest dir das nicht zumuten sollen.«

»Es war wichtig, Lady Muriel zu besuchen«, widersprach Millicent von der Schwelle aus. »Sie ist meine Patentante und war ernsthaft krank. Es war das Mindeste, was ich für sie tun konnte.« Sie wandte sich an Holmes und mich. »Hoffentlich wird alles zu Ihrer Zufriedenheit sein, meine Herren. Gute Nacht und frohe Weihnachten!« Sie lächelte uns zu und verschwand.

Es war erst acht und die Andacht würde um zwanzig vor zwölf beginnen. Wir saßen noch eine Viertelstunde bei Tisch, dann entschuldigte sich auch Alyson. Sie wollte mit der Köchin alle Einzelheiten des morgigen Festmahls besprechen und die Haushälterin anweisen, unsere Gästezimmer vorzubereiten. Wir vier Männer blieben allein zurück. Es versprach ein langer Abend zu werden, aber ich freute mich darauf, denn ich hoffte, Oberst Bayliss überreden zu können, uns etwas über seine Erlebnisse in Afrika zu erzählen.

Diese Hoffnung ging in Erfüllung, doch was mir einige Sorgen bereitete, war unsere schier unlösbare Aufgabe. Miss Bayliss hatte berichtet, dass Theodore bis zum 27. Dezember in Allenbury Hall bleiben würde. Irgendwann während dieser Zeit dürfte Alyson versuchen, ihren Vater zu ermorden. Aber wir konnten unseren Besuch unmöglich so lange ausdehnen und das schurkische Paar würde höchstwahrscheinlich unseren Aufbruch abwarten, bevor es zur Tat schritt.

»Hast du irgendeinen Plan, wie man sie daran hindern könnte?«, fragte ich Holmes, als wir uns in unseren Zimmern vor dem Gang zur Kapelle ein wenig frisch machten. »Oberst Bayliss scheint sich keiner Gefahr bewusst zu sein.«

»Trotzdem habe ich den Eindruck, dass er Theodore nicht leiden kann«, erwiderte Holmes. Wir standen in seinem Zimmer, das Aussicht auf die mit Schnee bestäubten Rasenflächen hinter dem Haus bot. Es war ein gemütlicher Raum und das Kaminfeuer verbreitete eine angenehme Wärme.

»Wie kommst du darauf?« Mir war nichts aufgefallen. »Er war doch ausnehmend höflich zu seinem Schwiegersohn.«

»Genau!« Holmes schüttelte leicht den Kopf. »Er benahm sich wie ein Mann, der den kleinsten Fehler vermeiden will, weil dieser ausgenutzt werden könnte. Er war nicht entspannt, wie man es in Gesellschaft eines Freundes ist.«

»Du hast Recht«, gab ich zu. »Mir ist das entgangen.« Im Nachhinein wusste ich aber genau, was er meinte. Bei Menschen, die man wirklich sympathisch findet, braucht man nicht ständig auf der Hut zu sein, um jeden Fauxpas zu vermeiden. »Ich hätte es bemerken müssen«, murmelte ich zerknirscht.

»Mach dir nichts draus, Watson.« Holmes lächelte mir tröstend zu. »Der Oberst ist von dir sehr angetan, mein Freund, und aus diesem Grund wird er uns wahrscheinlich einladen, auch den ersten Weihnachtstag hier zu verbringen. Und wenn Miss Bayliss sich nicht irrt, wird ihre Schwester bald handeln, entweder noch heute Nacht oder morgen.«

»Aber auf welche Art und Weise?«, rief ich erregt. Wir mussten das Attentat verhindern und den Oberst anschließend aufklären. Natürlich würde es für ihn sehr schmerzlich sein, zu erfahren, dass seine eigene Tochter ihm nach dem Leben trachtete, aber wir durften es ihm nicht verheimlichen.

Holmes blickte sehr nachdenklich drein. »Nun, einige Dinge liegen auf der Hand … Das Paar will Alysons Anteil am Vermögen erben und als älterer Tochter würde ihr auch dieses Haus zufallen. Polizeiliche Ermittlungen können sie sich nicht leisten, folglich muss es nach einem Unfall oder einer natürlichen Todesursache aussehen. Ich tippe auf Ersteres.«

»Ein Treppensturz?«, schlug ich vor. »Oder vielleicht ein Unfall bei der Jagd am zweiten Weihnachtstag? Theodore hat sich sehr für Ort und Zeit dieser Veranstaltung interessiert und großen Wert auf ein gutes Pferd gelegt.«

»Ja«, murmelte Holmes, »aber wenn er, wie Miss Bayliss behauptet, Gefahren und Unbequemlichkeiten verabscheut, weiß er vielleicht schon, dass diese Jagd nicht stattfinden wird. Ich glaube, Watson, dass der Mordversuch für früher geplant ist, zu einem Zeitpunkt, an dem wir nicht damit rechnen. Halte die Augen offen, mein Freund! Möglicherweise ist Alyson Franklyn noch gerissener, als ihre Schwester vermutet. So, hol jetzt deinen Hut und Mantel, damit wir mit der Familie und den Dienstboten zur Mitternachtsandacht gehen können.«

Um halb zwölf trafen wir uns in der Halle: Oberst Bayliss, Alyson, Theodore, Holmes und ich, während Millicent wie angekündigt in ihrem Schlafzimmer blieb. Der

Oberst führte die kleine Prozession an, zur breiten Haustür hinaus und durch den frisch gefallenen Schnee auf die nur fünfzig Meter entfernte winzige Kapelle zu. Starker Wind hatte die Wolken vertrieben und der Himmel war mit funkelnden Sternen übersät. Unsere Schritte knirschten auf dem gefrorenen Kies. Es war eine herrliche Nacht und ich freute mich auf den gemeinsamen Gesang und die Glocke, die weit über die schlafenden Felder schallen und Menschen in abgelegenen Hütten die Geburt Christi verkünden würde. Es tat mir sehr leid, dass Miss Bayliss viel zu müde – vielleicht auch zu verstört – war, um uns zu begleiten, aber ich hatte volles Verständnis dafür.

Wir betraten die Kapelle, einen äußerst schlichten Steinbau. Es war wahnsinnig kalt, doch davon ließen wir uns die gute Laune nicht verderben. Ein Dutzend Dienstboten wartete schon, fünf weitere kamen gleich darauf, vermutlich Pächter, Gärtner und Stallknechte. Alle begrüßten den Oberst ehrerbietig und wünschten ihm frohe Weihnachten, wofür er sich herzlich bedankte.

Wir scharten uns um den Altar, in Mäntel und Schals gehüllt, die Männer barhäuptig, die Frauen mit ihren besten Hüten auf dem Kopf. Der Oberst sprach ein kurzes Dankgebet und dann wurden Weihnachtslieder gesungen.

Kurz vor Mitternacht warf Bayliss einen Blick auf seine goldene Taschenuhr, trat unter den Glockenstuhl und griff nach dem Seil. Wir warteten freudig erregt. Schlag zwölf Uhr würde die Menschheit neue Hoffnung schöpfen und nach dem Geläut würden wir einander schöne Feiertage wünschen, Hände schütteln und im Sternenlicht ins Haus zurückkehren, wo warme Betten auf uns warteten.

Der Oberst schaute ins Halbdunkel empor, wo die Glocke an einem Querbalken hing. Der Butler, der ebenfalls seine Uhr gezückt hatte, nickte feierlich.

Holmes beobachtete Bayliss, der seine Füße gegen den Boden stemmte, um mit aller Kraft am Glockenseil ziehen zu können. Plötzlich machte er einen Satz nach vorne, packte den Oberst und riss ihn mit sich zu Boden. Nur den Bruchteil einer Sekunde später schlug die Glocke mit ohrenbetäubendem Getöse auf, zersplitterte den Holzboden und ließ Splitter in alle Richtungen fliegen.

Ein Dienstmädchen schrie auf.

Alyson Franklyn war leichenblass.

Theodore erstarrte zur Salzsäule.

Niemand bewegte sich, bis Holmes unbeholfen auf die Beine kam und die Hand ausstreckte, um Bayliss hochzuhelfen.

»Woher hast du es gewusst?« Aufgeregt trat ich zu ihnen. »Wie konntest du das …?«

»Sägemehl«, antwortete Holmes. »Sägemehl auf dem Fußboden. Gott sei Dank habe ich es noch rechtzeitig gesehen.«

»Mein lieber Holmes …« Der Oberst konnte seine Erschütterung nur mühsam unter Kontrolle bringen. »Durch Ihre scharfe Beobachtungsgabe, Ihren Mut und Ihr schnelles Reaktionsvermögen haben Sie mir das Leben gerettet. Ich werde ewig in Ihrer Schuld stehen. Danke!« Er streckte seine Hand aus und ich bemerkte, dass sie ein wenig zitterte.

Holmes drückte kräftig die dargebotene Hand. »Es war reines Glück«, sagte er bescheiden. »Jeder Mann hätte so wie ich gehandelt.«

Bayliss verzichtete auf weitere Bemerkungen, wünschte dem Personal lächelnd ein frohes Weihnachtsfest, verschmähte die Hilfe des Butlers und trat in die eisige Nacht hinaus.

Holmes betrachtete das große Balkenstück, das zusammen mit der Glocke herabgestürzt war. Ohne etwas zu berühren, bückte er sich, um das Gewirr aus Metall, Holz und Seilen genauer unter die Lupe zu nehmen.

Ich kniete neben ihm nieder. »Sägemehl?«, fragte ich leise, denn einige Dienstboten standen noch in der Nähe herum. »Der Balken scheint nicht angesägt zu sein. Für mich sieht das eher nach Holzwürmern aus.«

Holmes verzog leicht die Lippen. »Die müssten riesig gewesen sein, Watson!«

»Riesig?«, wiederholte ich begriffsstutzig, doch dann fiel auch mir auf, was er längst bemerkt hatte. Die Löcher im Holz waren sehr groß, viel zu groß, als dass ein winziges Geschöpf wie der Holzwurm sie verursacht haben konnte. Dazu müsste er die Ausmaße eines Erdwurms gehabt haben. Ich schaute Holmes bestürzt an.

»Ein Bohrer, nehme ich an«, erklärte er. »Jemand hat diese Löcher dort gebohrt, wo der Druck am größten ist, damit der Balken durchbrach, sobald an der Glocke gezogen wurde.«

»Wie lange würde so etwas vermutlich dauern?«, wollte ich wissen.

Er zählte die sichtbaren Bohrlöcher. »Etwa zwei Stunden.« Dann wandte er sich an die Dienstboten, die ihn fasziniert beobachteten. »Wann wurde der Glockenstuhl zum letzten Mal inspiziert?«

»Erst heute Nachmittag, Sir«, antwortete ein Mann bereitwillig. »Sicherheitshalber tu ich das immer, bevor der Herr die Glocke läutet – an Weihnachten und Neujahr, auch bei Geburten, Hochzeiten oder Todesfällen auf seinem Besitz.«

»Um welche Uhrzeit haben Sie das gemacht?«

»Muss gegen halb sechs gewesen sein, Sir. Bin mit der Laterne hochgestiegen und da war alles in bester Ordnung.«

»Dann geschah es nach halb sechs.« Holmes stand auf, dankte dem Mann und verließ zusammen mit mir die Kapelle.

»Theodore?«, fragte ich, sobald wir außer Hörweite waren.

»Möglicherweise.« Er runzelte die Stirn. »Es könnte aber auch Alyson gewesen sein. Für den Umgang mit einem Bohrer benötigt man nicht viel Kraft, nur ein geschmeidiges Handgelenk. Jede halbwegs gute Reiterin käme mit diesem Werkzeug zurecht.«

Mir war die Freude am Sternenhimmel und am knirschenden Schnee unter den Füßen vergangen. »Dann wissen wir also immer noch nicht, wer von ihnen dahintersteckt.«

Holmes gab keine Antwort. Wahrscheinlich dachte er wie ich an die unangenehme Aufgabe, Oberst Bayliss die Wahrheit zu eröffnen.

»Angebohrt?«, murmelte der Oberst ungläubig, als wir zusammen in der Bibliothek vor dem ersterbenden Kaminfeuer standen. »Sie müssen sich irren!« Doch es war ein schwacher Protest und seinen Augen war anzusehen, dass er die Wahrheit begriffen hatte. Holmes würde so etwas nie behaupten, wenn er seiner Sache nicht hundertprozentig sicher wäre.

»Habe ich Ihre Erlaubnis, Sir, nach dem Bohrer zu suchen?«, fragte Holmes.

Bayliss zögerte. Ohne dass Holmes ihn darauf hinweisen musste, war ihm klar, dass nur jemand im Haus als Täter in Frage kam. Kein Außenstehender konnte die Kapelle betreten oder Kenntnis davon haben, dass der Oberst immer selbst die Glocke läutete, ganz abgesehen davon, dass irgendwelche Fremde auch kein Motiv für eine solche Tat hätten.

»Ja, es bleibt uns wohl nichts anderes übrig«, seufzte er. »Wer auch immer den Bohrer benutzt hat, kann ihn nicht in den Werkzeugschuppen zurückgebracht haben, weil dieser abends abgesperrt wird. Ich werde Ihnen helfen. Wo sollen wir mit der Suche anfangen?«

»Im Zimmer von Mr. und Mrs. Franklyn«, antwortete Holmes nüchtern.

»Theodore war den ganzen Abend mit uns zusammen!«, protestierte Bayliss, wurde gleich darauf aber so bleich, dass ich befürchtete, er könnte einen Herzanfall erleiden. Doch er fasste sich mühsam und straffte die Schultern. »Ich kann mir nicht vorstellen, dass meine Tochter etwas Derartiges tun würde. Je schneller wir sie von jedem Verdacht befreien, desto besser!«

Zu dritt gingen wir die breite Treppe hinauf und durch den Korridor bis zum Zimmer des jungen Ehepaars. Oberst Bayliss klopfte kräftig an und gleich darauf wurde die Tür von Theodore geöffnet, der noch voll bekleidet war.

»Was gibt´s?«, fragte er neugierig, als er Holmes und mich hinter seinem Schwiegervater stehen sah. »Ist noch etwas passiert?«

Der Oberst erklärte ihm kurz, was Holmes entdeckt hatte und dass deshalb alle Zimmer gründlich durchsucht werden müssten.

»Selbstverständlich«, stimmte Theodore zu, verzog aber verärgert den Mund. »Ich bedaure, dass Sie das für nötig halten, aber wenn Sie meinen …«

Ohne darauf zu antworten, betrat der Oberst das Zimmer. Holmes folgte ihm und entschuldigte sich bei Alyson, die auf einem Stuhl vor der Frisierkommode saß. Wir begannen mit der Suche, während Bayliss regungslos mitten im Raum stand. Seine starre Miene drückte tiefen Schmerz aus.

Holmes fand das Werkzeug unter dem Bett, in die hinterste Ecke geklemmt. Er zog es hervor und hielt es hoch. Worte waren überflüssig. Der Bohrer war nicht einmal gesäubert worden: an den Windungen klebte Sägemehl.

Alyson und Theodore starrten einander fassungslos an.

Meine Sorge galt dem Oberst. Er sah aus, als hätte man ihm eine tödliche Wunde verpasst. Wahrscheinlich hatte ihm nicht einmal jener Zulu-Speer vor vielen Jahren so unerträgliche Schmerzen bereitet.

Ich ging rasch auf ihn zu. »Kommen Sie, Sir«, sagte ich sanft. »Hier gibt es für Sie nichts mehr zu tun.« Er lehnte meinen Arm ab, doch ein kurzer Blick verriet, dass er meine Fürsorge durchaus zu schätzen wusste.

»Ich werde Millicent erzählen, was passiert ist«, murmelte er heiser. »Sie muss Bescheid wissen …«

»Das werde ich übernehmen«, erbot Holmes sich. »Sie hat sich große Sorgen um Sie gemacht, Oberst, und Watson und mich gebeten, einen Anschlag auf Ihr Leben zu verhindern. Wenigstens diese Tochter ist Ihnen treu ergeben.«

Bayliss versuchte zu lächeln, doch das ging über seine Kräfte. Er nickte zustimmend und entfernte sich mit hängenden Schultern und weichen Knien.

Holmes und ich gingen zu Millicents Tür und klopften an. Ich wollte nur so lange bleiben, bis sie die Neuigkeit vernommen hatte, und mich dann um den Oberst kümmern. Vielleicht brauchte er ein Schlafmittel oder eine Stärkung fürs Herz.

Die Tür wurde von der Zofe geöffnet. »Ja?«

»Ich muss mit Miss Bayliss sprechen«, erklärte Holmes. »Wenn es nicht sehr dringend wäre, würde ich sie nicht um diese Zeit stören. Auf ihren Vater wurde ein Anschlag verübt.«

Die Zofe starrte ihn entsetzt an, bevor sie stammeln konnte: »Ist … ist dem Oberst etwas passiert?«

»Nein, er ist unversehrt, aber verständlicherweise ziemlich mitgenommen von dem Vorfall. Würden Sie bitte Ihre Herrin holen?«

»Ja, Sir.« Sie verschwand gehorsam und wir warteten ungeduldig auf dem Korridor.

Miss Bayliss tauchte in Nachthemd und Morgenrock und mit offenen Haaren in der Tür auf und schaute von Holmes zu mir und zurück.

»Sie hat es also wirklich getan?«, flüsterte sie. »Wo? Wie? Dora sagt, Papa sei unverletzt ... Sind Sie ganz sicher?«

Diese Frage war an mich gerichtet und ich antwortete sanft: »Ja, körperlich ist er unverletzt, aber seelisch ... Vielleicht wird Ihre Gegenwart ihn trösten.«

»Natürlich, ich gehe sofort zu ihm. Weiß er schon, dass es Alyson war?«

Holmes erklärte kurz, was geschehen war.

»Ich verstehe ... ich weiß gar nicht, wie ich Ihnen danken soll, Mr. Holmes. Sie haben das Leben eines tapferen Mannes gerettet ...« Sie war sehr bleich, so als hätte das Attentat ihr trotz ihrer Vorahnung einen schweren Schock versetzt.

»Sind Sie sicher, dass Sie kräftig genug sind, um Ihrem Vater beistehen zu können?«, fragte die Zofe besorgt und schaute dabei mich an. »Miss Millicent hat den ganzen Abend im Bett verbracht, Sir, das weiß ich, weil ich den Ankleideraum nicht verlassen habe. Bitte kümmern Sie sich um sie ...«

»Selbstverständlich«, versprach ich und trat zur Seite, um Miss Bayliss vorbeizulassen. Holmes versteifte sich plötzlich, seine Hand schoss vor und packte ihr Handgelenk, riss sie regelrecht zurück.

Sie schrie vor Schmerz und Überraschung auf. »Was ist los, Mr. Holmes?«

»Gibt es in Ihrem Zimmer einen Kamin, Miss Bayliss?«, wollte er wissen.

»Natürlich.«

»Brennt das Feuer? Hat es den ganzen Abend gebrannt?«

Nur mein grenzenloses Vertrauen in sein Urteilsvermögen hielt mich davon ab, gegen diese scheinbar sinnlosen Fragen zu protestieren.

»Ja, es brennt!« Millicent warf den Kopf zurück. »Was soll das alles, Mr. Holmes?«

»Um welche Zeit wurde es angezündet?«

»Ich … ich weiß es nicht genau …«

»Erst vor einer halben Stunde, Miss Millicent«, kam die Zofe ihr zu Hilfe. »Als Sie zu Bett gingen, sagten Sie doch ausdrücklich, Sie wollten kein Feuer, weil Ihnen so heiß sei.«

»Was in aller Welt hat das zu bedeuten, Holmes?« Ich war völlig durcheinander.

Holmes, der Millicent immer noch festhielt, schob mit der anderen Hand ihren Haarvorhang zurück und deutete auf dunkle Flecken an ihrem Hals, hinter den Ohren und auf dem Kopf.

»Ruß!« Er lächelte bitter. »Gerät überallhin und lässt sich nur sehr schwer abwaschen. Kleine Jungen, die in die Kamine klettern, um sie zu säubern, haben oft solche Rußflecken.« Er wandte sich Millicent zu. »Nur wollten Sie natürlich nicht den Kamin säubern, sondern Ihr Zimmer unbemerkt verlassen, um Löcher in den Balken bohren und das Werkzeug im Zimmer Ihrer Schwester verstecken zu können, während sie in der Kapelle war. Auf diese Weise wollten Sie Ihren Vater und Ihre Schwester mit einem Schlag loswerden und uns als Zeugen missbrauchen. Das ist Ihnen nicht gelungen, Miss Bayliss. Ihr Vater lebt und ist unverletzt und Ihre Schwester wird ihr Erbe erhalten und kann nach eigenem Gutdünken darüber verfügen.«

Sie starrte ihn mit funkelnden Augen und gerecktem Kinn an. »Sie wird es ihrem Mann überlassen und er wird es verschleudern!«, fauchte sie. »Der Kerl ist ein Taugenichts, Mr. Holmes, ein Betrüger! Das weiß ich genau, denn zuerst hat er mir den Hof gemacht!«

Holmes erwiderte nichts darauf. Er hatte sie völlig falsch eingeschätzt und weder ihre Verbitterung noch ihre Nervenstärke erkannt. Nur seine außergewöhnliche Beobachtungsgabe hatte ihn davor bewahrt, zum willigen Werkzeug bei ihrem raffinierten Plan zu werden.

Das ernüchterte und beschämte ihn und während des seltsamen, sehr stillen Weihnachtsfestes, das wir in Allenbury Hall verbrachten, blieb er ungewöhnlich demütig und bescheiden.

Erst an Silvester, als wir wieder in der Baker Street waren, erlaubte er mir, diese Geschichte zu Papier zu bringen. Gleichzeitig regte er an, dass ich ihn diskret an Miss Millicent Bayliss erinnern solle, wenn die scheinbare Torheit einer Frau ihn wieder einmal zur Verzweiflung trieb, und er versprach, sein Urteil dann noch einmal gründlich zu überdenken.

Das Weihnachtsgeschenk

Mein Freund Sherlock Holmes ist kein gefühlsbetonter Mann. Ich habe ihn aufgeregt gesehen, wenn eine Mörderjagd sich dem Ende zuneigte, und ich habe erlebt, dass Ungerechtigkeit ihn empört. Doch was ihn am meisten bewegt, so stark, dass ihm die Worte fehlen, ist Geigenmusik, gespielt von einem Meister dieses Fachs.

Vassily Golkov ist zweifellos ein Violinist, der sein Instrument nicht nur technisch perfekt beherrscht, sondern die Kompositionen auch eigenwillig interpretiert, und deshalb brauchte ich nicht Holmes´ erstaunliche Kombinationsgabe, um ganz sicher zu sein, dass er sich Golkovs Londoner Konzert drei Tage vor Weihnachten auf keinen Fall entgehen lassen würde. Selbst das raffinierteste Verbrechen aller Zeiten würde dahinter zurückstehen müssen.

Ich war sehr erfreut, als er mich einlud, ihn zu begleiten. »Selbstverständlich, mein Liebster«, rief ich eifrig. »Ich komme sehr gern mit.«

Er schaute mich etwas skeptisch an, denn er weiß, dass ich Klaviermusik den Saiteninstrumenten vorziehe. Geigen haben für mich etwas Beunruhigendes an sich, vielleicht weil ihre Töne es an Leidenschaft mit der menschlichen Stimme aufnehmen können. Doch wir diskutierten nicht darüber und ich vermutete, dass er mir mit dem Konzert ein Weihnachtsgeschenk machen wollte. Er brauchte keinen Begleiter, um höchsten Genuss aus der Musik zu schöpfen, und ich hätte mich sehr gewundert, wenn er während des Konzerts auch nur zwei Worte mit mir gewechselt hätte. Mein eigenes Jahreseinkommen hätte ich darauf verwettet, dass er mich keiner Antwort würdigen würde, wenn ich es wagte, ihn anzusprechen, solange er in himmlische Sphären entrückt war.

Wir nahmen eine Droschke von der Baker Street zur Konzerthalle in Flussnähe. Es war ein kalter Abend, das Kopfsteinpflaster war mit einer dünnen Eisschicht überzogen und die Luft angenehm winterlich. Ich war bester Laune.

Während wir zu unseren Plätzen geführt wurden, stellte ich fest, dass es anderen Besuchern genauso wie mir ging. Man spürte die Vorfreude auf Weihnachten. Bekannte wünschten einander ein frohes Fest und Glück und Gesundheit im neuen Jahr. Viele Damen waren prächtig gekleidet und frisiert, kostbarer Schmuck funkelte im Licht der Kronleuchter, offenherzige Dekolletés zogen Männerblicke auf sich.

Holmes setzte sich mit einem erwartungsvollen Lächeln, das seine scharfen Gesichtszüge verklärte, und starrte auf den Bühnenvorhang.

Es wurde still im Saal, als ein Mann aus den Kulissen trat, doch es war nicht Vassily Golkov und man konnte ihm ansehen, dass er sehr aufgeregt, ja verstört war.

»Meine Damen und Herren«, verkündete er unglücklich. »Zu meinem größten Bedauern muss ich Ihnen mitteilen, dass Mr. Golkov plötzlich erkrankt ist und nicht auftreten kann … Ich bitte Sie um Entschuldigung …«

Ein enttäuschtes Raunen ging durch die Menge, so als säuselte Wind in den Bäumen. Für laute Unmutsäußerungen schienen alle viel zu bestürzt zu sein.

»Es tut mir sehr leid«, wiederholte der Mann auf der Bühne mit hochrotem Kopf. »Selbstverständlich wird die Direktion …« Der Rest ging im Lärm unter, als die Leute aufstanden und nun doch zu murren und zu klagen begannen.

Ich warf Holmes einen Blick zu, weil ich mir vorstellen konnte, wie enttäuscht er sein musste, umso mehr, als er mich eingeladen hatte. Doch sein Gesicht spiegelte nur Verwirrung wider und anstatt sich zum Gehen zu wenden, packte er mich am Ärmel und zog mich in Richtung der Bühne.

»Wo willst du denn hin?«, protestierte ich, weil ich befürchtete, dass er auf meine ärztliche Kunst vertraute, damit Golkov vielleicht doch noch auftreten könnte. »Ich habe meinen Arztkoffer doch gar nicht dabei!« Trotzdem folgte ich ihm die Stufen zur Bühne hinauf und hinter den schweren Vorhang. Alle Lichter brannten, doch kein Mensch war zu sehen.

Das schreckte Holmes keineswegs ab. Mit großen Schritten verschwand er auf dem Korridor jenseits der Bühne, ohne sich nach mir umzudrehen.

Befremdet eilte ich ihm nach, durch die Bühnentür auf die Straße hinaus. Dort sah ich einen langbeinigen jungen Mann mit wirren dunklen Haaren davonrennen, verfolgt von Holmes, der mir zurief: »Komm!«

Ich gehorchte aus Neugier. Wer war dieser junge Mann und warum war Holmes hinter ihm her? Wir waren hergekommen, um einen der begnadetsten Geiger der Welt zu hören, und stattdessen verfolgten wir einen Unbekannten, der auf der Straße in eine Droschke sprang. Holmes ruderte wild mit den Armen, um die nächste anzuhalten, riss die Tür auf und befahl dem Kutscher, der anderen Droschke zu folgen. Keuchend stieg ich ein und er ließ sich auf den Sitz neben mir fallen.

»Wer ist dieser junge Mann?«, fragte ich atemlos. »Und warum, in drei Teufels Namen, jagen wir hinter ihm her?«

»Das ist natürlich Vassily Golkov«, erklärte er seelenruhig, viel weniger außer Atem als ich. »Und er ist nicht kränker als du – ich würde sogar sagen, um einiges gesünder!«

Ich verübelte ihm diese Anspielung auf meine mittelmäßige Kondition und schwieg längere Zeit, während die Droschke viel zu schnell durch vereiste Straßen fuhr.

»Deine Enttäuschung kann ich gut verstehen«, knurrte ich schließlich. »Aber selbst wenn das wirklich Golkov sein sollte, kannst du ihn nicht zwingen, für dich zu spielen! Er mag nicht krank sein, aber offensichtlich ist er furchtbar verstört.«

»Offensichtlich, Watson«, wiederholte Holmes und spähte in die Dunkelheit, als wollte er im Schein der Straßenlaternen erkennen, wo wir waren. »Erregt das nicht deine Neugier? Möchtest du nicht wissen, was ein Genie wie Golkov – einen Mann, der nur für seine Kunst lebt – veranlasst hat, sein Publikum im Stich zu lassen und durch die Nacht zu rasen? Ich glaube übrigens, wir fahren nach Nordwesten!«

Mich beängstigte das Tempo der Droschke und ich machte mir Sorgen um meine Sicherheit und um die armen Pferde, deren Hufe über das Kopfsteinpflaster dröhnten.

»Welche Gründe er auch haben mag – selbst wenn wir ihn einholen sollten, ist er uns keine Erklärung schuldig«, wandte ich mürrisch ein.

»Trotzdem werde ich ihn fragen!«, beharrte Holmes. »Und ich habe durchaus ein Recht dazu, denn schließlich habe ich nicht nur eine beträchtliche Summe bezahlt, um ihn zu hören, sondern auch noch an einem ungemütlichen Winterabend das Haus verlassen. Glaub mir, er wird mir Rede und Antwort stehen und ich bin überzeugt, dass etwas Schreckliches passiert ist, das ihn zu dieser Flucht bewogen hat!«

In einer Kurve wurde er fast auf meinen Schoß geschleudert, richtete sich aber wortlos wieder auf. Ich betrachtete sein Gesicht mit den hohen Backenknochen und scharfen Augen. Er glich einem Raubvogel, der Beute gesichtet hat.

»Ich weiß, wo wir sind!«, rief ich gleich darauf erstaunt. »Die nächste Querstraße ist Baker Street! Wir sind fast zu Hause!«

»Du hast Recht, Watson«, stimmte er gelassen zu. »Sollen wir hier anhalten oder …«

»Da wär'n wir, Leute!«, rief der Kutscher stolz. »Der Kerl, dem ich folgen sollt, hämmert da vorn an 'ne Haustür. Wenn Sie sich nicht sputen, lässt ihn wer ein und Sie kriegen ihn nicht mehr!«

Holmes stieg aus. »Vielen Dank! Sie haben Ihre Sache sehr gut gemacht.« Er drückte dem Mann eine Münze in die Hand und verzichtete großzügig auf das Wechselgeld.

Ein eisiger Windstoß fegte mir ins Gesicht, als auch ich ausstieg. Wir befanden uns etwa ein Dutzend Meter von Holmes' Haustür entfernt, an die Vassily Golkov verzweifelt mit beiden Fäusten trommelte. Bevor ich mich zu diesem sonderbaren Benehmen äußern konnte, wurde die Tür geöffnet und Mrs. Hudsons Gesicht tauchte in dem Spalt auf.

»Wer sind Sie, junger Mann?«, fragte sie empört. »Und was fällt Ihnen ein, solchen Lärm zu machen und anständige Menschen zu erschrecken? Können Sie nicht die Klingel benutzen?«

»Ich muss Sherlock Holmes sehen!«, rief Golkov mit schriller Stimme. »Es ist ungeheuer wichtig … bitte! Ich flehe Sie an, fragen Sie ihn, ob er mich empfangen will!«

Sogar von unserem Standort aus konnte ich im Licht einer Straßenlaterne erkennen, dass Mrs. Hudson nicht so recht wusste, was sie machen sollte. Der Zustand des jungen Mannes erregte offenbar ihr Mitleid.

»Mr. Holmes ist nicht zu Hause«, sagte sie – als wir zum Konzert fuhren, hatte sie uns einen genussreichen Abend gewünscht –, »aber wenn Sie …« Die gute Frau verstummte, als Holmes schnellen Schrittes die Straße überquerte. »Nanu, Mr. Holmes! Ist etwas passiert, Sir?«, fragte sie erstaunt.

Ich hatte meinen Freund gerade eingeholt, als der Geigenvirtuose herumwirbelte. Sein Gesicht spiegelte grenzenlose Erleichterung und jähe Hoffnung wider.

»Mr. Holmes? Mr. Sherlock Holmes? Sir, ich brauche dringend Ihre Hilfe! Ich bin mit meiner Weisheit am Ende und weiß, dass nur Sie allein mich retten können!«

Ein solcher Appell hätte auf Holmes niemals seine Wirkung verfehlt, doch aus dem Munde eines musikalischen Genies waren diese Worte natürlich doppelt schmeichelhaft und Eitelkeit gehörte nun einmal zu seinen größten Schwächen.

»Am besten kommen Sie herein und erzählen mir, was Sie so bekümmert«, lud er Golkov ein. »Das ist mein Kollege, Dr. Watson. Sie können ihm genauso vertrauen wie mir.« Ohne eine Antwort abzuwarten, dankte er Mrs. Hudson durch ein Nicken und ging an ihr vorbei die Treppe hinauf. Der Violinist und ich folgten.

In der Bibliothek zog Holmes sein Cape aus und deutete auf einen Stuhl. Sein junger Besucher ließ sich dankbar darauf fallen, ohne das Sakko aufzuknöpfen, das sein einziger Schutz gegen die Winterkälte gewesen war. Ich betrachtete die beiden Männer, die sich frappierend ähnlich sahen, obwohl Holmes etwa fünfzehn Jahre älter war. Sie hatten den gleichen schlanken Körperbau und ihre Anmut beruhte auf einem perfekten Zusammenspiel von Muskeln und Elan ähnlich wie bei Raubkatzen. Beide setzten ihren ganzen Geist und Willen ein, um etwas zu vollbringen, das für sie von überragender Bedeutung war.

Golkov begann sofort zu sprechen, sehr lebhaft und mit einem leichten Akzent, den ich nicht einordnen konnte.

»Ich stamme von einer unbedeutenden Familie ab, kenne nicht einmal meinen Vater … und bedauerlicherweise kann meine Mutter mir in dieser Hinsicht nicht weiterhelfen …«

Holmes´ Miene verdüsterte sich. Er schätzte solche persönlichen Bekenntnisse nicht und Golkovs Anspielung auf die lockere Moral seiner Mutter fand er geschmacklos.

Sein Unmut entging dem jungen Mann nicht und er fuhr hastig fort: »Sie denken bestimmt, dass ich es an Respekt gegenüber meiner Mutter vermissen lasse, aber das ist nicht der Fall. Ich schätze sie sehr, aber ihre Schönheit war kein Segen, sondern ist ihr zum Verhängnis geworden ...«

Peinlich berührt, errötete Holmes ein wenig, was bei ihm sehr selten vorkam.

»Ich erzähle Ihnen das alles«, erklärte Golkov, »weil solche Dinge für viele Leute sehr wichtig sind – auch für Hugo Carburton, den Vater von Miss Helena Carburton, die ich von ganzem Herzen liebe. Bis heute dachte ich, dass sie meine Gefühle erwidert, obwohl mein Ruf eher ...« Er zuckte bedauernd die Schultern. »Nun ja, ich war wohl das, was man einen Frauenhelden nennt. Glauben Sie mir, ich bin nicht stolz darauf, aber ich war jung und es schmeichelte mir, von so vielen hübschen jungen Damen umworben zu werden, die keinen Unterschied zwischen der Musik und dem Musiker sahen.«

Holmes runzelte die Stirn. »Sie haben mein Mitgefühl, Mr. Golkov, aber es steht nicht in meiner Macht, Mr. Carburton zu einer günstigeren Einschätzung Ihres Charakters zu bewegen.«

»Nein, nein!«, winkte Golkov ab. »Natürlich nicht! Ich bin nicht aus diesem Grund zu Ihnen gekommen. Heute ist etwas wirklich Schlimmes passiert und Sie sind meine einzige Hoffnung! Ich bin Ausländer, aber Ihr Name ist sogar in Paris, Rom oder Berlin bekannt; man weiß auch, dass Sie Musik lieben, besonders das Violinspiel.«

Holmes schaute etwas freundlicher drein, doch obwohl er besänftigt war, glaubte ich immer noch einen leichten Groll zu spüren, weil Golkov das Konzert so kurzfristig abgesagt hatte. Private Sorgen durften den beruflichen Verpflichtungen eines Musikers nicht in die Quere kommen. Die Kunst musste wichtiger sein als ein gebrochenes Herz oder irgendwelche Auseinandersetzungen mit dem Vater der Liebsten.

Golkov hatte sichtlich Mühe, nicht von seinen Gefühlen überwältigt zu werden. Sein Gesicht verzerrte sich vor Schmerz. »Heute Abend hat jemand meine Violine gestohlen!«, brach es aus ihm heraus. »Meine Stradivari!« Seine Qual war so groß, als hätte er einen Arm oder ein Bein verloren.

Holmes war entsetzt. Er erbleichte und versteifte sich am ganzen Körper.

»Das ist ja schrecklich! Erzählen Sie mir alles, jede Einzelheit! Lassen Sie nichts aus.«

Ich überlegte, ob ich Mrs. Hudson bitten sollte, uns Tee zu bringen. Mir wäre durchaus danach zumute gewesen, aber Holmes und Golkov schienen ihre Umgebung völlig vergessen zu haben und benötigten keine körperliche Stärkung, deshalb verzichtete auch ich darauf.

»Ich wohne in der Dudley Street«, erklärte der Musiker, »und ich habe meine Geige stets bei mir.«

Holmes nickte. »Natürlich.«

»Heute Nachmittag hat Helena mich besucht ...«

»Um welche Zeit?«, unterbrach ihn Holmes.

»Gegen halb fünf«, antwortete Golkov. »Sie hat versucht, ihren Vater umzustimmen, aber es war ihr nicht gelungen. Er schien entschlossener denn je zu sein, unsere Treffen zu verhindern, und er würde ihr niemals erlauben, mich zu heiraten.«

Ich konnte Carburtons Einstellung gut verstehen. Golkov war zwar einer der brillantesten Geigenvirtuosen der zweiten Jahrhunderthälfte, aber auch ein etwas schillernder Charakter. Er reiste durch ganz Europa und wurde überall gefeiert und verehrt. Helena Carburton würde an seiner Seite ein unbeständiges Wanderleben führen müssen, sie wäre unter fremden Menschen, in unvertrauter Umgebung, völlig abhängig von einem Mann, der charmant, aber möglicherweise verantwortungslos war. Jeder Vater hätte Bedenken, einer solchen Heirat zuzustimmen. Aber ich behielt meine Meinung für mich.

»Und die Stradivari?«, kam Holmes auf die Hauptsache zurück.

»Sie lag in ihrem Kasten im Wohnzimmer, wo ich geübt hatte. Ich ging in die Küche, stellte Wasser auf und wartete darauf, dass es kochte. Draußen war es sehr kalt und ich wollte Helena eine Tasse Tee anbieten. Das tu ich immer. Nach einigen Minuten folgte sie mir in die Küche.«

»Verständlich.« Holmes wartete ungeduldig auf den Höhepunkt der Geschichte.

»Wir hielten uns etwa zehn Minuten dort auf«, fuhr Golkov fort. »Als das Wasser kochte, goss ich den Tee auf. Wir kehrten ins Wohnzimmer zurück und unterhielten uns weiter, immer über das eine Thema. Sie schien fest entschlossen, ihrem Vater zu trotzen und mich zu heiraten – notfalls in Paris.«

»Und dann?«, drängte Holmes.

Golkovs Miene verdüsterte sich. »Dann nahmen wir Abschied voneinander … Sie küsste mich …« Seine Stimme klang rau, als spürte er diesen Kuss noch immer auf den Lippen, und er schluckte. »Als sie gegangen war, öffnete ich meinen Geigenkasten. Es lag eine Violine darin, aber ich sah auf den ersten Blick, dass es nicht die Stradivari war, sondern ein minderwertiges Instrument … ein totes Stück Holz!«

Holmes starrte ihn bestürzt an. »Sie hat Ihre Geige mitgenommen? Aber das hätten Sie doch sehen müssen! War die Tür während ihres Besuchs unverschlossen?«

»Nein, ich schloss ab, sobald sie meine Wohnung betreten hatte, und ich sperrte erst wieder auf, als sie ging. Ich bin mir des Wertes meiner Violine durchaus bewusst, Mr. Holmes. Ich hätte sie längst nicht mehr, wenn ich nicht so vorsichtig wäre.«

»Aber sie war da, bevor Miss Carburton kam, und nach ihrem Aufbruch war das Instrument verschwunden. Ich nehme an, dass es Ihnen aufgefallen wäre, wenn sie eine andere Geige mitgebracht hätte?«

»Selbstverständlich. Sie hatte nur ein winziges Täschchen bei sich, in das nicht viel mehr als ein Taschentuch passt. Sie ist sogar gezwungen, zu Fuß zu mir zu kommen, weil ihr Vater ihr zur Strafe kein Geld mehr gibt.«

Holmes´ Stirn umwölkte sich noch mehr. »Dann muss sie jemanden eingelassen haben, während Sie in der Küche waren. Das scheint die einzig logische Erklärung zu sein.«

»Das ist aber noch nicht alles«, sagte Golkov jämmerlich. »Etwa eine halbe Stunde später brachte ein Botenjunge mir einen Brief ...«

»Eine Lösegeldforderung?«, rief Holmes. »Haben Sie den Brief dabei?« Er streckte begierig die Hand aus.

Wortlos händigte Golkov ihm das Schreiben aus und er las um meinetwillen laut vor:

»»Mr. Vassily Golkov, wenn Sie Ihre Stradivari wiedersehen wollen, werden Sie mir die exakte Geldsumme bezahlen, die beim morgigen Wohltätigkeitskonzert zugunsten des Babcock-Waisenhauses eingenommen wird.

Zeit und Ort der Geldübergabe werde ich Ihnen mitteilen, sobald ich in der Zeitung gelesen habe, dass Sie des Diebstahls beschuldigt werden. Tun Sie das nicht, werde ich aus Ihrer Violine Streichhölzer für meinen Haushalt machen.

Muss ich ausdrücklich erwähnen, dass auch das passieren wird, sollten Sie die Polizei benachrichtigen?‹«

Holmes schaute mit funkelnden Augen und verzerrtem Gesicht auf. »Der Mann ist ein Ungeheuer! Ich könnte ihn auch als Barbaren bezeichnen, aber das wäre eine Beleidigung der Wilden, die nur aus Unwissenheit zerstören. Diese Kreatur kennt den Wert Ihrer Geige genau und will sie trotzdem zerstören! Überlassen Sie diese Angelegenheit mir, Mr. Golkov! Dr. Watson und ich werden einen Plan ersinnen. Sie müssen nur meine Anweisungen genau befolgen. Versprechen Sie mir das?«

»Natürlich! Natürlich!«, rief Golkov eifrig. »Sie verstehen, dass ich sozusagen zwischen zwei Stühlen sitze? Ich kann kein Geld stehlen, das den Waisen gehört. Welcher Unmensch würde so etwas tun? Doch wenn ich es nicht tue, wird meine herrliche Violine, die Stimme meiner Seele vernichtet werden …« Er war den Tränen nahe.

»Kommen Sie morgen Nachmittag um zwei wieder her«, befahl Holmes. »In der Zwischenzeit werden Watson und ich nachdenken und Schlussfolgerungen ziehen. Morgen früh werde ich mir Ihre Wohnung ansehen. Seien Sie zu Hause. Und jetzt schlafen Sie sich erst einmal aus. Morgen Abend müssen wir zu einem Konzert und vorher wird es noch viel Arbeit geben.«

»Ich werde alles verkaufen, was sich zu Geld machen lässt«, versprach Golkov. »Alle Geschenke, die ich erhalten habe … aber auch das wird nichts nutzen! Es geht ihm nicht um das Geld – er will mich ruinieren!«

»Ja, ja, das ist mir auch klar«, stimmte Holmes zu. »Treiben Sie trotzdem auf, so viel Sie nur können. Und jetzt lassen Sie uns bitte in Ruhe überlegen und planen. Gute Nacht!«

Sobald wir allein waren, ergriff ich das Wort. »Bestimmt steckt Hugo Carburton dahinter! Er will um jeden Preis verhindern, dass seine Tochter diesen Musiker heiratet. Golkov kann nicht riskieren, dass seine Geige zerstört wird, und wenn er auf die Lösegeldforderung eingeht, wird die Polizei ihn höchstwahrscheinlich schnappen. Man wird ihn wegen Diebstahls verurteilen und einsperren. Doch selbst wenn man ihm nichts nachweisen kann – welche Frau mit auch nur einem Funken Anstand würde einen Mann heiraten, der im Verdacht steht, Waisen bestohlen zu haben? Außerdem wäre jede junge Frau zutiefst gekränkt, wenn ihr so deutlich vor Augen geführt würde, dass ein Musikinstrument ihrem Liebsten mehr als sie bedeutet.« Ich bilde mir ein, ziemlich viel von Frauen zu verstehen, mehr als Holmes, der sich nur selten mit ihnen abgibt.

»Natürlich ist es Carburtons Plan, mein Liebster«, stimmte er zu. »Das liegt ja auf der Hand. Verwirrend ist nur, dass sie an dieser Intrige beteiligt zu sein scheint. Ich wundere mich nicht, dass der arme Golkov so verstört ist. Vielleicht will sie auf diese Weise seine Liebe zu ihr auf die Probe stellen, aber das wäre abscheulich, ein grausames und sinnloses Unterfangen, das purer Eitelkeit entspringt und mit Liebe nichts zu tun hat.«

»Dann wirst du ihm kaum helfen können«, murmelte ich enttäuscht. Ich weiß nicht, was ich erwartet hatte – auf jeden Fall eine zuversichtlichere Antwort.

Er warf mir einen finsteren Blick zu. »Ich gebe mich nicht so leicht geschlagen, Watson, das müsstest du eigentlich wissen! Morgen werde ich herausfinden, auf welche Weise der Austausch der Instrumente vonstatten ging. Jetzt muss ich darüber nachdenken, wie wir auf Carburtons Forderungen eingehen können, ohne dass Golkov seine Ehre verliert oder gar seine Karriere im Gefängnis beendet.« Er verzog den Mund. »Ich habe im Augenblick keine Lust, selbst zu musizieren. Ich glaube, recht ordentlich zu spielen, doch verglichen mit Golkov höre ich mich dabei wie eine quietschende Tür an. Stattdessen werde ich meine beste Pfeife anzünden und rauchen. Bitte stör mich nicht. Gute Nacht, Watson – schlaf dich aus, denn morgen werde ich vermutlich deine ganze Kraft und deinen Mut benötigen!«

Am Morgen begaben wir uns zu Golkov in die Dudley Street. Es war, wie er erwähnt hatte, ein sehr gepflegtes

Haus. In der Halle achtete ein Portier auf das Kommen und Gehen und trug jeden Besucher in ein Buch ein.

»Guten Morgen, meine Herren«, sagte er liebenswürdig, aber seine fast militärisch anmutende Haltung verriet, dass wir nicht an ihm vorbeikommen würden, wenn wir nicht erklärten, zu wem wir wollten.

»Guten Morgen«, erwiderte Holmes aufgeschlossen. »Wir möchten Mr. Golkov besuchen. Würden Sie uns bitte sagen, wie wir zu seinen Räumen gelangen?«

»Das werde ich gern tun, aber vorher muss ich den Jungen raufschicken, ob Mr. Golkov zu Hause ist und heute Morgen Besuch empfängt. Wen soll ich melden?«

»Sie schicken erst einen Pagen zu ihm?«, fragte Holmes interessiert.

»So ist es, Sir.«

»Könnten Sie uns in der Zwischenzeit einige Fragen beantworten? Mein Name ist Holmes und das ist mein Kollege Dr. Watson.«

Der Portier machte große Augen. »Sherlock Holmes, Sir?«

»Ja.«

»Meines Wissens nach gibt es hier keine geheimnisvollen Vorkommnisse, geschweige denn ein Verbrechen.«

»Noch nicht«, entgegnete Holmes. »Wir hoffen, ein Verbrechen verhindern zu können. Hat jemand Mr. Golkov gestern am Spätnachmittag besucht?«

»Ja, Mr. Holmes, Miss Helena Carburton kam um Viertel vor fünf, vielleicht auch etwas früher.«

»Kennen Sie sie?«

»O ja, Sir, sie hat Mr. Golkov schon mehrere Male besucht. Eine sehr nette junge Dame, die sehr an ihm zu hängen scheint.«

Holmes verzog das Gesicht, als hätte er in eine Zitrone gebissen. »Würden Sie bitte ganz genau beschreiben, was Sie gesehen haben? Lassen Sie bitte nichts aus.«

Der Portier schaute etwas besorgt drein. »Hoffentlich ist ihr nichts zugestoßen … Eine so charmante junge Dame. Mr. Golkov ist ihr sehr ergeben.«

»Soviel ich weiß, erfreut sie sich bester Gesundheit«, sagte Holmes ungeduldig. »Bitte schildern Sie mir ihren gestrigen Besuch in allen Einzelheiten.«

»Ja, Sir. Sie kam herein …«

»Erinnern Sie sich daran, wie sie gekleidet war?«

»Sie trug ein dunkelblaues Cape mit weißem Pelzkragen, Sir. Es stand ihr ausgezeichnet.«

»Hatte sie irgendetwas bei sich?«

»Nein, Sir, nur eine dieser winzigen Damentaschen … jedenfalls beim ersten Mal.«

»Beim ersten Mal? War sie denn zwei Mal da?«

»Ja, Sir, sie kam etwa zehn Minuten später ein zweites Mal und hatte einen Geigenkasten bei sich. Der Page trug ihn hinauf und ließ sie in die Wohnung, denn die Tür war wieder abgeschlossen. Sie sagte, Mr. Golkov sei in der Küche und würde ihr Klopfen nicht hören.«

»Einen Geigenkasten!«, wiederholte Holmes, aber seiner Miene war anzusehen, dass diese Auskunft ihm keine Genugtuung verschaffte.

»Ja, Sir. Ich habe sie nicht gesehen, als sie das erste Mal wegging, weil der Page mich für kurze Zeit vertreten hat. Aber beim zweiten Mal, ungefähr um Viertel vor sechs, habe ich sie gesehen.«

»Mit dem Geigenkasten?«

»Ohne den Kasten, Sir, sie hatte wieder nur die kleine Handtasche bei sich und den weißen Muff. Sie verabschiedete sich wie immer sehr höflich von mir.«

Holmes runzelte die Stirn. »Sie ging also hinauf, kam herunter, als der Junge Sie vertrat, ging mit einem Geigenkasten wieder hoch und verließ das Haus schließlich ohne den Geigenkasten.«

Der Portier überlegte. »Stimmt, Sir. Meine Pause dauerte nur etwa zehn Minuten.«

»Und in dieser Zeit ging sie und kam dann wieder?«

Der Page hatte seinen Auftrag erledigt und meldete, dass Mr. Golkov die Herren mit Freuden empfangen werde. Holmes musterte ihn argwöhnisch. »Du warst ziemlich lange weg.«

»Es sind drei Treppen, Sir«, verteidigte der Junge sich. »Schneller geht's nicht, Sir, tut mir leid.«

»Drei Treppen? Wohnt Mr. Golkov in der obersten Etage?«

»Ja, Sir.«

»Interessant! Sehr interessant! Ich glaube, mir kommt eine Idee, Watson. Vielleicht besteht doch noch Hoffnung.« Er wandte sich an den Pagen. »Erzähl mir doch bitte, junger Mann, was Miss Carburton trug, als sie gestern Nachmittag Mr. Golkov besuchte. Beschreib sie so genau, wie du kannst.«

Der Bursche warf seinem Vorgesetzten einen fragenden Blick zu.

»Antworte!«, befahl ihm der Portier. »Das ist Mr. Sherlock Holmes. Sag ihm alles, was du weißt.«

Der Junge riss die Augen vor Staunen weit auf. Holmes' Ruhm war sogar zu ihm gedrungen.

»Jawohl, Sir!« Er überlegte mit angestrengt gefurchter Stirn. »Sie hat so 'n dunkelblaues Cape angehabt, mit 'nem weißen Pelzkragen, und darunter 'nen Rock und wunderschöne Stiefel, ganz sauber und glänzend, so als müsst sie nie 'nen Fuß auf Straßen setzen, die wo nicht gefegt sind. Und natürlich hat sie 'nen Hut aufgehabt.«

»Großartig!«, rief Holmes. »Ja, es besteht Hoffnung, Watson! Danke, meine Herren, Sie haben uns sehr geholfen.« Er lächelte ihnen dankbar zu. »Komm, Watson, wir müssen unverzüglich Erkundigungen über die Familie Carburton einziehen. Ich bin jetzt zuversichtlich, diesen Fall doch zur allgemeinen Zufriedenheit lösen zu können – natürlich mit Ausnahme von Mr. Hugo Carburton! Komm, wir dürfen keine Zeit verlieren!«

Es war nicht schwierig, Näheres über die Carburtons in Erfahrung zu bringen. Von einem Gentleman, dem er einmal einen großen Gefallen erwiesen hatte, bekam Holmes alle Auskünfte, die er benötigte.

Hugo Carburton stammte aus einer alten und sehr angesehenen Familie. Sein Sohn hatte die dritte Tochter eines Herzogs geheiratet. Seine ältere Tochter Jeannie war mit dem zweiten Sohn eines Grafen verlobt. Seine jüngere Tochter hatte sich allerdings bedauerlicherweise in einen ausländischen Geigenspieler fraglicher Herkunft und dem Ruf eines Weiberhelden verliebt.

»Gefährdet sie die Familienehre?«, wollte Holmes wissen.

»Leider«, bestätigte sein Freund. »Zweifellos wird ihr Vater sie noch zur Vernunft bringen, obwohl sie eine sehr eigensinnige junge Frau ist. Nach dem Tod ihrer Mutter hat sie zu viel Freiheit genossen. Eine traurige Geschichte ... Sie setzt das Glück ihrer Schwester aufs Spiel ...«

»Watson, ich habe einen Plan, der alle retten kann«, sagte Holmes, als wir in der Baker Street am Kamin saßen, um uns aufzuwärmen. Jedenfalls war ich für meine Person heilfroh, der Kälte entronnen zu sein; Holmes schien sich des grässlichen Wetters vor lauter Begeisterung gar nicht mehr bewusst zu sein.

»Dazu brauche ich allerdings deine tatkräftige Hilfe, mein Freund«, fuhr er fort, »und sie ist mit einem gewissen Risiko verbunden. Ich würde Folgendes vorschlagen ...«

Vieles von dem, was an jenem Abend geschah, hat Holmes mir erst später berichtet, aber damit Sie nicht den Faden verlieren, werde ich die Ereignisse in der richtigen Reihenfolge schildern.

Das Wohltätigkeitskonzert für das Babcock-Waisenhaus, von dessen Erlös die Kinder zu Weihnachten gutes

Essen und Geschenke bekamen, fand in einem großen Saal unweit der Shaftesbury Avenue statt. Mehrere Künstler hatten sich bereit erklärt, auf ihre Gage zu verzichten, und es war ein wichtiges gesellschaftliches Ereignis. Ich konnte leider nicht dort sein, weil Holmes mir andere Aufgaben zugeteilt hatte, aber er selbst war zugegen und seine schlanke Gestalt fiel im Abendanzug allgemein auf. Noch auffälliger war allerdings Vassily Golkov, der ein grünes Samtjackett und eine besonders breite Krawatte trug. Jeder starrte den extravagant gekleideten Musiker mit den wirren Haaren an und das war auch beabsichtigt. Unser ganzer Plan hing davon ab, dass Golkov des Diebstahls beschuldigt wurde, denn andernfalls könnte es zu dem ungeheuerlichen Vandalismus, der Zerstörung einer Stradivari, kommen. Mir ist völlig unverständlich, wie irgendein Mensch, der sich als zivilisiert bezeichnet, eine solche Tat auch nur in Erwägung ziehen kann, es sei denn in unmittelbarer Lebensgefahr.

Wie schon gesagt, die vornehme Londoner Gesellschaft war bei dem Konzert zahlreich vertreten. Die Damen trugen kostbare Roben und waren mit Juwelen behängt. Es wurde gelacht und gescherzt, denn alle waren so kurz vor Weihnachten gut gelaunt und wollten unter Beweis stellen, dass sie ein Herz für arme Waisen hatten.

Draußen in der Kälte und im Nebel, wo nur die Gaslaternen wie bleiche Monde etwas Licht spendeten, bereitete ich mich auf meinen Einsatz vor. Ich fror erbärmlich und befürchtete, dass etwas schiefgehen könnte. Wenn ich meine Rolle nicht erfolgreich spielte, lief ich Gefahr, verletzt zu werden oder gar im Gefängnis zu landen. Ich gebe zu, dass ich bei dieser Vorstellung meinen ganzen Mut zusammennehmen musste, denn öffentliche Entehrung und Ächtung wäre für mich ein fast noch schlimmeres Schicksal als der Tod.

Trotzdem war ich fest entschlossen, meinen Freund nicht im Stich zu lassen. Wie er ausdrücklich betont hatte, hing der Erfolg des ganzen Unternehmens genauso von mir wie von ihm selbst ab und ich wollte sein Vertrauen nicht enttäuschen.

Das Konzert soll herrlich gewesen sein und ich bedauere sehr, es versäumt zu haben. Ich liebe Musik, besonders romantische Musik, etwa gefühlvoll intonierte Balladen. Stattdessen musste ich zitternd von einem Bein aufs andere treten!

Nach dem donnernden Schlussapplaus verschwand Golkov hinter dem Bühnenvorhang, um seinen Künstlerkollegen zu gratulieren und danach auch den Impresario zum großen Erfolg zu beglückwünschen.

Holmes hatte das schon vor ihm getan und als Golkov auftauchte, entschuldigte er sich bei dem Konzertveranstalter. Jetzt galt es, den schwierigsten Teil des Plans in die Tat umzusetzen. Mit seinen seltsam geformten, eigens zu diesem Zweck angefertigten Schlüsseln verschaffte er sich Zugang ins Büro des Impresarios, öffnete den Tresor und nahm die Einnahmen des Abends an sich. Als er das Büro verließ, fiel er niemandem auf, denn er besaß die seltene Gabe, nach Bedarf zu einer völlig farblosen Person zu werden, die man zwar sah, aber sofort wieder vergaß. Dazu brauchte er keine Verkleidung, er änderte nur seinen Gang und seine Haltung.

Beim Impresario angelangt, wurde er wieder der vor Vitalität sprühende Sherlock Holmes, verwickelte den Mann in ein Gespräch und gratulierte ihm noch einmal zu dem gelungenen Abend.

Währenddessen schlüpfte Golkov ins Büro, schloss die Tür und verschwand durchs Fenster.

Holmes fragte interessiert nach dem Erlös des Konzerts. Der Impresario nannte eine ansehnliche Summe und Holmes erklärte, er sei von einer prominenten Persönlichkeit, die anonym bleiben wolle, beauftragt worden, eine großzügige Spende zu überreichen.

Der Impresario errötete vor Freude und bat ihn in

sein Büro, um eine Quittung auszuschreiben und das Geld in sichere Verwahrung zu nehmen.

Natürlich sah er auf den ersten Blick, dass der Tresor geöffnet und leer war und dass das Fenster zum niedrigen Dach offen stand. Der arme Mann war entsetzt und wandte sich in seiner Not verständlicherweise an Holmes, den berühmtesten Detektiv der Welt. Er wollte den Diebstahl nicht publik machen und hoffte, dass Holmes den Schuldigen wie ein Kaninchen aus dem Hut zaubern würde.

Stattdessen schaute Holmes sich gründlich im Büro um, stellte allen Anwesenden viele Fragen und riet schließlich dazu, die Polizei zu benachrichtigen. Widerwillig erklärte der Impresario sich dazu bereit.

Lestrade tauchte am Tatort auf, kummervoll und wichtigtuerisch wie immer, befragte alle, was sie gesehen und gehört hatten, und stimmte gegen Mitternacht ausnahmsweise mit Holmes überein, dass an der Identität des Täters kein Zweifel bestand. Golkov war von mehreren Zeugen gesehen worden, als er das Büro betrat, aber niemand hatte ihn herauskommen sehen. Offenbar hatte er das Geld geraubt und war durch das Fenster geflüchtet, während Holmes sich mit dem Impresario unterhielt. Jetzt ließ es sich natürlich nicht mehr vermeiden, die Öffentlichkeit zu informieren und nach Golkov zu fahnden.

Die Morgenzeitungen berichteten in großen Schlagzeilen von dem Diebstahl und Golkovs Bild wurde in schwärzesten Farben gemalt. Niemand wusste ein gutes Wort über ihn zu sagen. Der Musiker, dessen Talent als Gottesgabe gerühmt worden war, hatte sich von einem Tag zum anderen in den leibhaftigen Teufel verwandelt. Die Liebe und Verehrung, die man ihm entgegengebracht hatte, war in Wut und Hass umgeschlagen.

»Gut«, kommentierte Holmes, während er im Wohnzimmer auf und ab ging, wo mehrere Zeitungen verstreut lagen. »Sehr gut.« Aber er sah alles andere als erfreut aus. Ich wollte nicht fragen, ob er irgendeinen Fehler in unserem Plan entdeckt hatte, denn eigentlich glaubte ich eher, dass er unter der Kritik litt, die er zu spüren bekommen würde, wenn er den nächsten Akt inszeniere. Holmes ist ein sehr stolzer Mann. Er würde es verärgert abstreiten, aber ihm liegt viel an der positiven Meinung anderer Menschen. Plumpe Schmeicheleien lehnt er ab, aber ich habe oft gesehen, wie erfreut er ist, wenn seine erstaunliche Intelligenz und Beobachtungsgabe gebührend geschätzt wird, und ich ahnte, welche Überwindung es ihn kostete, sein Licht ausnahmsweise unter den Scheffel zu stellen.

Golkov hatte Carburtons Bedingungen akzeptiert und nur darum gebeten, dass Holmes den Austausch von Stradivari und Geld durchführen solle, nachdem er selbst sich jetzt vor der Polizei verstecken müsse.

Holmes riss Mrs. Hudson Carburtons Antwort aus der Hand, ohne sich bei ihr zu bedanken, und schlitzte den Umschlag hastig auf. Mir fiel auf, dass seine Hand zitterte.

»Komm, Watson«, sagte er grimmig. »Jetzt wird sich herausstellen, ob wir gewonnen oder verloren haben. In wenigen Stunden wissen wir mehr.« Er nahm seinen Mantel vom Garderobenständer im Flur, stülpte seinen Hut auf und eilte aus dem Haus, ohne sich nach mir umzudrehen.

Es war bitter kalt, der Himmel war grau und der aufkommende Wind verhieß baldigen Schneefall. Trotzdem waren viele Leute unterwegs, um Weihnachtsgeschenke zu besorgen. Kinder kreischten aufgeregt, Pferdehufe dröhnten, Droschkenräder polterten auf den nassen Straßen. Dieser Lärm übertönte fast einen Leierkastenmann, der von einigen Sängern begleitet Weihnachtslieder spielte.

Holmes sprang von der Bordsteinkante auf die Straße und schwenkte wild den Arm, um eine Droschke anzuhalten. In seinem Übereifer riskierte er beinahe überfahren zu werden. Ich zerrte ihn zurück und erntete dafür einen wütenden Blick. Er schüttelte mich ab und brüllte dem Kutscher zu, uns zum Regent´s Park zu bringen.

Ich stieg hinter ihm ein und hätte fast das Gleichgewicht verloren, weil das Fahrzeug sich schon in Bewegung setzte und rasch an Tempo gewann. Während der Fahrt fiel kein einziges Wort, doch am Ziel befahl Holmes mir, in der Droschke zu warten. Er selbst stieg aus und ich wusste natürlich, dass er den Erlös des Konzerts bei sich trug. Trotz seines Verbots war ich heftig versucht, ihm zu folgen, weil ich dem Erpresser alle möglichen Schandtaten zutraute.

Meine Befürchtungen erwiesen sich jedoch als unbegründet, denn nach wenigen Minuten kam Holmes zurück und trug einen Geigenkasten. Er sprang in die Droschke und wies den Kutscher an, uns in die Baker Street zurückzubringen.

»Ist es die Stradivari?«, fragte ich, obwohl seine zufriedene Miene eigentlich alles verriet.

»Selbstverständlich, Watson! Glaubst du, ich hätte mich nicht davon überzeugt? Dem Mann lag nichts an dem Instrument – an dem Geld übrigens auch nicht viel. Er will nur Golkov ruinieren und für seine Zwecke ist es viel günstiger, wenn die kostbare Violine sich wieder im Besitz des Musikers befindet.«

»War es Hugo Carburton?«

»Natürlich ... wer denn sonst?«

Ich hatte es gewusst, trotzdem freute mich die Bestätigung. Der ganze Plan war sehr nervenaufreibend und der letzte Teil, von dem alles abhing, mochte immer noch scheitern.

Wieder konnte ich Holmes nicht begleiten, aber ich wusste, welch schwerer Weg vor ihm lag. Aufgeregt lief ich in unserem Wohnzimmer hin und her, während ich mir ausmalte, was sich abspielte.

Er erzählte es mir später, aber nicht in allen Einzelheiten. Vieles musste ich an seinem Gesicht ablesen, doch das fiel mir nicht schwer, obwohl er meinen Blick mied und seine auf dem Schoß gefalteten Hände anstarrte.

Von der Baker Street hatte er sich in Lestrades Büro begeben.

»Nanu, guten Morgen, Mr. Holmes«, begrüßte ihn der Inspektor überrascht. »Was kann ich heute für Sie tun? Wenn Sie wissen wollen, ob wir Golkov schon geschnappt haben, muss ich Sie leider enttäuschen, aber er kann uns auf Dauer nicht entkommen, dazu ist er viel zu berühmt. Sobald er irgendwo auftritt, verhaften wir ihn.«

»Das ist mir klar!«, knurrte Holmes, zwang sich dann aber mit enormer Anstrengung zu einem demütigen Ton. »Ich befürchte, wir … ich … könnten vorschnell geurteilt haben.«

»O nein«, entgegnete Lestrade zuversichtlich. »Es liegt auf der Hand, dass er es getan hat. Gar keine Frage, Mr. Holmes. Ausnahmsweise waren wir uns einig und wir hatten völlig Recht. Höchst bedauerlich, dass wir den Schurken noch nicht gefunden haben! Wenn Sie mir dabei helfen könnten, wäre ich Ihnen außerordentlich dankbar – und ebenso hundert oder mehr kleine Waisen, die um ein schönes Weihnachtsfest bangen müssen.« Er schüttelte den Kopf. »Das ist etwas, das ich einfach nicht verstehen kann, Mr. Holmes. Wie kann ein Mann, der berühmt ist und Geld hat, Kinder berauben? Haben Sie dafür eine Erklärung? Jetzt hat er alles verloren, allen Respekt, alle Bewunderung, und wird im Gefängnis landen. Glauben Sie, dass er ein bisschen verrückt sein könnte?«

»Vielleicht gibt es eine andere Erklärung«, sagte Holmes mit schmalen Lippen. »Wir sollten zusammen Golkovs Weg verfolgen, den er nach Verlassen der Konzerthalle genommen haben könnte.«

»Ich weiß nicht, wozu das gut sein sollte«, brummte Lestrade.

»Bitte tun Sie mir den Gefallen«, beharrte Holmes.

Lestrade gab nach, vielleicht um ihrer alten Freundschaft willen, obwohl seiner Miene anzusehen war, dass er diese Mühe für überflüssig hielt.

Von dem Hintereingang der Konzerthalle aus, wo das Dach am niedrigsten war, gingen sie die Gasse in Richtung Straße entlang. Lestrade schimpfte bei jedem Schritt leise vor sich hin. Holmes spähte von einer Seite zur anderen, als hoffte er, etwas Wichtiges zu entdecken.

Am Ende der Gasse blieb er stehen und rief: »Aha!«

»Was ist?«, wollte Lestrade wissen. »Ich sehe nichts, nur eine schmale Straße. Weit und breit keine Menschenseele, niemand, den man fragen könnte … falls Sie darauf gehofft haben sollten.«

»Der springende Punkt ist Ihnen entgangen, Lestrade – wie immer!«, bemerkte Holmes ungewöhnlich sarkastisch. »Wenn Sie auf der Flucht sind und die Verfolger Ihnen dicht auf den Fersen sein könnten – welchen Weg würden Sie einschlagen?«

Der Inspektor schaute unschlüssig von einer Seite zur anderen.

»Schnell!«, rief Holmes. »Man ist hinter Ihnen her, Mann! Stehen Sie nicht herum und halten Maulaffen feil!«

»Ich würde diese Richtung einschlagen«, sagte Lestrade beleidigt. »Da vorne ist eine Hauptstraße, wo ich leicht in der Menge untertauchen und dann eine Droschke mieten könnte. Als Mr. Golkov würde es mir ja nicht an Geld fehlen und außerdem würde ich mich als Mr. Golkov in den Seitenstraßen nicht gut auskennen und nicht riskieren wollen, mich zu verirren oder in eine Sackgasse zu geraten.«

»Ausgezeichnet!«, stimmte Holmes zu. »Sie können ja auf einmal logisch denken.« Er ging so rasch in Richtung der Shaftesbury Avenue, dass Lestrade Mühe hatte, mit ihm Schritt zu halten.

Gleich um die Ecke stand ein Sandwichverkäufer, an den ich selbst mich nur allzu gut erinnere!

»Guter Mann«, redete Holmes ihn an, »waren Sie gestern Abend gegen halb zehn auch hier?«

»Ja, Sir«, antwortete der Verkäufer. »Manchmal haben die Leute, die wo aus dem Theater kommen, ein bisschen Kohldampf und da kann ich ordentlich was verdienen.«

»Freut mich, das zu hören. Haben Sie zufällig einen jungen Mann mit wirren Haaren und in einem grünen Samtjackett gesehen, der es so eilig hatte, als würde er verfolgt?«

»Na klar hab ich den gesehen, bloß war er's, der den anderen Kerl verfolgt hat … den Räuber, schätz ich mal.«

»Was?«, mischte Lestrade sich aufgeregt ein. »Was sagen Sie da?«

»Er ist hinter dem Burschen hergerannt, der wo die armen Waisen beraubt hat«, wiederholte der Sandwichverkäufer geduldig. »Das war so 'n großer Typ, mit Schultern wie 'n Ochse, mit 'nem Schnurrbart und 'nem Stock in der Hand, so als wollt er wem den Schädel einschlagen. Ich sag's Ihnen ganz offen, ich selbst hätt's mir zweimal überlegt, ob ich hinter dem herrennen soll!«

Lestrade fragte ihn weiter aus, aber er blieb bei seiner Geschichte, die genau der Wahrheit entsprach – nur dass ich meine Schultern nicht unbedingt mit denen eines Ochsen vergleichen würde!

»Verdammt!« Der Inspektor starrte Holmes bestürzt an. »Wir haben Golkov zu Unrecht verdächtigt! Wir müssen herausfinden, was dem armen Teufel zugestoßen ist. Hoffen wir, dass es noch nicht zu spät ist!«

Sie mussten die Spur der beiden Männer etwa zwei Meilen weit verfolgen, bis Augenzeugen berichteten, dass der junge Mann mit den wirren Haaren und der Samtjacke den älteren schnurrbärtigen Burschen eingeholt habe. Es war zu einer Prügelei gekommen und der junge Mann hatte einen Schlag über den Schädel abbekommen und war halb bewusstlos auf dem Kopfsteinpflaster zusammengebrochen, aber zuvor hatte er den anderen ordentlich verdroschen, der heilfroh gewesen war, den aufgebrachten Zuschauern zu entkommen.

»Verdammt!«, fluchte Lestrade wieder, empört über die Launen des Schicksals. »Fast hätte Golkov ihn geschnappt!«

»Ja, hat ganz den Anschein«, gab Holmes zu.

»Anschein?«, schnaubte Lestrade. »Golkov ist kein Dieb! Sie haben sich geirrt, Mr. Holmes, zum ersten Mal, soweit ich mich erinnern kann!« Diese Feststellung bereitete ihm große Genugtuung. »Jetzt müssen wir den armen Golkov finden. Jemand muss ihn bei sich aufgenommen haben. Wer mag es gewesen sein?« Er schaute in die Runde von alten Männern, Jungen und Waschfrauen, die Beiträge zu der Geschichte geliefert hatten.

»Die alte Gertie war´s«, sagte einer der Männer. »Die sammelt jeden auf und füttert ihn durch, wenn´s sein muss.« Er deutete auf eine schmale Tür, deren obere Hälfte früher verglast gewesen war. Jetzt hielt nur ein Stück Sackleinen die Kälte ab.

In Gerties Kammer fanden sie einen sehr ungeduldigen Golkov, der angeblich unter so starkem Kopfweh litt, dass er seine erbärmliche Umgebung noch gar nicht richtig wahrgenommen hatte.

»Na, junger Mann, Sie haben ja für helle Aufregung gesorgt!« Lestrade war sehr erleichtert, dass dem Violinvirtuosen nichts Schlimmeres zugestoßen war.

»Mr. Holmes hat Sie für den Dieb gehalten.« Das musste er natürlich ausdrücklich betonen. »So steht´s auch in allen Zeitungen, aber das werden wir gleich morgen richtigstellen.«

Golkov starrte Holmes ängstlich an, der ihm unmerklich zuzwinkerte, um ihn zu beruhigen, dass seine Stradivari gerettet war.

Der Musiker wandte sich an Lestrade. »Ich habe das Geld! Ich konnte es dem Schurken abnehmen, bevor er das Weite gesucht hat!« Er holte das Geld hervor, das er durch den Verkauf seiner Wertgegenstände aufgetrieben hatte. Vielleicht war es nicht die exakte Summe, aber der Konzertveranstalter würde bestimmt nicht jede Guinee nachzählen, geschweige denn die Direktion des Waisenhauses, die dankbar und überglücklich sein würde, dass die Einnahmen aus der Wohltätigkeitsveranstaltung gerettet worden waren.

Holmes, Lestrade und Golkov begaben sich nach Scotland Yard. Der Musiker war der Held des Tages und Holmes ertrug heldenhaft Lestrades gutmütigen Spott. Als er in die Baker Street zurückkehrte, saß ich müde am Kamin und stärkte mich mit einem Brandy.

»Nun?«, fragte ich ungeduldig.

»Sehr zufriedenstellend«, antwortete er knapp, doch als er meine gebeugten Schultern sah und sich an meinen Beitrag zum Gelingen des Plans erinnerte, fügte er weich hinzu: »Vielen Dank!«

»Ganz zufriedenstellend ist die Sache trotzdem nicht«, murmelte ich. »Golkov hat zwar seinen guten Ruf und seine Violine zurück, aber Miss Carburtons Rolle bei diesem üblen Spiel ist und bleibt unverzeihlich.«

Holmes sah selbstzufrieden aus. »Wenn man ihre Situation bedenkt, kann ich ihr Verhalten verstehen.«

»Nun, ich nicht!«, widersprach ich hitzig. »Ich finde es erbärmlich.«

»Sie ist in den Sohn eines Grafen verliebt und kennt die Vorurteile der vornehmen Gesellschaft.«

»Was?« Ich war wie vom Donner gerührt.

Holmes lächelte. »Miss Jeannie Carburton, Watson! Die sauberen Stiefel, die der Page erwähnte, haben mich auf des Rätsels Lösung gebracht. Der angebliche zweite Besuch, bei dem der Junge ihr die Tür aufschließen musste … Geschickt geplant und ausgeführt, aber ich vermute, dass sie jetzt nicht mehr so stolz auf sich ist.«

»Oh … O ja, ich verstehe!« Auch ich lächelte, weil ich glücklich war, dass Golkov sich nicht in seiner Liebsten getäuscht hatte.

Am Abend besuchten wir Golkov in der Dudley Street und ich freute mich besonders, dass Miss Helena Carburton bei ihm war. Sie war eine äußerst liebenswürdige und mutige junge Frau, die bereit war, den Zorn ihres Vaters zu ertragen und auf ihre gesellschaftliche Stellung zu verzichten, um mit dem Mann zu leben, den sie liebte.

»Ich werde Ihnen nie genug danken können!« Golkovs Augen strahlten vor Bewunderung für Holmes wie die eines Kindes, das zum ersten Mal den Zauber von Weihnachten erlebt. »Sie haben Ihren Ruf der Unfehlbarkeit geopfert, um meine Ehre und meine Stradivari zu retten! Sie sind wirklich ein edler Mensch …«

Er legte einen Arm um Miss Carburtons Taille und auch sie schaute Holmes voller Respekt und Bewunderung an.

Natürlich genoss Holmes diese Anerkennung, doch er war gerecht genug, um auf mich zu deuten. »Ohne Watson hätte ich das nicht erreicht!«

Golkov errötete. »Natürlich! Dr. Watson, bitte verzeihen Sie meine Undankbarkeit. Wären Sie nicht bereit gewesen, die Rolle des Bösewichts zu spielen … ich hatte Angst, dass die Leute, die mich retten wollten, Sie ernsthaft verletzen würden …«

Ich betastete unauffällig meine blauen Flecken. »Nicht weiter schlimm ... Manchmal muss man etwas riskieren, um der Gerechtigkeit zum Sieg zu verhelfen!« Aber ich gebe zu, dass ich mich über Miss Carburtons bewundernden Blick freute, der jetzt mir galt.

»Wir sind Ihnen zu ewigem Dank verpflichtet«, wiederholte Golkov und errötete erneut. »Ich kann Ihnen nicht einmal ein gebührendes Honorar überreichen ... Ich musste schließlich den Erlös des Konzerts ersetzen ...«

Auch Helena Carburton errötete, weil sie sich für ihren Vater schämte, aber sie sagte kein Wort.

Golkov nahm sie noch fester in den Arm. »... aber sobald ich genug Geld verdiene, werde ich mich erkenntlich zeigen«, versprach er.

Holmes zuckte mit den Schultern. »Ich will kein Geld von Ihnen, Mr. Golkov. Was ich besitze, reicht für meine Bedürfnisse völlig aus. Aber Sie könnten mich auf andere Art und Weise entlohnen ... für einen Tag ...«

»Für einen Tag?« Golkov starrte ihn verständnislos an, doch dann begriff er ... und wurde leichenblass.

Holmes brachte es nicht über sich, seine Bitte deutlicher zu formulieren.

Langsam durchquerte Golkov das Zimmer, hob den Geigenkasten auf und drückte ihn wie ein Kind an seine Brust. Dann übergab er Holmes wortlos seine geliebte Stradivari.

»Nur für den Weihnachtstag«, versprach Holmes. »Am nächsten Morgen bringe ich sie Ihnen unversehrt zurück.«

Golkov verbeugte sich. »Ich würde sie keinem anderen Menschen anvertrauen«, sagte er leise, »aber Sie haben es verdient, Mr. Holmes.«

Lestrade strahlte übers ganze Gesicht, als er das Geld dem Waisenhaus übergab. Ich verbrachte einen einsamen Weihnachtstag am Kamin, aß Mrs. Hudsons besten Kuchen und lauschte der Musik aus dem Nebenzimmer, wo ein Mann dem besten Saiteninstrument auf Erden himmlische Töne entlockte, die seine Gefühle besser zum Ausdruck brachten, als Worte es jemals vermocht hätten.

Onkel Charlies Briefe

Rebecca saß auf der Fensterbank in ihrem Schlafzimmer, die Arme um die Knie geschlungen, mit zerknitterter Schürze, dünne Papiere in der Hand. Am Treppenabsatz war das Dienstmädchen damit beschäftigt, feuchte Teeblätter auf den Teppich zu streuen, die den Staub aufsaugten und anschließend auch noch zusammengefegt werden mussten. Eigentlich hätte das erledigt sein sollen, bevor die Herrschaften aufstanden, aber heute ging alles drunter und drüber. An einem normalen Tag wäre Rebecca um diese Zeit in der Schule gewesen, doch dies war eben kein gewöhnlicher Tag, denn die alte Königin war gestorben.

Onkel Samuel und Tante Millicent stritten sich. Das war bei den Geschwistern allerdings nichts Besonderes. Rebecca hörte Tante Millicents schrille Stimme und Samuels Erwiderungen in sachlich gönnerhaftem Ton.

Sie flüchtete in die Traumwelt der Briefe, die sie in der Hand hielt. Sie waren von Onkel Charlie, dem jüngsten Bruder ihres verstorbenen Vaters, dem Abenteurer und Tunichtgut, der vor zehn Jahren nach Afrika ausgewandert war, um dort sein Glück zu versuchen. Er schrieb viele lange Briefe, die Onkel Samuel verabscheute und Tante Millicent nur flüchtig überflog. Allerdings bewahrte sie die mitgeschickten Dokumente sorgfältig auf – Besitzurkunden der Claims, die er an verschiedenen Orten erworben hatte, von denen in England kein Mensch auch nur den Namen kannte.

»Wertloses Zeug!«, hatte Onkel Samuel verächtlich gesagt. Er war Bankier und hatte sehr nüchterne Ansichten, insbesondere in allen Geldfragen. »Charles hatte in seinem ganzen Leben keine einzige vernünftige Idee. Er träumte lieber von Goldgruben, anstatt einer anständigen Arbeit nachzugehen und auch nur einen Shilling zu verdienen.«

»Durchaus möglich«, hatte Tante Millicent zugestimmt. Die Urkunden jedoch hatte sie vorsichtig gefaltet und in ihren Sekretär gelegt, dessen Schlüssel immer an einer Kette um ihren Hals hing. »Doch selbst ein blindes Huhn findet bekanntlich manchmal ein Korn.«

»Blindes Huhn ist der richtige Ausdruck!«, hatte Onkel Samuel geschnaubt, seinen Krawattenknoten am gestärkten Stehkragen noch straffer gezogen und an seinen Rockaufschlägen gezupft.

Rebecca konnte sich kaum an Charlie erinnern, aber sie kannte ihn aus seinen Briefen, die sie fast auswendig gelernt hatte. Sie wusste, wie aufgeregt er gewesen war, als er England verließ, wie sehr er unter der drangvollen Enge auf dem Zwischendeck gelitten hatte, wie schwer es ihm gefallen war, inmitten des Lärms oder bei stürmischer See, wenn das Schiff schaukelte und schlingerte, Schlaf zu finden. Sie wusste aber auch, dass er Langeweile, Einsamkeit und die Kosten der weiten Reise vergessen hatte, sobald er mit ehrfürchtigem Staunen das Kap der Guten Hoffnung und den strahlend blauen afrikanischen Himmel erblickte.

Im Geiste hatte Rebecca ihn auf jedem Schritt des staubigen Weges nach Norden begleitet, in sengender Hitze durch weite Ebenen mit roter Erde, wo Akazien wuchsen und nachts Löwen brüllten. Sie kannte jede Linie seiner drolligen Strichmännchen, die rannten, kämpften, um ein Lagerfeuer saßen, ritten oder Karren lenkten, die von Rindern mit riesigen Hörnern gezogen wurden.

In der magischen Welt von Onkel Charlies Afrika konnte sie alle häuslichen Streitereien vergessen – Tante Millicents ewiges Herumnörgeln ebenso wie Onkel Samuels strenge Vorschriften. Wenn sie sich unerträglich einsam fühlte, schlich sie nach oben in ihr Zimmer und holte die Briefe aus den abgegriffenen Umschlägen. Dann beobachtete sie gemeinsam mit Onkel Charlie die Flusspferde, die sich im schlammigen Wasser des Sambesi wälzten, und zitterte bei der Vorstellung, eines der Tiere könnte sein Boot angreifen und zum Kentern bringen, so dass er dem Riesenmaul auf Gedeih und Verderb ausgeliefert wäre. Noch schlimmer war der Gedanke an Krokodile, die ihr Alpträume bereiteten, aus denen sie in Schweiß gebadet aufwachte.

Wenn im Haus außer dem Klappern von Tante Millicents Stricknadeln und dem Kratzen von Onkel Samuels Schreibfeder kein Laut zu hören war, kauerte Rebecca mit Charlie hinter einem umgestürzten Baum, während die Erde erbebte, weil eine tausendköpfige Zebraherde vorbeitrampelte. Oder sie schaute aus dem Fenster auf eine englische Vorstadtstraße hinaus, sah aber die gewaltigen Sonnenuntergänge am afrikanischen Himmel und bestaunte sie zusammen mit Onkel Charlie.

Er hatte an einem Ort namens Mazoe Land gekauft und schrieb optimistisch, dass er dort eine Farm betreiben werde.

»Eine Farm!«, murrte Onkel Samuel kopfschüttelnd. »Das hält er doch nie durch! Hat noch keinen Tag im Leben hart gearbeitet! Bald ist er dieser Sache überdrüssig und jagt neuen Hirngespinsten nach.«

»Aber er hat einen weiteren Grubenanteil erworben«, betonte Millicent mit leuchtenden Augen. »Ich werde die Besitzurkunde zusammen mit den anderen aufbewahren.«

»Das wird dir nicht viel nützen«, spottete Samuel. »Ich weiß gar nicht, wozu er sich die Mühe macht, dir das Zeug zu schicken.«

»Weil alles mir gehören wird, falls ihm etwas zustoßen sollte«, entgegnete Millicent lächelnd. »Das müsstest du doch wissen, Samuel.«

»Es wird *uns* gehören«, korrigierte Samuel.

»Nein, mir«, beharrte Millicent. »Die Briefe sind an mich adressiert, nicht an dich. Auf den Umschlägen steht nur mein Name. Frag Rebecca. Verlier die Umschläge nicht, Kind! Die Briefe sind zwar blanker Unsinn, aber die Umschläge sind Beweise!«

»Beweise dafür, dass dein Bruder ein Narr ist – und du bist auch nicht viel besser!«, knurrte Samuel, während er zur Tür ging.

»*Unser* Bruder«, stellte Millicent richtig.

»Ach, jetzt ist er plötzlich *unser* Bruder?« Er zerrte an seinen Rockaufschlägen. »Unser Bruder, wenn er ein Narr ist, und deiner, wenn er Urkunden schickt!«

»So ist es.« Millicent verschloss den Sekretär und grinste mit gebleckten Zähnen. »Du solltest jetzt lieber gehen, sonst kommst du noch zu spät in die Bank und das wäre doch eine Katastrophe!«

Dann kam an einem tristen Samstagmorgen der schlimmste Brief an, nicht von Onkel Charlie, sondern von einem Mann namens Wallasey, der mitteilte, Charlie sei gestorben. Ein Fieber habe gewütet und Charlie gehöre zu jenen, die es nicht überlebt hätten.

»Leuchtet mir durchaus ein«, murmelte Tante Millicent mit schmalen Lippen. Wenn sie um ihren Bruder trauerte, ließ sie es sich jedenfalls nicht anmerken.

»Hoffentlich hat er wenigstens ein christliches Begräbnis erhalten.« Onkel Samuel schüttelte den Kopf. »Dort unten kann man das nie wissen … Habe ich nicht immer gesagt, dass es mit ihm ein schlechtes Ende nehmen würde?«

Rebecca war untröstlich. Obwohl er nichts davon geahnt hatte, war Charlie ihr Freund und geistiger Gefährte gewesen, an dessen Träumen und Abenteuern sie in ihrer ganzen Kindheit teilgenommen hatte. Er war großzügig, lustig und mutig. Manchmal auch töricht, das musste sie zugeben – er machte viele dumme Sachen, ging unnötige Risiken ein und hatte großes Glück, wenn er unverletzt blieb. Doch er war auch unglaublich weise, weil er die Schönheiten der Welt wahrnahm, in den schwierigsten Lagen Humor bewies und trotz seines unsteten Wanderlebens viele Freundschaften schloss.

Jetzt war er tot. Afrika war ein abgeschlossenes Kapitel und Rebecca blieben nur die Briefe.

»Wir müssen jetzt diese Grubenanteile beanspruchen«, sagte Onkel Samuel beim Mittagessen. »Ich werde mich gleich am Montagmorgen nach der korrekten Vorgehensweise erkundigen.«

Millicent nippte an ihrem Tee. »Das ist sehr nett von dir.«

»Nett? Es ist schlichtweg vernünftig.« Samuel griff nach der Orangenmarmelade. Sie hatten immer die beste Marmelade der Marke Dundee, weil das seiner Ansicht nach zu den kleinen Extravaganzen eines gehobenen Lebensstils gehörte.

»Es ist nett, weil die Briefe und Claims mir gehören«, betonte Millicent.

Samuel erstarrte mit dem Marmeladenlöffel in der Hand. »Er hat die Briefe zwar an dich adressiert – wahrscheinlich dachte er, du hättest genügend Zeit, um sie zu lesen –, aber die Claims gehören selbstverständlich uns beiden. Das ist doch ganz offensichtlich und bedarf keiner ausdrücklichen Erwähnung.«

»Bei Geld bedarf alles einer ausdrücklichen Erwähnung, Samuel«, widersprach Millicent, während sie noch etwas Zucker in den Tee gab. »Das hast du mir mindestens einmal pro Woche gepredigt, seit du zwanzig geworden bist. Je mehr Geld vorhanden ist, desto vorsichtiger muss man sein, das habe ich von dir gelernt.«

Samuels Gesicht lief rot an. »Hier geht es um eine

ganz andere Sache. Ich bin als Bruder ein genauso naher Verwandter wie du als Schwester! Falls er kein Testament hinterlassen hat, das mich zum Alleinerben bestimmt, wird sein gesamter Besitz gleichmäßig unter uns aufgeteilt werden.«

Rebecca wurde nicht erwähnt, obwohl ihr Vater ebenfalls Charlies Bruder gewesen war. »Und was ist mit mir, Onkel Samuel?«, fragte sie höflich.

»Dein Vater war schon tot, als Charlie die Minen gekauft hat«, erklärte Samuel. »Folglich hast du auch keine Erbansprüche. Wir haben dich wie unser eigenes Kind aufgezogen und alle damit verbundenen Unkosten getragen, ohne es dich jemals spüren zu lassen. Trotzdem werden wir großzügigerweise etwas von der Erbschaft für dich abzweigen, wenn du ins heiratsfähige Alter kommst.«

Millicent lächelte mit funkelnden Augen. »Du hast völlig Recht, lieber Samuel – wer vorher tot war, kann natürlich nicht erben. Aber Charlie hat mir die Briefe geschickt, bevor er krank, geschweige denn tot war. Selbst wenn er ein Testament hinterlassen haben sollte, so betrifft es nicht die Claims. Die gehören längst mir!«

Sie schaute Rebecca an. »Ich werde dir jedoch eine angemessene Aussteuer zur Verfügung stellen, mein Kind, wenn du heiraten willst, da brauchst du dir gar keine Sorgen zu machen.«

Doch Millicent kam nicht dazu, ihr Versprechen zu halten. Noch bevor aus Afrika Nachrichten eintrafen, was Charlies Goldminen eigentlich wert waren, stand sie eines Nachts auf – das tat sie häufig –, stolperte über eine lose Stufenkante und stürzte die Treppe hinab, wobei sie so schwere Kopfverletzungen erlitt, dass sie sich nicht mehr erholte.

Erst einen Monat nach Millicents Begräbnis erhielt Samuel eine Antwort aus Afrika. Der Bevollmächtigte bedauerte, Mr. Samuel Russell mitteilen zu müssen, dass die fünfzehn Minen, an denen sein verstorbener Bruder, Mr. Charles Russell, Anteile besessen hatte, nicht einmal den Lebensunterhalt der Schürfer deckten, geschweige denn Gewinn erzielten. Dreizehn waren sogar schon geschlossen worden.

Zum Schluss sprach er Samuel sein Beileid zum Verlust des Bruders aus, der zwar kein Finanzgenie gewesen sei, sich jedoch wegen seines angenehmen Charakters großer Beliebtheit erfreut habe und von allen vermisst werde.

»Angenehmer Charakter!«, knurrte Samuel zähneknirschend. Er war bleich vor Wut. »Charlie war ein Taugenichts, ein Versager! Genauso wertlos wie seine verdammten Minen!« Seine geliebte Dundee-Marmelade stand auf dem Frühstückstisch und seine Tageszeitung lehnte an der Teekanne. Er stieß ein bitteres, hasserfülltes Lachen aus. »Du siehst, Millicent, deine kostbaren Claims hätten gleich in den Papierkorb gehört! Nun, du kannst sie jetzt alle haben! Ich werde sie im Garten verbrennen und dir nachsenden.«

Rebecca war völlig niedergeschmettert, nicht wegen der Claims – Minen bedeuteten ihr nichts –, sondern weil deren Wertlosigkeit Onkel Charlie als Versager abstempelte und das konnte sie nicht ertragen. Er hatte so oft geschrieben, dass er ihnen etwas Wertvolles schicke, und war so stolz auf diese Geschenke gewesen. Sie warf Onkel Samuel einen angewiderten Blick zu. Nie zuvor war ihr klar geworden, wie sehr sie ihn verabscheute.

»Ich kann mir nicht vorstellen, dass Tante Millicent im Himmel etwas damit anfangen kann«, bemerkte sie frech. »Vorausgesetzt, dass sie überhaupt irgendwie zu ihr gelangen, indem du sie verbrennst.«

»Ich stelle mir Millicent nicht im Himmel vor!«, fuhr Samuel seine Nichte an. »Zudem halte ich es für höchst passend, das Zeug zu verbrennen, damit es sie erreicht. Und ich will von dir jetzt kein Wort mehr dazu hören, mein Fräulein! Frühstücke zu Ende und dann marsch in die Schule! Dein Onkel war ein absolut wertloser Mann, wie ich schon immer gesagt habe. Dieses ganze Gerede, er schicke uns etwas Wertvolles – nichts als Lügen, wie üblich! Er hat sein Leben vergeudet und nichts erreicht. Du wirst ihn nie wieder erwähnen. Ich will nicht, dass du ihm nachgerätst.« Samuel stellte seine Tasse ab. »Deshalb ist es auch höchste Zeit, dass du mir seine Briefe aushändigst. Du träumst in den Tag hinein, anstatt jede Stunde mit einer sinnvollen Tätigkeit auszufüllen. Der Teufel hat seine Freude an Müßiggängern und Faulpelzen.«

Rebecca hatte das Gefühl, eine Ohrfeige bekommen zu haben. Sie starrte ihn entsetzt an. Jeder Versuch, ihn umzustimmen, wäre sinnlos. Onkel Samuel änderte nie seine Meinung, nur weil jemand ihn darum bat. Nur logische Argumente vermochten ihn zu überzeugen.

»Aber Onkel Samuel, Onkel Charlie hat doch versprochen, dass die Briefe etwas Wertvolles enthalten …«

»Blödsinn! Iss jetzt endlich deinen Toast auf! Es ist Sünde, gutes Essen wegzuwerfen. Wie oft hat deine Tante dir das eingeschärft?«

»Vielleicht sind die Briefmarken wertvoll«, rief Rebecca verzweifelt. »Ausländische Marken sollen das manchmal sein.« Sie klammerte sich an jeden noch so dünnen Strohhalm. »Manche sind aus Maschonaland und Matabeleland. Es kann nicht viele davon geben.«

Samuel legte langsam sein Messer hin, wobei er das saubere Tischtuch mit Marmelade bekleckerte, und machte große Augen. »Du könntest Recht haben! Ja … ja, möglich wäre es. Allerdings glaube ich kaum, dass Charlie sich dessen bewusst gewesen wäre – in Gelddingen war er ein kompletter Dummkopf. Aber vielleicht hat er rein zufällig eine seltene Marke ausgesucht. Hol mir diese Briefe, Mädchen! Ich nehme sie gleich heute mit und zeige sie einem Bekannten, der viel von ausländischen Briefmarken versteht. Bring alle Briefe her, denn wir wissen ja nicht, welches die besten Marken sind. Schnell!«

Rebecca stand gehorsam auf und ging nach oben, trotz seines Befehls schleppenden Schrittes, weil ihr Herz so schwer wie Blei war. Onkel Charlie war kein Versager, kein unnützer Mensch gewesen! Er war glücklich gewesen, er hatte viele Abenteuer erlebt, er hatte die Welt gesehen und geliebt. Er hatte versucht, seine Lebensfreude mit anderen zu teilen. Wenn sie die Briefe hergeben musste, um zu beweisen, dass er nicht gelogen hatte, so war sie dazu bereit, auch wenn es ihr noch so schwer fiel.

Wortlos übergab sie den Stapel ihrem Onkel, der sich nur für die Marken interessierte. »Möglich wäre es«, murmelte er skeptisch. »Keine hohen Nennwerte, doch das dürfte keine Rolle spielen. Es würde mich sehr wundern, wenn er genug von Briefmarken verstanden hätte, um seltene Marken auszuwählen, aber wir werden ja sehen.« Mit diesen Worten verstaute er die Briefe in seiner Aktentasche und machte sich auf den Weg ins Büro.

Am Abend kam er mit einem Gesicht wie zehn Tage Regenwetter nach Hause und schleuderte die Briefe auf den Tisch. Etwa die Hälfte der Briefmarken war behutsam aus den Umschlägen geschnitten worden.

»Wertlos!«, schnaubte er wütend. »Wie ich vermutet hatte. Jede hat nur ein paar Shilling eingebracht – alle zusammen zwölf Pfund, siebzehn Shilling und neun Pence! Und den Rest wollte der Händler gar nicht haben. Wirklich ein beachtliches Vermögen, muss ich sagen! Mein lieber Bruder hat sein Leben lang nur Lügen erzählt!«

»Er ist kein Lügner!«, verteidigte Rebecca ihren unbekannten Onkel, ohne zu überlegen, wie unklug es war, Samuel zu widersprechen. »Er war ein guter Mensch! Er muss geglaubt haben, dass …«

»Ein Lügner und Betrüger!«, wiederholte Samuel aufgebracht. »Ein völlig wertloser Kerl! Sein Name wird in meinem Haus nie mehr erwähnt werden, hast du verstanden, Mädchen? Und diese prahlerischen Briefe wandern ins Feuer, damit du keine Zeit mehr mit ihrer Lektüre vergeudest.«

»Aber Onkel Samuel …«

»Ende der Debatte! Mein Entschluss steht fest. Ich hätte das schon längst tun sollen. Mit meiner bisherigen Nachsicht habe ich dir keinen guten Dienst erwiesen.« Er schob die Briefe zusammen und ging zur Tür.

Rebecca war den Tränen nahe. Die unersetzlichen Briefe sollten vernichtet werden – und mit ihnen ihre Traumwelt! »Nein, das darfst du nicht machen …«

Samuel bedachte sie mit einem eisigen Blick. »Nein?«, sagte er drohend. »Ich versichere dir, meine Liebe, dass ich es tun werde – und zwar auf der Stelle!«

»Ich werde sie dir abkaufen!«, rief Rebecca.

»Tatsächlich? Womit willst du denn bezahlen?«

»Bitte verbrenn sie nicht«, flehte sie. »Diese Briefe sind alles, was uns von Onkel Charlie geblieben ist.«

»Und das ist noch viel zu viel!« Seine Hand lag auf der Klinke.

»Ich gebe dir das Medaillon, das Tante Millicent mir vermacht hat. Es ist aus Gold. Du kannst es verkaufen. Es ist sehr wertvoll!«

»So wertvoll nun auch wieder nicht«, meinte Samuel lächelnd.

»Jedenfalls wertvoller als Onkel Charlies Briefe. Die Marken hast du ja schon – mir geht es nur um die Briefe! Bitte, Onkel Samuel! Ich tu alles, was du willst, nur lass mir die Briefe! Bitte!«

»Also gut, wenn sie dir so viel bedeuten. Ich bin

schließlich kein Unmensch. Allerdings muss es auf der Welt gerecht zugehen und deshalb holst du mir jetzt das Medaillon. Hier hast du die Briefe.«

Er schrieb ihr sogar eine Quittung aus, dass er im Austausch für die Briefe des verstorbenen Charles Russell das goldene Medaillon erhalten hatte, und verkaufte es für fünfzehn Pfund, neunzehn Shilling und sechs Pence.

Rebecca hütete die Briefe wie einen Schatz und las sie immer und immer wieder. In den folgenden Jahren war sie im Geiste bei allen Abenteuern dabei, die Charlie auf seinen Reisen entlang der Ufer des Sambesi erlebt hatte. Sie sah die atemberaubende Majestät der Victoriafälle, die donnernd und schäumend in die Tiefe stürzten, umgeben von schillernden Regenbogen.

Sie sah die rote Erde im Maschonaland, das am Himmel erstrahlende Kreuz des Südens, die Dschungelblumen, die gewaltigen Elefanten, die anmutigen Gazellen, die gefährlichen Leoparden. Sie saß in afrikanischen Nächten am Lagerfeuer und hörte im Dunkeln Hyänen lachen.

Sie stand dicht neben Charlie, wenn er wunderbare Menschen kennen lernte: den englischen Händler, der auf seinem Wagen eine Ziege mit sich führte, die Tabak kaute, bis sie an einer Nikotinvergiftung starb. Rebecca lachte und weinte über diese Geschichte.

Ihr Herz klopfte laut, wenn sie las, wie tapfer der berühmteste Forscher in Afrika, Frederick Courtney Selous, Bulowayo während des Eingeborenenaufstandes von 1893 verteidigt hatte und wie Hauptmann Nesbitt sich das Victoriakreuz – die höchste Tapferkeitsauszeichnung – verdient hatte, indem er die Siedler 1896 aus Mazoe hinaus führte.

Ihre Lieblingsgeschichte war die des französischen Vicomte de la Panouse, der sich durch Börsenspekulationen in Paris so hoch verschuldet hatte, dass er Frankreich verlassen musste. Auf dem Weg nach Afrika hatte er ein englisches Dienstmädchen namens Fanny Pearson eingestellt und es als Mann verkleidet, weil Frauen damals nicht ins Land gelassen wurden. Charlie beschrieb die verschiedenen Abenteuer des Paars, am ausführlichsten den Geniestreich des Vicomte, der Whisky für fünfzehn Pfund pro Flasche – das war mehr als der Jahreslohn eines Dienstboten – verkauft hatte, als die Menschen dringend Chinin benötigten, um ihre Malaria zu kurieren.

Schließlich hatte er Fanny geheiratet, die unter dem Namen ›Countess Billie‹ bekannt wurde. Während er das wenige Geld, das er besaß, in phantastische Projekte steckte und sich wie ein Pfau gebärdete, baute seine Frau eine kleine Meierei auf, die den Lebensunterhalt der Familie deckte, bis die Rinderpest von 1899 alle Farmer jener Gegend zugrunde richtete. Rebecca litt, triumphierte und litt wieder mit ›Countess Billie‹ und sie träumte davon, eines Tages selbst nach Afrika zu reisen, auf Charlies Spuren zu wandeln und das Land mit eigenen Augen zu sehen. Diese Hoffnung – und mochte sie auch noch so unrealistisch sein – gab ihr Mut und half ihr nicht nur über ihre Einsamkeit hinweg, sondern auch über Onkel Samuels Kritteleien, seine engstirnigen Vorschriften und Verbote. Ihren Geist konnte er nicht in Ketten legen!

Sie sehnte sich danach, Menschen kennen zu lernen, die in Afrika gewesen waren oder etwas über das Land wussten.

Eines Tages, als sie achtzehn war, deutete ihre Freundin auf einen jungen Mann, der etwa zehn Jahre älter als sie selbst war, ein schmales, braungebranntes Gesicht hatte und Selbstsicherheit ausstrahlte, obwohl er auffällig hinkte.

»Das ist Hauptmann Fletcher«, flüsterte die Freundin

ihr zu. »Er war in der British South Africa Police in Rhodesien, musst du wissen, wurde dort aber bei dem Aufstand von 1896 verwundet. Anschließend hat er sich eine Weile als Schürfer versucht, aber damit scheint man nicht viel Geld zu verdienen.«

»Was macht er denn in England?« Rebecca war aufgeregt, endlich jemanden zu treffen, der wirklich in Maschonaland gewesen war, der die rote Erde, das Kreuz des Südens, die Löwen und vielleicht sogar die Ruinen des antiken Zimbabwe, der Stadt des schwarzen Goldes, mit eigenen Augen gesehen hatte. Aber warum hatte er das alles aufgegeben und war zurückgekommen?

»Ich werde ihn dir vorstellen«, drängte die Freundin. »Er ist sehr charmant und man kommt ganz leicht mit ihm ins Gespräch.«

»Guten Abend, Hauptmann Fletcher«, murmelte Rebecca schüchtern.

»Guten Abend, Miss Russell.« Er hatte strahlend blaue Augen und lächelte sie an. »Aber reden Sie mich bitte nicht mit ›Hauptmann‹, sondern einfach mit ›Mister‹ an. Ich handle mit Briefmarken für Stanley Gibbons. Vielleicht kennen Sie sein Geschäft am ›Strand‹ unweit der Themse.« Fletcher schnitt eine klägliche Grimasse. »Manchmal ist das ganz interessant, aber als militärische Karriere kann man es kaum bezeichnen.«

»Sind Sie wegen Ihrer Verwundung nach England zurückgekehrt?«, platzte Rebecca heraus und errötete heftig. »Entschuldigen Sie bitte – das war eine schrecklich indiskrete Frage!«

»Keineswegs. Nein, ich bin zurückgekommen, weil ich mein ganzes Geld in eine Farm gesteckt hatte. Die Rinderpest hat mich dann ebenso wie alle anderen Farmer ruiniert.«

»O ja, das war 1899 – es muss schrecklich gewesen sein, aber das liegt schon einige Jahre zurück. Sind Sie seit damals wieder in England?«

Er warf ihr einen verwunderten Blick zu. »Sie wissen über jene Katastrophe Bescheid? Ich dachte, hierzulande hätte niemand etwas davon gehört.«

»Ich hatte einen Onkel, der damals in Rhodesien lebte.« Rebecca konnte einfach nicht anders – sie erzählte ihm alles über Charlie. Zum ersten Mal in ihrem Leben war sie einem Menschen begegnet, der sich dafür zu interessieren schien, der den Zauber Afrikas begreifen konnte. Er hörte ihr aufmerksam zu und unterbrach sie nur von Zeit zu Zeit, um zuzustimmen oder eigene Beobachtungen einzufügen.

Erst als alle anderen Gäste sich verabschiedet hatten, wurde Rebecca klar, dass sie sämtliche Anstandsregeln verletzt hatte, und das trieb ihr die Schamröte ins Gesicht.

»Sie brauchen sich wirklich nicht zu entschuldigen, meine Liebe«, versicherte die Gastgeberin sichtlich erfreut. »Seit seiner Rückkehr habe ich den armen John Fletcher noch nie so glücklich gesehen. Ich glaube, Sie haben ihm einen großen Gefallen erwiesen.«

»Er … er hat mich gebeten, ihm die Briefe meines Onkels Charlie zu zeigen«, sagte Rebecca verlegen. »Glauben Sie, dass er sie wirklich sehen möchte, oder wollte er nur nett zu mir sein?«

»Ich zweifle nicht daran, dass er sie unbedingt sehen will«, beteuerte die Gastgeberin, obwohl sie vermutete, dass diese Briefe genauso langweilig sein würden wie alles, was mit Afrika zusammenhing. Die Begeisterung dieses jungen Mädchens machte es jedoch sehr attraktiv und John Fletcher war augenscheinlich angetan. Selbst wenn Rebecca ein Kursbuch mitbrachte, würde er es liebend gern zusammen mit ihr studieren.

Rebecca brachte die Briefe bei der nächsten Einladung mit und zeigte sie ihrem neuen Bekannten, der seine Freude an den Abenteuern und den Anekdoten über ein Land hatte, das er selbst liebte.

Während sie nach der Geschichte über die Tabakblätter kauende Ziege suchte, fiel ihm auf, dass viele Briefmarken fehlten. »Haben Sie sie verkauft?«, fragte er.

»Mein Onkel Samuel.« Rebecca lächelte verlegen. »Sie waren nicht viel wert, weil keine seltenen dabei waren.«

»Darf ich mir jene ansehen, die noch übrig sind?«

»Natürlich.« Sie gab ihm die sechs oder sieben Umschläge, die noch mit Marken versehen waren, und fühlte sich zum ersten Mal, seit sie John Fletcher kennen gelernt hatte, niedergeschlagen, weil sie immer noch nicht glauben wollte, dass Charlie seine Familie getäuscht hatte. »Sie sind wirklich wertlos«, wiederholte sie mutlos.

»O nein, das sind sie nicht!« John zog aufgeregt einen selbst gefalteten Umschlag aus dem Stapel, frankiert mit zwei Briefmarken zu je vier Pence aus dem Jahr 1896. Er betastete sie vorsichtig, spürte, dass sie ungewöhnlich dick waren, holte eine Pinzette aus der Brusttasche und hob eine Ecke der ersten Briefmarke an.

Verblüfft sah Rebecca, dass es in Wirklichkeit zwei gefaltete, nicht perforierte Marken waren, durch ein Stückchen Pergamentpapier getrennt, damit sie nicht zusammenkleben konnten.

»Perfekt!«, seufzte Fletcher. »Das heißt – fast perfekt. Sie sind leider gefaltet, was ihren Wert etwas mindern dürfte, aber sie sind trotzdem wundervoll!«

»Wirklich?« Rebeccas Stimme bebte vor ungläubigem Staunen. »Sind sie … wertvoll?«

»O ja, sehr!« Auch seine Augen leuchteten.

»Dann hatte Onkel Charlie also doch Recht – er hat uns tatsächlich etwas Kostbares geschickt?«

»O ja, er hat Ihnen nicht zu viel versprochen.«

Sie holte tief Luft. »Könnten diese Marken … hundert Pfund wert sein?«

»Mehrere hundert Pfund. Es würde mich nicht wundern, wenn sie bei einer Auktion drei- bis vierhundert Pfund einbrächten.«

»Drei- oder vierhundert? Und wie viel kostet eine Reise nach Afrika, Hauptmann Fletcher? Wissen Sie das?«

»Ja, ich weiß es, und von dem Geld, das Sie für diese Briefmarken erhalten, könnten Sie zweifellos nach Afrika reisen.« Seine Miene verdüsterte sich plötzlich. »Natürlich nur, wenn sie Ihnen gehören. Die Briefe sind an Miss Millicent Russell adressiert.«

»Das war meine Tante. Sie lebt nicht mehr.«

Sein Gesicht hellte sich wieder auf. »Und sie hat Ihnen die Briefe hinterlassen?«

»Nein, sie hat sie Onkel Samuel hinterlassen – aber ich habe sie ihm abgekauft.«

»Haben Sie ihm wirklich etwas dafür bezahlt?«

»O ja, ich gab ihm das goldene Medaillon, das Tante Millicent mir hinterlassen hatte, und er hat es für fünfzehn Pfund, neunzehn Shilling und sechs Pence verkauft. Dafür bekam ich von ihm die Briefe, die er eigentlich verbrennen wollte. Wissen Sie, er war so wütend, als Charlies Claims nichts wert waren, und die Briefmarken schienen ja auch nichts wert zu sein. Ihm ist nicht aufgefallen, dass andere darunter verborgen waren. Wahrscheinlich hat er diesen selbst gemachten Umschlag keines Blickes gewürdigt.« Rebecca holte tief Luft. »Können Sie mir sagen, wo ich eine Schiffspassage nach Afrika buchen könnte?«

»Ja, natürlich kann ich das, und es wird mir eine Freude sein, Sie zu beraten.«

»Danke … vielen Dank!« Sie konnte ihr Glück kaum fassen und vor Aufregung war ihr ganz schwindelig.

»Du fährst nirgendwo hin!«, entschied Onkel Samuel wütend. Sie hatte auf der Treppe zwei Stufen auf einmal genommen, um ihm die herrliche Neuigkeit mitzuteilen, dass Onkel Charlie doch die Wahrheit geschrieben und ihnen etwas Wertvolles – sehr Wertvolles – geschickt hatte.

»Mehrere hundert Pfund?« Sein Gesicht war hochrot.

»Ja, jedenfalls meint das Hauptmann Fletcher!« Vor Freude konnte sie kaum still stehen. »Vielleicht sogar vierhundert! Das reicht für eine Reise nach Afrika!«

»Durchaus möglich, aber für einen derart lächerlichen Zweck bekommst du kein Geld von mir. Vielleicht erhältst du einen Anteil als Mitgift, falls du jemanden heiratest, der meine Billigung findet.«

Rebecca gab nicht klein bei. »Aber das Geld gehört mir, nicht dir, Onkel Samuel. Die Briefe sind mein Eigentum. Ich habe sie dir abgekauft und du hast mir eine Quittung gegeben.«

Samuels Augen bekamen einen harten Glanz und er wippte auf den Zehen, als bereite er sich auf eine plötzliche Bewegung vor.

»Nun, eine Quittung kann sehr leicht beseitigt werden, mein Mädchen, und nachdem die Briefe an Millicent gerichtet sind, gehören sie jetzt selbstverständlich mir.«

»Nein! Du hast das Medaillon dafür bekommen. Die Briefe …«

Er packte sie bei den Schultern und erst jetzt fiel ihr auf, dass sie dicht an der steilen Treppe standen, auf der Tante Millicent verunglückt war, kurz nachdem sie jenen heftigen Streit mit Onkel Samuel gehabt hatte, wem die Goldminenanteile nun eigentlich gehörten. Verunglückt oder …?

Rebecca versetzte ihrem Onkel einen kräftigen Tritt und genau in diesem Augenblick klingelte es an der Haustür.

Samuel ließ sie los.

Sie drehte sich um, rannte nach unten und riss die Tür auf.

Hauptmann Fletcher stand verlegen auf der Schwelle. »Ich ... ich dachte ... ich wollte ...« Er fasste sich rasch. »Anstatt Ihnen nur zu sagen, wo Sie eine Passage buchen können, Miss Russell, würde ich Ihnen das Land gern selbst zeigen, wenn Sie es mir erlauben. Sie werden Afrika lieben, alles dort, und ich wäre gern dabei, um Ihre Freude zu erleben.«

»O ja!«, rief Rebecca selig. »Das wäre ... das wäre himmlisch!«

Helden

Die Nächte waren immer am schlimmsten und im Winter dauerten sie eine Ewigkeit – von der Dämmerung gegen vier Uhr am Nachmittag bis zum Sonnenaufgang etwa um acht Uhr am nächsten Morgen. Manchmal erhellten Leuchtgeschosse den Himmel, so dass man die schwarzen Zickzacklinien der Schützengräben erkennen konnte, die sich nach rechts und links erstreckten, so weit das Auge reichte. Angeblich zogen sie sich jetzt durch ganz Frankreich und Belgien, von den Alpen bis zum Ärmelkanal, doch Joseph interessierte sich nur für den kurzen Abschnitt bei Ypres Salient.

Neben ihm hustete jemand im Dunkeln – ein trockenes, würgendes Geräusch tief aus der Brust heraus. Dies war der hinterste der drei Schützengräben, am weitesten von der Front und den deutschen Scharfschützen entfernt, ein regelrechtes Labyrinth aus viereinhalb Meter tiefen Schächten, die zu den Feldküchen, Latrinen, Vorratslagern und Unterständen führten, wo die Männer sich bewegen konnten, ohne den Kopf einziehen zu müssen. Joseph setzte auf den glitschigen Bohlen vorsichtig einen Fuß vor den anderen und tastete die mit Brettern und Draht verstärkten Erdwälle ab. Überall drang Wasser ein – offensichtlich war ein Entwässerungskanal verstopft.

Er sah ein Licht und gleich darauf stand er im vergleichsweise warmen Unterstand. Zwei Kerzen brannten und ein Kohlenbecken erzeugte neben viel Ruß auch angenehme Hitze. Die Luft war blau von Tabakqualm, Stiefel und Mäntel dampften vor sich hin. Zwei Offiziere saßen auf Klappstühlen und unterhielten sich. Einer erzählte einen Witz – Galgenhumor nannte man das – und beide lachten. Auf einem Klapptisch stand ein Grammophon, daneben ein Blechkasten, in dem ein kleiner Stapel Schallplatten mit den neuesten Schlagern sicher aufbewahrt wurde.

»Guten Abend, Herr Kaplan«, sagte einer der Offiziere gut gelaunt. »Wie geht's dem lieben Gott heute?«

»Der ist krankgeschrieben«, kam sein Kollege Joseph mit einer Antwort zuvor. Das hörte sich sarkastisch an, war aber nicht respektlos gemeint. Hier waren die Männer dem Tod viel zu nahe, um sich über den Glauben lustig zu machen.

»Setzen Sie sich doch«, schlug der erste Offizier vor und deutete auf einen freien Stuhl. »Morris hat's heute erwischt. War auf der Stelle tot. Wieder dieser verfluchte Heckenschütze.«

»Er ist irgendwo dort draußen, direkt gegenüber von uns«, berichtete der zweite grimmig. »Einer der Listkerle gab neulich damit an, dreiundvierzig unserer Leute erwischt zu haben!«

»Das dürfte sogar stimmen.« Joseph nahm seufzend Platz. Er wusste besser als die meisten anderen über die Zahl der Gefallenen Bescheid. Es war seine Aufgabe, Verwundete und Sterbende zu trösten, Bahren zu tragen und den Hinterbliebenen zu schreiben. Manchmal dachte er, das sei noch belastender als ein aktiver Kampfeinsatz, aber er lehnte es ab, in der relativen Sicherheit der Feldlazarette und Depots zu bleiben. Hier in den Schützengräben wurde er mehr gebraucht als anderswo.

»Hab schon überlegt, ob ich einen Angriff befehlen soll«, sagte der Major bedächtig, als müsste er jedes Wort auf die Goldwaage legen, wenn er mit dem Kaplan redete. »Wäre gut für die Moral. Erweckt den Eindruck, wir würden die Initiative ergreifen. Andererseits sind die Chancen, den Mistkerl zu erwischen, ziemlich gering. Wir hätten hohe Verluste für nichts und wieder nichts und hinterher würden alle sich noch schlechter fühlen.«

Der Hauptmann hatte dem nichts hinzuzufügen. Es war ein offenes Geheimnis, dass die Moral sank. Zu viele Todesopfer und ständig neue Schreckensmeldungen. Man sprach von fürchterlichen Gemetzeln an der Somme und von Verdun bis hinauf ans Meer. Körperliche Anstrengung, Schmutz, Kälte und der nervenaufreibende Wechsel zwischen Langeweile und Grauen forderten ihren Tribut und der Winter des Jahres 1916 hatte soeben erst begonnen …

»Zigarette?« Der Major hielt Joseph seine Packung hin.

»Nein, danke«, lehnte der Kaplan lächelnd ab. »Gibt´s Tee?«

Sie schenkten ihm einen Becher ein. Das Gebräu war stark und bitter, aber immerhin heiß. Er leerte den Becher und eine halbe Stunde später setzte er seinen Weg durch die Schützengräben fort. Hoch oben explodierte ein Leuchtgeschoss und Joseph duckte sich mechanisch, um nicht zur Zielscheibe zu werden. Der Graben war nur einen Meter zwanzig tief und wer sich nicht unnötig in Gefahr bringen wollte, tat gut daran, mit krummem Rücken zu laufen. Von weiter vorn war das Knattern der Maschinengewehre zu hören und ganz in der Nähe plumpste eine aufgescheuchte Ratte in den Schlamm neben dem Lattenrost.

Überall waren Männer in Bewegung. Hier an der Front war die normale Ordnung auf den Kopf gestellt. Tagsüber passierte nicht viel. Schützengräben wurden repariert, Waffen gereinigt, Munitionsvorräte verlagert, doch hauptsächlich ruhte man sich aus. Bei Dunkelheit herrschte hingegen rege Aktivität und nachts gab es die meisten Toten.

»Hallo, Herr Kaplan«, flüsterte eine Stimme im Dunkeln, »beten Sie, dass wir den verdammten Heckenschützen endlich zur Strecke bringen.«

»Was, wenn Gott ein deutscher Michel ist?«, gab jemand zu bedenken.

»Quatsch!«, spottete ein Dritter. »Jedes Kind weiß doch, dass Gott ein Engländer ist! Hast du denn in der Schule gar nichts gelernt?«

Alle lachten, auch Joseph. Er versprach, diesbezügliche Gebete zu sprechen, und ging weiter. Viele der Soldaten kannte er sein Leben lang. Sie stammten aus derselben Kleinstadt in Northumbria wie er selbst oder aus den umliegenden Dörfern. Sie waren gemeinsam zur Schule gegangen, hatten zusammen Äpfel geklaut, in Bächen geangelt oder übermütige Streiche verübt.

Kurz nach sechs erreichte er den vordersten Schützengraben. Jenseits der Sandsäcke lag das Niemandsland – vier- oder fünfhundert Meter schlammiger Boden, Stacheldraht und Granattrichter. Ein halbes Dutzend verbrannter Baumstümpfe hatte im Leuchtfeuer gespenstische Ähnlichkeit mit menschlichen Skeletten und die grauen Schwaden konnten Nebel oder auch Giftgas sein.

Seltsam, dass auf dieser mit Blut und Angstschweiß getränkten Erde im Sommer immer noch Geißblatt, Wegwarte, Vergissmeinnicht und wilder Rittersporn, vor allem aber Mohn blühen konnte. Eigentlich sollte man meinen, dass hier nie wieder etwas wachsen und gedeihen würde.

Weitere Leuchtkugeln wurden abgeschossen. Die zackigen Narben der Gräben blieben schwarz, aber die Männer mit ihren geschulterten Gewehren waren für Sekunden in grelles blendendes Licht getaucht. Aus einem Hinterhalt krachten Schüsse.

Joseph stand regungslos da und versetzte sich in die Soldaten hinein, die auf Patrouille gehen mussten. Sie robbten durch den Morast oder hockten in Granattrichtern, vor sich den Stacheldrahtverhau. Ihre lebensgefährliche Aufgabe bestand darin, ungewöhnliche Aktivitäten des Feindes, die auf einen bevorstehenden Angriff hindeuten könnten, sofort zu melden.

Immer mehr Leuchtgeschosse erhellten den Himmel.

Es begann zu regnen. Maschinengewehre knatterten, irgendwo zur Linken donnerten schwere Geschütze und auch die Heckenschützen hatten das Feuer eröffnet.

Schaudernd dachte Joseph an die Männer irgendwo dort draußen und betete um die Kraft, nicht abzustumpfen, sondern ihr Leiden und ihre Ängste wenigstens im Geiste zu teilen.

Schrapnelle explodierten, Schreie ertönten. Jemand rollte über den Grabenrand und brüllte um Hilfe.

Joseph rannte los, rutschte im Schlamm aus und griff nach einem Holzpfosten, um nicht zu stürzen. Im Schein der Leuchtkugeln konnte er Hauptmann Holt erkennen. Der Offizier taumelte auf ihn zu, einen anderen Mann wie einen Mehlsack über die Schulter geworfen.

»Er ist verwundet!«, keuchte Holt. »Schwer verwundet, glaube ich. Einer von der Nachtpatrouille. Ist in Panik geraten. Hat uns alle in Lebensgefahr gebracht.« Er ließ den Mann in Josephs Arme gleiten und dabei rutschte auch sein Gewehr nach unten. Das Bajonett war mit einer alten Socke verhüllt, damit es im Dunkeln nicht funkelte. Sein Gesicht war eine groteske Maske – zur Tarnung mit Ruß geschwärzt wie bei allen nächtlichen Kundschaftern, aber darüber hinaus mit Blut verschmiert.

Andere eilten ihnen zu Hilfe, während weiter vorne heftig geschossen wurde. Der Mann in Josephs Armen bewegte sich nicht. Sein schlaffer Körper war sehr schwer und nass und der Blutgeruch verursachte dem Kaplan leichte Übelkeit. Er war heilfroh, als jemand mit anpackte.

»Lebt er noch?«, fragte Holt eindringlich. »Oben war gerade die Hölle los!« Seine Stimme zitterte, er hatte sie kaum noch unter Kontrolle.

»Ich weiß es nicht«, antwortete Joseph. »Wir tragen ihn zum Bunker und schauen dort nach. Sie haben jedenfalls alles Menschenmögliche getan.« Er kannte die

Verzweiflung, wenn man sein eigenes Leben riskierte, um einen Kameraden zu retten, es dann aber doch nicht schaffte. Man hatte das Gefühl, persönlich versagt zu haben, und fühlte sich schuldig, weil man selbst noch am Leben war.

»Sind Sie auch verletzt?«

»Nicht der Rede wert«, murmelte Holt. »Nur ein paar Schrammen.«

»Lassen Sie sich die Wunden gleich verarzten, damit keine Blutvergiftung daraus wird«, riet Joseph. Er rutschte wieder auf den nassen Brettern aus und stieß sich an einem Pfosten die Schulter an. Die Seitenwände des Schützengrabens bogen sich unter dem Gewicht weichen Lehms durch und der Boden war unterspült.

Der Mann, der Joseph beim Tragen half, fluchte vor sich hin, bis sie endlich in einem beleuchteten Bunker Schutz fanden.

Holt sah erbärmlich aus. Unter dem Ruß und Blut war sein Gesicht aschfahl. Seine Uniform war von Regen und Morast durchweicht und wies auf Schultern und Rücken dunkle Blutflecken auf.

Jemand gab ihm eine Zigarette. Hier unten in der Versorgungslinie konnte man gefahrlos ein Streichholz anzünden. »Danke«, murmelte er, machte einen tiefen Lungenzug und starrte den Verwundeten an.

Auch Joseph betrachtete den Mann jetzt genauer. Es war der junge Ashton, den er ziemlich gut kannte, weil er mit seinem älteren Bruder zur Schule gegangen war.

Der Soldat, der ihm beim Tragen geholfen hatte, stieß einen erstickten Schrei aus. Mordaff war Ashtons bester Freund gewesen und jetzt sah er das Gleiche wie Joseph: Ashton war tot, sein Brustkorb zerfetzt, und er hatte eine Schusswunde im Kopf.

»Tut mir leid«, flüsterte Holt. »Ich tat, was ich konnte, aber offenbar bin ich zu spät gekommen. Er war in Panik geraten.«

Mordaffs Kopf schoss in die Höhe. »Niemals!« Es war ein verzweifelter Aufschrei, um die unerträgliche Schande zu leugnen. »Will wäre nie in Panik geraten.«

Holt versteifte sich. »Tut mir leid«, stammelte er mit heiserer Stimme. »So etwas kommt immer wieder vor.«

»Aber nicht bei Will Ashton! Niemals!« Mordaffs Augen schleuderten Blitze, während sein Gesicht im Kerzenschein aschfahl war. Er stand seit zwei Wochen an der vordersten Front, eine lange Zeit ständiger Anspannung in Dreck und Kälte, unerträglichem Lärm oder genauso unerträglicher Stille. Dabei war er erst neunzehn Jahre alt.

»Lassen Sie Ihre Wunden verbinden«, befahl Joseph dem Hauptmann so energisch, als hätte er ein Kind vor sich. »Es hat keinen Sinn, dass Sie hier blutend herumstehen. Sie haben alles Menschenmögliche getan. Ich werde mich um Mordaff kümmern.«

Holt riss seine Augen von dem Leichnam los und schaute den Kaplan flehend an. »Ich hab's versucht«, beteuerte er erneut. »Da vorne gibt's nur Schlamm, Dunkelheit und Stacheldraht und aus allen Richtungen kommen Kugeln angepfiffen.« Unter einer hauchdünnen Schicht Selbstbeherrschung war sein Grauen zu spüren. Der Hauptmann hatte schon zu viele Menschen sterben sehen. »In dieser Situation kann jeder mal die Nerven verlieren.«

»Aber doch nicht Will!«, beharrte Mordaff mit tränenerstickter Stimme.

Nach einem letzten Blick auf Ashton taumelte Holt aus dem Bunker.

Joseph wandte sich Mordaff zu. Schon viel zu oft hatte er versucht, Männer zu trösten, die gerade miterlebt hatten, wie Jugendfreunde von Granaten zerfetzt oder von der Kugel eines Heckenschützen niedergestreckt wurden. Manchmal verriet nur ein kleines schwärzliches Loch im Kopf, dass sie nicht mehr am Leben waren.

Fromme Sprüche waren in solchen Augenblicken kein Trost, das wusste der Kaplan aus Erfahrung. Wenn jemand unter Schock stand, den grausamen Verlust nicht wahrhaben wollte und sich einredete, der Kamerad würde bestimmt gleich wieder die Augen aufschlagen, wirkte es fast wie Hohn, von Gottes Güte und Allmacht zu sprechen. Helfen konnte man im Grunde nur, indem man zuhörte, wenn Erinnerungen an glückliche Stunden mit dem Freund heraufbeschworen wurden, so als wäre er nur verwundet, als würde man ihn nach Kriegsende wiedersehen, in einer heilen Welt, irgendwo in England, an einem sonnigen Sommertag, im weichen Gras am leise plätschernden Fluss, umgeben von Vogelgesang, Gelächter und melodischen Frauenstimmen.

Mordaff wollte nicht getröstet werden. Er akzeptierte Ashtons Tod, weil das eine Tatsache war, die man nicht leugnen konnte. In den anderthalb Jahren, die er bereits in Belgien verbracht hatte, waren viele seiner Freunde vor seinen Augen gestorben. Was er aber nicht akzeptieren konnte, war Holts Behauptung, dass Ashton in Panik geraten war. Er wusste, was Panik dort draußen bedeutete, wie viele Menschenleben dadurch gefährdet wurden. Es gab kein schlimmeres Versagen.

»Wie soll ich es nur seiner Mutter erklären?«, stammelte er. »Ich kann ihr nur sagen, dass er tot ist. Sein Vater wird nie darüber hinwegkommen! Sie waren alle so stolz auf ihn. Drei Schwestern hatte er – Mary, Lizzie und Alice. Sie hielten ihn für den tollsten Burschen der Welt. Ich kann ihnen einfach nicht sagen, dass er in Panik geraten ist! Und ich glaube es auch nicht, Herr Kaplan! Ausgeschlossen, dass ihm so etwas passiert wäre!«

Joseph rang verzweifelt nach Worten. Die Menschen zu Hause in England konnten sich natürlich nicht vorstellen, dass hier die Hölle los war. Ashtons Tod würde die Familie irgendwie verkraften, aber es könnte ihr ganzes Leben vergiften, wenn sie glaubten, sich des Sohnes und Bruders schämen zu müssen.

»Vielleicht hat er nur die Orientierung verloren«, sagte er sanft. »Er wäre nicht der Erste!« Der Krieg veränderte die Menschen und Panik war keine Seltenheit. Das wusste auch Mordaff. Was ihm wohl am meisten zu schaffen machte, war der Gedanke, dass Holts Aussage stimmen könnte, doch darauf wollte Joseph ihn nicht aufmerksam machen. »Ich werde seiner Familie schreiben«, fuhr er fort. »Es gibt so viel Gutes über ihn zu berichten, dass ich Seiten damit füllen könnte. Ich brauche nicht auf die Einzelheiten seines Todes einzugehen.«

»Wirklich?« Mordaff atmete auf. »Danke … vielen Dank, Herr Kaplan! Kann ich noch bei ihm bleiben, bis … bis man ihn abholt?«

»Ja, natürlich«, stimmte Joseph zu. »Ich muss sowieso weiter. Holen Sie sich eine Tasse heißen Tee. Bis später!«

Mordaff hockte sich neben den Leichnam seines Freundes und der Kaplan tastete sich auf den rutschigen Bohlen zur Kampflinie zurück, zum Knattern der Gewehre und Aufblitzen der Leuchtgeschosse.

Er sah Mordaff nicht wieder, dachte sich aber nichts dabei. Er hätte zwanzig bekannten Gesichtern begegnen können und doch keines erkannt. Die Soldaten waren in ihre Mäntel vermummt, liefen mit eingezogenem Kopf umher oder standen mit den Gewehren im Anschlag an den Schießscharten und versuchten, in der Dunkelheit etwas zu erkennen, auf das sie zielen konnten.

Ab und zu hörte er jemanden husten. Ratten huschten an ihm vorbei und der Regen rauschte eintönig. Er blieb eine Weile bei zwei Männern stehen, die sich Witze erzählten, und stimmte in ihr Gelächter ein. Schwarzer Humor, Selbstironie … aber dahinter verbargen sich Mut und Kameradschaft. Es war eine gesunde, menschliche Art und Weise, den Schrecken des Krieges zu bewältigen.

Gegen Mitternacht hörte es auf zu regnen.

Kurz nach fünf kam die Nachtpatrouille durch den Stacheldraht gekrochen. Vor Kälte zitternd, aber erleichtert, raunten die Männer den Wachposten die Parole zu und ließen sich über den Wall aus Sandsäcken in den Graben fallen. Einer hatte einen Schuss in den Arm abbekommen.

Joseph begleitete sie nach hinten. In einem der Unterstände spielte ein Grammophon und einige Männer sangen mit. Einer hatte eine herrliche Stimme, einen weichen lyrischen Tenor. Das Lied – ein neuer Schlager – war trivial, aber in dieser Umgebung klang es wie eine Hymne auf das Leben.

In wenigen Stunden würde ein weiterer endloser Tag beginnen: mechanisch ausgeführte Routinearbeiten, aber immer noch besser als Nichtstun, das nur zum Grübeln verleitete.

Noch immer war sporadisches Knattern von Maschinengewehren zu hören.

Eine Stunde bis zum Sonnenaufgang.

Joseph hatte es sich auf einer umgedrehten Kiste bequem gemacht, als Sergeant Renshaw den schweren Vorhang zur Seite schob und den Bunker betrat.

»Herr Kaplan?«

Joseph schaute auf. Renshaws Gesicht verriet, dass er schlechte Nachrichten zu überbringen hatte.

»Mordaff hat´s heute leider erwischt«, berichtete der Sergeant denn auch, während er den Vorhang wieder zuzog. »Tut mir leid. Ich weiß nicht genau, was passiert ist. Ashtons Tod hat ihn offenbar … na ja, er hat die Nerven verloren. Ist auf eigene Faust über die Sandwälle gestiegen. Wahrscheinlich wollte er dem Fritz unbedingt eine blutige Nase verpassen, um Ashton zu rächen. Dummer Hund! Entschuldigung, Herr Kaplan …«

Er hätte sich nicht zu entschuldigen brauchen, denn Joseph konnte seine Gefühle – Wut und Schmerz über

den sinnlosen Tod seines Kameraden – bestens nach-
empfinden. Bei ihm selbst kamen noch Gewissensbisse
hinzu. Er hätte merken müssen, dass Mordaff kurz vor
einem Nervenzusammenbruch stand. Er hätte es sehen
müssen. Das war seine Aufgabe.

Langsam stand er auf. »Danke, dass Sie mich benach-
richtigt haben, Sergeant. Wo ist er?«

»Er ist tot, Herr Kaplan.« Renshaw trat von einem
Bein aufs andere. »Sie können ihm nicht mehr helfen.«

»Das weiß ich. Ich will mich nur … wie soll ich sagen?… bei ihm entschuldigen, weil ich ihn im Stich gelassen habe. Ich habe nicht begriffen, dass er … dass er
so …«

»Sie können nicht auf jeden aufpassen«, versuchte
Renshaw ihn zu trösten. »Wir sind einfach zu viele. Ansonsten war die Nacht aber gar nicht mal so schlecht.
Ein Angriff auf die feindlichen Schützengräben wird
vorbereitet. Hoffentlich erwischen wir dabei auch den
verfluchten Heckenschützen.« Er zündete sich eine Zigarette an. »Die Moral ist gut und das ist die Hauptsache. Hauptmann Holts Tapferkeit macht den Männern
Mut. Schade um Ashton, aber das ändert nichts an Holts
Mut. Wissen Sie, ich hab ihn im Schein der Leuchtgeschosse gesehen, weit draußen hinter dem letzten Stacheldraht. Tief gebeugt, mit Ashton auf dem Rücken.
Der arme Teufel ist völlig durchgedreht und wie ein Ir-
rer durch die Gegend gerannt. Wenn Holt ihm nicht gefolgt wäre, hätte die ganze Patrouille hopsgehen können. Höllisch gefährlich, den Mann zurückzuholen. Der
Hauptmann ist einige Male hingefallen, hat sich aber
immer wieder aufgerappelt. Das sollte unbedingt in den
Akten festgehalten werden. Ein so beherzter Offizier
gibt ein gutes Vorbild für die Soldaten ab.«

» Ja … sicher«, murmelte Joseph, der nur an Ashtons
weißes Gesicht, an Mordaffs verzweifelte Weigerung,
Holts Darstellung zu glauben, und an den Schmerz von

Ashtons Angehörigen denken konnte. »Trotzdem möchte ich Mordaff noch einmal sehen.«

»Wie Sie wollen.« Renshaw trat widerwillig zur Seite und ließ den Kaplan vorbei.

Mordaff lag im Versorgungsgraben, nur zweihundert Meter westlich des Bunkers. Im Tod sah er noch jünger aus als zu Lebzeiten, so als schliefe er nur. Sein schmutziges Gesicht strahlte eine ungewöhnliche Ruhe aus. Den gröbsten Schlamm hatte jemand abgewischt – eine rührend ehrfürchtige Geste! In der linken Stirnhälfte klaffte eine Wunde, größer als die meisten Schussverletzungen. Er musste aus nächster Nähe getroffen worden sein.

Joseph blickte im ersten schwachen Morgenlicht auf ihn hinab. Vor wenigen Stunden war er noch so lebendig gewesen, erfüllt von Bestürzung, Zorn und Loyalität. Was hatte ihn nur dazu bewogen, sein Leben derart sinnlos zu opfern? Der Kaplan zerbrach sich den Kopf über irgendeinen Hinweis, der auf Mordaffs drohenden Zusammenbruch hingedeutet haben könnte, aber selbst jetzt fiel ihm nichts ein.

Ein paar Meter entfernt hustete jemand und schwere Stiefel trampelten über die Bretter. Die Männer hatten Wachablösung und wollten frühstücken. Es roch nach Essen.

Dies war genau der richtige Zeitpunkt, um sich umzuhören, was Mordaff eigentlich zugestoßen war. Joseph machte sich auf den Weg zur Feldküche, die voller Soldaten war. Manche scharten sich um die Herde, um sich aufzuwärmen, andere saßen erschöpft herum, heilfroh, die Nacht überlebt zu haben. Es wurde gelacht und man erzählte sich Geschichten, die nicht für empfindsame Ohren geeignet waren, aber Joseph hatte sich schon so daran gewöhnt, dass es ihn nicht störte. Neulinge entschuldigten sich gelegentlich für ihre groben Ausdrücke, aber die alten Hasen wussten, dass der Kaplan Verständnis für ihre Art hatte, die Anspannung loszuwerden.

»Ja«, antwortete ein Soldat mit vollem Mund auf Josephs Frage nach Mordaff. »Er kam an und wollte wissen, ob ich gesehen habe, was Ashton zugestoßen ist. Er war ziemlich durcheinander.«

»Und was haben Sie ihm erzählt?«

Der Mann schluckte das Stück Marmeladenbrot hinunter. »Hab ihm gesagt, dass Ashton ganz in Ordnung zu sein schien, als die Patrouille sich auf den Weg machte. Nervös wie alle anderen … aber nur ein Idiot hätte keine Angst, die Gräben zu verlassen!«

Joseph bedankte sich und ging weiter. Er musste herausfinden, wer sonst noch zu der Patrouille gehört hatte.

»Hauptmann Holt«, berichtete ihm sein nächster Gesprächspartner stolz. Holts mutiges Verhalten hatte sich schnell herumgesprochen und jeder Einzelne fühlte sich dadurch etwas zuversichtlicher, etwas kühner. »Beim nächsten Angriff werden wir's dem Fritz heimzahlen, das können Sie mir glauben!«

Alle stimmten ihm lautstark zu.

»Wer war sonst noch dabei?«, fragte Joseph.

»Seagrove, Noakes, Willis«, erwiderte ein magerer Mann und stand auf. »Möchten Sie etwas frühstücken, Herr Kaplan? Suchen Sie sich etwas auf Kosten des Hauses aus – es sollte allerdings nur Brot, Marmelade und eine halbe Tasse Tee sein. Aber Sie sind ja nicht wählerisch, oder? Nicht einer von diesen feinen Pinkeln, die nur geräucherten Hering auf Toast essen.«

»Was gäbe ich nicht für einen schönen Räucherhering!«, seufzte jemand mit verklärter Miene. »Ich träume von dem Geruch.«

Ein Kamerad rief ihm gutmütig zu, er solle die Schnauze halten.

»Ashton ging neben mir über den Schutzwall«, berichtete Willis, als der Kaplan ihn eine Viertelstunde später gefunden hatte. »Er hatte ein geschwärztes Gesicht, wie wir alle. Machte einen ganz normalen Eindruck. Im Niemandsland hab ich ihn dann aus den Augen verloren, weil ich vollauf mit dem Stacheldraht beschäftigt war. Der war verflucht noch mal wieder nicht dort, wo man uns gesagt hatte. Na ja, ich kam ganz gut durch. Plötzlich eröffnet Fritz das Feuer auf uns und der ganze Himmel ist voll Leuchtraketen.« Er schniefte und hatte einen qualvollen Hustenanfall, bevor er fortfahren konnte. »Dann seh ich die Umrisse von jemandem, der wie ein Besessener herumrennt, wild mit den Armen fuchtelt und etwas brüllt. Was es war, konnte ich bei dem Höllenlärm nicht verstehen, aber der Bursche lief direkt auf die deutschen Stellungen zu …«

Joseph unterbrach ihn nicht. Es war jetzt ganz hell und es fing wieder zu nieseln an. Überall nahmen die Soldaten ihre täglichen Pflichten in Angriff: Gräben ausheben, Sandsäcke füllen, Munition herschaffen, den Stacheldraht verstärken, Lattenroste reparieren. Eine Stunde Arbeit, eine Stunde Wache halten, eine Stunde Rast, das war der übliche Ablauf.

In der Nähe fluchte eine raue Stimme grässlich über die Läuseplage. Zwei andere Männer tüftelten komplizierte Pläne aus, wie man das Wasser ableiten könnte.

»Natürlich gaben wir im Licht ideale Zielscheiben ab«, setzte Willis seinen Bericht fort. »Die Kugeln pfiffen nur so um unsere Köpfe herum, sogar ein paar Granaten. Ein Wunder, dass es keinen von uns erwischt hat! Vielleicht hat der Krach ja den lieben Gott aufgeweckt und er hat seinen Posten endlich wieder eingenommen.« Er lachte hohl. »Entschuldigung, Herr Kaplan, war nicht böse gemeint. Mir tut die Geschichte mit Ashton schrecklich leid. Wenn er nicht im Stacheldraht hängen geblieben wäre, hätte Holt ihn nie eingeholt.«

»Im Stacheldraht hängen geblieben?«, fragte Joseph mit gerunzelter Stirn und strengte sein Gedächtnis an.

»Ja, Ashton muss direkt in den Stacheldraht reingerannt sein. Holt blieb plötzlich stehen, schwankte und fiel hin. Das hat ihm wohl das Leben gerettet, denn gleich darauf ging ein fürchterlicher Kugelhagel auf uns nieder. Wir haben uns alle zu Boden geworfen.«

»Und dann?«, drängte Joseph, in dessen Hirn langsam ein ungeheuerlicher Gedanke Gestalt annahm.

»Als das Feuer nachließ, schaute ich wieder auf und sah, wie Holt mit dem armen Ashton auf den Schultern zurückwankte. War verflucht schwer, ihn zu tragen, obwohl der Hauptmann kräftiger als Ashton ist ... oder jedenfalls größer. Steckte bis zu den Knien im Schlamm, überall Granaten und Schüsse und der Himmel so hell erleuchtet wie ein Weihnachtsbaum. Natürlich gaben wir ihm Deckung, so gut wir konnten. Vielleicht hat´s ja was genutzt.« Er hustete wieder. »Das wird hoffentlich in den Kriegsberichten erwähnt werden. Holt hat es wirklich verdient.« In seiner Stimme schwang Bewunderung mit, die ihm selbst neuen Mut gab.

Joseph zwang sich zu einer Antwort. »Ich nehme es an.« Seine Worte hörten sich sehr steif an.

»Na, wenn nicht, werden die Männer wissen wollen, warum!«, sagte Willis hitzig. »Er ist verdammt noch mal ein Held!«

Der Kaplan dankte ihm und suchte Seagrove und Noakes, die ihm mehr oder weniger die gleiche Geschichte erzählten.

»Werden Sie ihn für einen Orden vorschlagen?«, wollte Noakes wissen. »Mordaff haben wir das alles auch erzählt. Ich vermute, er wollte ebenfalls, dass der Hauptmann einen Orden bekommt. Wir mussten ihm die Geschichte immer wieder erzählen. Er wollte alles ganz genau wissen.«

»Stimmt«, bestätigte Seagrove, der an einem Sandsack lehnte.

»Sie haben Mordaff das Gleiche wie mir erzählt?«,

vergewisserte sich der Kaplan. »Die Sache mit dem Stacheldraht – dass Ashton sich darin verfangen hatte?«

»Na klar. Wenn er sich nicht mit den Beinen verfangen hätte, wäre er dem Fritz direkt in die Arme gelaufen, der arme Teufel.«

»Danke.«

»Gern geschehen, Herr Kaplan. Werden Sie Hauptmann Holt lobend erwähnen?«

Ohne zu antworten, wandte Joseph sich bekümmert ab. Eigentlich war er sich seiner Sache bereits sicher, aber er trottete noch einmal zum Feldlazarett. Später würde er die Totenmesse für Ashton und Mordaff lesen. Ihre Gräber waren wahrscheinlich schon ausgehoben.

Er schaute sich Ashtons Leichnam an und achtete besonders auf die Hose. Sie war völlig verdreckt, wies aber keine durch Stacheldraht verursachten Risse auf. Der Stoff war nicht beschädigt.

Joseph richtete sich wieder auf. »Es tut mir leid«, sagte er leise zu dem Toten. »Ruhe in Frieden.«

Mordaff lag nicht mehr dort, wo er ihn zuletzt gesehen hatte. Joseph brauchte eine halbe Stunde, um den aufgebahrten Leichnam zu finden. Er berührte die kalte Hand und betrachtete die Stirnwunde. Er würde weitere Fragen stellen. Er würde sich absolute Gewissheit verschaffen, aber im Grunde zweifelte er schon jetzt nicht mehr. Was er brauchte, war Zeit, um nachzudenken, was er tun sollte. Bald würden wieder Männer über den Schutzwall klettern, hinaus ins Niemandsland, zu einer Patrouille oder einem Angriff. Heute war die Moral ausgezeichnet, weil sie einen Helden unter sich hatten, einen Mann, der sein eigenes Leben riskiert hatte, um einen Soldaten zu retten, der in Panik geraten war. Von einem solchen Offizier angeführt, fühlten sie sich Fritz allemal gewachsen. Lohnte es sich, das wegen eines Pistolenschusses und wegen der Schmach einer Familie aufs Spiel zu setzen?

Wofür kämpften sie denn eigentlich? Natürlich ging es um hehre Ziele – und doch oft nur um Nichtigkeiten.

Bei Einbruch der Dämmerung bot sich eine Gelegenheit, unter vier Augen mit Hauptmann Holt zu sprechen. In der Nähe eines Schießstandes lehnte er an der Grabenwand.

»Ah, Sie sind das, Herr Kaplan. Na, bereit für eine weitere Nacht?«

»Sie kommt auf jeden Fall, ob ich nun bereit bin oder nicht«, antwortete Joseph.

Holt lachte kurz auf. »Das hört sich so gar nicht nach Ihnen an, aber Sie haben wohl genug von der Schießerei an der Front, was? Sie sind jetzt schon ein paar Wochen hier und werden bestimmt demnächst abgelöst. Ich auch, Gott sei Dank!«

Joseph spähte ins Niemandsland hinaus, hinter dem sich die deutschen Stellungen befanden. Er zitterte am ganzen Leibe, zwang sich jedoch mühsam zur Ruhe. Diese heikle Aufgabe musste erledigt sein, bevor die Schießerei wieder losging.

»Der Scharfschütze dort drüben ist wirklich eine Landplage«, begann er unverfänglich. »Hat schon eine Menge unserer Leute auf dem Gewissen.«

»Furchtbar«, stimmte Holt zu. »Wir können ihn einfach nicht erwischen. Er bleibt immer schön in Deckung.«

»Ja«, meinte Joseph mit einem Nicken, »von hier aus kriegen wir den nie. Jemand müsste im Dunkeln rüber und ihn aufstöbern.«

»Keine gute Idee, Herr Kaplan. Der Mann käme mit Sicherheit nicht zurück. Sie wollen doch nicht zum Selbstmord aufrufen, oder?«

Joseph wählte seine Worte sehr sorgfältig und versuchte, ganz nüchtern zu sprechen. »Ich hätte es ein bisschen anders ausgedrückt, aber dieser Scharfschütze hat schon zu viele Menschen getötet. Wissen Sie, dass er heute Mordaff erwischt hat?«

»Ja, ich hab´s gehört ... Sehr bedauerlich.«

»Allerdings war das gar nicht der Heckenschütze! Aber die Männer glauben es und nur darauf kommt es bei der Kampfmoral an.«

»Ich verstehe nicht, was Sie meinen, Herr Kaplan«, murmelte Holt zögernd.

»Mordaffs Wunde stammte nicht von einem Gewehr, sondern von einer Pistole«, erklärte Joseph. »Wenn man genau hinschaut, sieht man den Unterschied.«

»Dann war er ein Narr, der sich viel zu nahe an den Feind herangewagt hat.« Der Hauptmann schaute über den Grabenrand auf das morastige Terrain. »Dürfte die Nerven verloren haben.«

»Wie Ashton«, sagte Joseph ruhig. »Ich kann das gut verstehen – nichts als Schlamm da draußen im Niemandsland und dann bleibt man auch noch im Stacheldraht hängen und kommt nicht weiter. Muss grässlich sein, so hilflos zu zappeln, über sich die Leuchtkugeln, die das Dunkel erhellen ... Man gibt eine ideale Zielscheibe ab. Unter solchen Umständen gerät man leicht in Panik ... es sei denn, man ist ein Held.«

Der Hauptmann schwieg.

Um sie herum herrschte Stille. Außer fernem Getrampel schwerer Stiefel war nur das Gurgeln von Wasser zu hören.

»Sie wissen ja aus eigener Erfahrung, wie man sich in einer solchen Situation fühlt«, fuhr Joseph fort. »Wie ich sehe, haben Sie große Risse in den Hosenbeinen und sogar Ihr Rock hat was abbekommen. Sie hatten wohl noch keine Zeit, sie zu flicken?«

Holt verlagerte sein Gewicht von einem Bein aufs andere. »Stimmt, ich bin gestern Nacht mal hängen geblieben«, gab er steif zu.

»Ganz im Gegensatz zu Ashton, nicht wahr? Seine Kleider waren zwar schmutzig, aber nicht zerrissen.«

Einige Minuten herrschte Schweigen. Eine Gruppe Männer ging vorbei und murmelte Grüße. Jemand warf eine Leuchtrakete. Maschinengewehre begannen zu knattern.

»An Ihrer Stelle würde ich das lieber nicht wiederholen, Herr Kaplan«, sagte Holt schließlich. »Die Männer könnten auf dumme Gedanken kommen. Und im Augenblick ist die Moral so gut wie schon lange nicht mehr. Das ist es, was wir brauchen. Die letzte Zeit war ziemlich hart und es ist ein Angriff auf die feindlichen Linien geplant. Da kommt es besonders auf die Moral an, auf das Vertrauen. Aber das wissen Sie wahrscheinlich noch besser als ich. Immerhin ist es Ihr Job, die Moral zu stärken und den Männern geistigen und geistlichen Beistand zu leisten.«

»Das haben Sie sehr schön ausgedrückt. Ja, wir dürfen nie vergessen, wofür wir eigentlich kämpfen und dass dieser Krieg alle Opfer wert ist … sogar dies alles.« Joseph deutete auf ihre trostlose Umgebung.

Weitere Leuchtgeschosse erhellten flüchtig die Nacht. Danach wirkte die Dunkelheit noch schwärzer, noch bedrohlicher.

»Wir brauchen unsere Helden«, erklärte Holt unumwunden. »Jeder, der ihren Mythos zerstören wollte, würde sich sehr unbeliebt machen, selbst wenn er dies im Namen der Wahrheit, der Gerechtigkeit oder in welchem Glauben auch immer täte. Er würde eine Menge Schaden anrichten, Herr Kaplan. Das sehen Sie doch ein?«

»O ja«, stimmte Joseph zu. »Wenn sich herausstellte, dass ihr Held in Wirklichkeit ein Feigling ist, der die Schuld für seine Panik einem anderen aufbürdet, ihn in Schande beerdigen lässt und dann einen Mord begeht, um die Sache zu vertuschen – das würde die Männer, die ohnehin schon deprimiert und erschöpft sind, völlig niederschmettern.«

»Sie haben Recht.« Holt hörte sich an, als würde er lächeln. »Ich weiß Ihre Klugheit zu schätzen, Herr Kaplan. Zuallererst an das Regiment denken, Loyalität zeigen.«

»Ich könnte es beweisen«, sagte Joseph leise.

»Das werden Sie aber nicht tun. Denken Sie daran, was es für die Soldaten bedeuten würde.«

Joseph trat auf den Schießstand und ließ seinen Blick über das schlammige Gelände und die Stacheldrahtbarrikaden schweifen.

»Wir müssen diesen Heckenschützen unbedingt schnappen. Das wäre eine echte Heldentat. Ich finde, dass Sie es wenigstens versuchen sollten. Dann wäre Ihnen ein Orden gewiss.«

»Postum!«, erwiderte Holt bitter.

»Vielleicht. Aber Sie könnten auch Erfolg haben und heil zurückkommen, denn die Deutschen rechnen nicht damit, dass jemand ein solches Wagnis eingeht.«

»Dann machen Sie es doch selbst, Herr Kaplan«, meinte Holt sarkastisch.

»Damit wäre Ihnen auch nicht geholfen. Ich habe alles, was ich heute erfahren habe, zu Papier gebracht mit der Anweisung, diesen Bericht an den Divisionskommandeur weiterzuleiten, falls mir etwas zustoßen sollte. Wenn Sie den Angriff jedoch unternehmen, werde ich meinen Bericht vernichten, ob Sie nun zurückkehren oder nicht.«

Sie schwiegen wieder und lauschten dem Tropfen des Wassers und den fernen Schüssen.

»Haben Sie mich verstanden, Hauptmann Holt?«

Holt drehte sich langsam um. Eine Sekunde lang wurde sein Gesicht von einem Leuchtgeschoss erhellt. Seine Stimme klang heiser. »Sie schicken mich in den Tod!«

»Ich gebe Ihnen die Gelegenheit, der Held zu werden, für den Sie sich zu Unrecht ausgeben. In Wirklichkeit hätte diese Ehre Ashton gebührt. Die Truppe braucht Helden, darin sind wir uns einig. Tausende mussten bereits ihr Leben lassen und niemand weiß, wie viele es noch sein werden. Andere werden verkrüppelt oder blind werden. Es geht nicht darum, ob man stirbt oder nicht. Entscheidend ist, ob es ein ehrenhafter Tod war.«

In unmittelbarer Nähe explodierte eine Granate und beide Männer duckten sich instinktiv.

Dann trat abermals Stille ein.

Joseph richtete sich langsam auf.

Holt hob den Kopf. »Sie sind ein harter Mann, Herr Kaplan. Ich habe Sie falsch eingeschätzt.«

»Geistiger und geistlicher Beistand«, sagte Joseph ruhig. »Sie wollten, dass die Männer in Ihnen einen Helden sehen. Jetzt werden Sie einer werden.«

Holt starrte ihn im Dunkeln an, drehte sich langsam um und stapfte auf den rutschigen Brettern davon. Beim nächsten Schießstand kletterte er aus dem Graben hinaus.

Joseph blieb stehen und begann zu beten.

Daisy und der Silberpokal

Die Sache mit dem Silberpokal fing ganz harmlos an.
Wenn das Wetter gut ist und die Chefin Lust dazu hat,
setzt sie sich in den Woofer Wagon und fährt mit uns
vieren den Hügel runter zum Strand. Wir – das bin ich,
Daisy, ein schwarz-weißer Collie mit weichen Haaren
… na ja, mehr oder weniger ein Collie … dann meine
Halbschwester Willow, die ziemlich viel Ähnlichkeit
mit einem Spaniel hat, und Casper, der sehr jung ist
und nur aus Beinen zu bestehen scheint. Ich habe noch
nie zuvor einen Hund mit so langen Beinen gesehen!
Wenn er sich hinlegt, muss er sich regelrecht zusam-
menklappen wie einen Liegestuhl. Er behauptet, seine
Mutter sei ein Collie und sein Vater ein Pointer, aber ich
kann das kaum glauben. Collies mit solchen Stelzen
gibt es nicht, jedenfalls nicht dass ich wüsste. Die vierte ist Tara, die gleich nebenan bei Chefins Freundin
wohnt. Sie ist ein reinrassiger gelber Labrador, aber sie
bildet sich nichts darauf ein. Vielleicht versteht sie
nichts von Abstammung …

Wie immer sangen wir auf der Fahrt, denn der
Strand ist ein herrlicher Ort. Ich mache mir zwar nicht
viel aus Wasser, aber im Sand kann man wunderbar
buddeln; er riecht köstlich und man stöbert interessan-
te Dinge auf.

Auch Mutter Perry ging am Strand spazieren. Angeblich tut sie das jeden Tag. Sie ist Freundins Mutter und
schrecklich alt. Als Hund wäre sie zweiundzwanzig,
schätze ich mal, und sie lebt unten im Dorf. Ich bin nie in
ihrem Haus gewesen, aber Tara kennt es und Bertie
auch. Bertie ist ein schwarzer Kater, eine von den unzähligen Katzen, die wir haben. Jedes Mal, wenn die Chefin

zum Tierarzt fährt, schwatzt man ihr dort irgendein heimatloses Kätzchen auf.

Bertie fährt für sein Leben gern Auto, im Gegensatz zu mir. Katzen sind eben unberechenbar und ich verstehe nicht, wie die Chefin von mir erwarten kann, sie zu erziehen, aber immer heißt es: »Daisy, bring Isadora zur Vernunft!«, oder »Daisy, scheuch Freddie von der Treppe runter!« Ich soll dafür sorgen, dass sie nicht überall hinlaufen, ihre Krallen nicht an Möbeln schärfen und nichts essen, was irgendwo herumsteht, aber nicht ihnen gehört. Ich bin der Erste Hund und deshalb ist das meine Aufgabe. Die Chefin hat mich bei sich aufgenommen, als ich zwei Wochen alt war, und manchmal zeigt sie ihren Freunden peinliche Fotos, auf denen ich einen Latz umgebunden habe und mit Porridge von einem Teelöffel gefüttert werde.

Doch zurück zum Thema … An jenem Tag wirkte Mutter Perry ziemlich verstört. Sie unterhielt sich mit ihrer Tochter und mit der Chefin und alle drei schüttelten den Kopf. Sie beobachteten weder Tara, die laut bellend Steine ausgrub, noch Willow, die in die Wellen sprang und sich vor Begeisterung schüttelte. Sie ist ganz verrückt nach Wasser, springt sogar in jede Regenpfütze.

Casper rannte wie immer im Kreis herum, um seine überschüssige Energie loszuwerden, aber ich lief zu den Menschen zurück, um zu hören, was passiert war. Es gehört zu meinen Pflichten, über alles Bescheid zu wissen.

»Es ist wirklich eine sehr traurige Geschichte …« Mutter Perry schüttelte erneut den Kopf. »Verdirbt vielen Leuten den Urlaub, für den sie so lange gespart haben. Sie werden sich nicht so schnell wieder einen leisten können. Ich wünschte, ich könnte irgendwas tun, doch wenn Mrs. MacKinnon die Angelegenheit nicht auf sich beruhen lässt, wird die Atmosphäre im ganzen Dorf vergiftet werden.«

»Glaubst du, dass sie sich beruhigen wird?«, fragte Freundin.

»So wie ich sie kenne, bestimmt nicht!«, erwiderte Mutter Perry niedergeschlagen.

Es war ein herrlicher Tag, sonnig und windig, und ich wollte wie die anderen herumtoben, aber diese Sache schien wichtig zu sein, deshalb blieb ich mit gespitzten Ohren sitzen.

»Können wir irgendwie helfen?«, erkundigte sich die Chefin.

»Nein«, meinte Mutter Perry. »Ich befürchte, dass niemand diese Tragödie aufhalten kann. Wenn man versucht, vernünftig mit ihr zu reden, wird sie nur noch wütender. Sie sind Kusinen und kennen sich seit einer Ewigkeit.«

»Mrs. MacKinnon und Mrs. MacPherson sind Kusinen?« Freundin hörte sich so an, als würde das alles erklären. Ich verstand hingegen kein Wort.

»Hat sie schon die Polizei eingeschaltet?«, fragte die Chefin.

Mutter Perry stützte sich schwer auf ihren Stock. Wie schon erwähnt – sie ist schrecklich alt. »Noch nicht, aber wenn die Sache nicht in den nächsten ein, zwei Tagen aufgeklärt wird, tut sie es bestimmt.« Sie kaute an ihrer Unterlippe.

Ein älterer Mann tauchte am Strand auf. Casper rannte natürlich bellend auf ihn zu. Die Chefin rief ihn scharf zur Ordnung und gleich darauf fuhren wir nach Hause.

Die Angelegenheit beschäftigte mich den ganzen Tag, denn wenn die Chefin sich Sorgen macht, kann ich natürlich nicht so tun, als wäre nichts passiert. Ich dachte lange nach und fragte alle, ob sie etwas wüssten, aber niemand hatte etwas gehört, nicht einmal unsere Katzen, obwohl ihnen manchmal mehr zu Ohren kommt als uns Hunden, weil sie durch ihre eigenen Klappen in den

Haustüren kommen und gehen können, wie es ihnen beliebt. Am nächsten Morgen fand ich Gelegenheit, mit Thea zu sprechen. Das ist Freundins Siamkatze, eine ›Lilacpoint‹, was auch immer das heißen mag, mit einem Stammbaum bis zur Arche Noah, und wenn sie verärgert ist, hat sie eine grässlich schrille Stimme. Sie konnte mir nur erzählen, dass auch Freundin sehr besorgt ist. Anstatt zu schlafen, hätte sie immer wieder Licht gemacht und mit ihrer Mutter telefoniert. Thea erwähnte es nicht ausdrücklich, aber mir war klar, dass sie sich dadurch sehr gestört fühlte. Sie ist schrecklich verwöhnt und darf sogar im Bett schlafen!

Nach dem Frühstück unterhielt ich mich mit Bertie und schlug ihm vor, ins Auto zu springen – in das blaue, nicht in unseren Woofer Wagon –, sobald die Chefin wieder zu Mutter Perry fuhr. Wie gesagt, ich schlug es nur vor, denn es ist sinnlos, Katzen etwas zu befehlen. Sie sind schrecklich eigensinnig! Aber es gelang mir, seine Neugier zu wecken, und er erklärte sich dazu bereit. Für einen Kater ist er wirklich ein guter Kumpel.

Er schaffte es noch am selben Nachmittag. Die Chefin wollte Mutter Perry einen Blumenstrauß bringen und er versteckte sich im Auto. Er besucht Mutter Perry sehr gern, weil sie ihm einredet, er sei etwas ganz Besonderes. Solche Schmeicheleien gefallen ihm natürlich. Jedenfalls war er mit sich selbst mehr als zufrieden, als er zurückkam. Er strahlte übers ganze schwarze Gesicht, schnurrte laut und strich an den Stuhlbeinen entlang, was eine vernünftige Unterhaltung erschwerte. »Nun?«, fragte ich trotzdem.

»Er ist weg.«

Ich bin eine äußerst geduldige Hündin. Bei meinen vielen Pflichten bleibt mir gar nichts anderes übrig. »Wer?«

»Der Silberpokal.« Bertie sprang auf den Küchentisch, um nachzuschauen, ob etwas Essbares liegen geblieben war. »Mrs. MacKinnons Silberpokal.«

Ich gebe ungern zu, etwas nicht zu wissen, weil es meine Autorität untergräbt, deshalb fragte ich möglichst beiläufig: »Was ist denn ein Pokal und warum ist er so wichtig?«

»Keine Ahnung«, gab er freimütig zu. Katzen können das tun, ohne ihr Gesicht zu verlieren, weil sie kein Verantwortungsbewusstsein haben.

»Rühr die Kekse nicht an!«, rief ich ihn scharf zur Ordnung. »Sie gehören dir nicht.«

»Ich mag gar keine Kekse«, entgegnete er herablassend. »Und ich weiß wirklich nicht, was ein Pokal ist und warum sie so viel Aufhebens um dieses Ding machen. Es gehen doch dauernd irgendwelche Sachen verloren, ohne dass es solchen Ärger gibt.«

Das stimmte. Freundin verliert ständig irgendwas und fragt dann die Chefin, ob sie vielleicht weiß, wo es abgeblieben sein könnte. Bemerkenswert oft weiß sie es tatsächlich.

»Gibt es deswegen Ärger?« Mir war noch nicht ganz klar, ob Bertie vielleicht übertrieb, um sich wichtig zu machen. Katzen tun das gern.

»O ja!« Er schaute vom Tisch ernst auf mich herab. »Mutter Perry sagt, die Leute würden Partei ergreifen, für oder gegen Mrs. MacKinnon. Manche beschuldigen Mrs. MacPherson, weil sie doch Kusinen sind, und das behauptet auch Mrs. MacKinnon.«

»Was behauptet sie?«

»Dass Mrs. MacPherson den Pokal gestohlen hat, was denn sonst?« Er sprang auf einen Stuhl und mir war es sehr recht, dass unsere Augen jetzt etwa auf gleicher Höhe waren. »Andere sagen, es wären irgendwelche Jungen gewesen, wie damals, als Zigaretten aus dem Laden verschwanden. Ich glaube, jemand hat das Ding an einem sicheren Ort vergraben und vergessen, wo das war. So was ist auch Mutter Perry schon passiert. Sie sagt, sie hätte vor dem Krieg – was auch immer das sein mag – Pfeffer vergraben und ihn nie mehr gefunden.«

Bertie hatte natürlich Recht. Casper vergisst ständig, wo er seine Knochen vergraben hat.

»Unten auf dem Feld in der Nähe des Dorfes wurden Knochen ausgegraben, als sie dort Rohre verlegt haben«, fuhr Bertie fort. »Casper läuft normalerweise nicht so weit und er sagt, sie hätten nicht ihm gehört, aber er ist schrecklich vergesslich.«

»Jene Knochen haben wirklich nicht ihm gehört«, erwiderte ich scharf. »Sie waren zweitausend Jahre alt – piktische Knochen, sagt man.«

»Vielleicht haben sie dann Mutter Perry gehört?«, schlug Bertie vor. »Wie der Pfeffer. Sie gräbt für ihr Leben gern. Zuerst gräbt sie Kartoffeln ein und später buddelt sie sie wieder aus.«

Er ist erst zwei Jahre alt und hat kein Zeitgefühl, aber ich sagte nichts, um ihn nicht zu kränken. Stattdessen bedankte ich mich für seine Hilfe, was ihn freute, obwohl er das natürlich nie zugegeben hätte.

»Wir müssen etwas unternehmen«, sagte ich später am Tag zu Willow, die es sich gerade auf der Decke am Treppenabsatz bequem machen wollte. Ich kenne keinen anderen Hund, der so viel schläft!

»Ich bin sehr gut im Auffinden aller möglichen Sachen«, erklärte Willow und rollte sich dann zur Kugel zusammen.

»Du kannst nichts finden, wenn du nicht weißt, wonach du eigentlich suchen musst«, betonte ich geduldig.

»Stimmt«, murmelte sie mit geschlossenen Augen.

»Wach auf, Willow!« Ich versetzte ihr einen Rippenstoß. »Das ist nicht der richtige Zeitpunkt zum Schlafen! Wie müssen handeln.«

»Es ist ein ausgezeichneter Zeitpunkt.« Sie vergrub

die Nase zwischen den Pfoten und dachte nicht daran, die Augen zu öffnen. »Fast schon Abend.«

Ich machte sie darauf aufmerksam, dass sie zu jeder Tages- und Nachtzeit schlief, und befahl: »Streng dein Gehirn an!«

»Ich habe einen Pokal gesehen«, brummte sie im Halbschlaf, »aber ich weiß nicht mehr, wo. Er war sehr schön ...« Sie begann zu schnarchen.

Kurz darauf traf ich Humphrey auf der Treppe. Er ist ein riesiger weißer Kater mit ingwerfarbenen Flecken und ingwerfarbenem Schwanz und ich bin mir nicht ganz im Klaren darüber, ob er ein bisschen beschränkt ist oder nur so tut. Er scheint nicht zu wissen, ob er bei uns oder bei Freundin wohnt, läuft von einem Haus zum anderen, ist aber hier wie dort zur Stelle, wenn es etwas zu essen gibt.

Ich wollte das gerade beiläufig zur Sprache bringen, als mir einfiel, dass Willow einen Pokal nur hier oder bei Freundin gesehen haben konnte. Meines Wissens nach geht sie sonst nirgends aus und ein.

»Haben wir einen Pokal?«, fragte ich Humphrey.

Er sah völlig verdutzt aus. Vielleicht ist er doch dumm, dachte ich, und kommt nur zufällig zu doppeltem Frühstück und Abendessen.

»Nein«, antwortete er. »Die Chefin hat ihn Freundin geschenkt ... zu Weihnachten.«

Ich hatte ihn schwer unterschätzt und nahm mir vor, mich irgendwann zu entschuldigen, doch im Augenblick gab es Wichtigeres zu tun.

»Wie sieht er aus?«, wollte ich wissen.

»Er lag in einer Schachtel«, berichtete Humphrey. »Freundin hat sich riesig gefreut und ihn dauernd rausgeholt und angeschaut.«

»Beschreib diesen Pokal!«

»Kann ich nicht.« Er schaute mich mit entwaffnend großen runden Augen an. »Das Ding hat mich nicht interessiert. Man kann es nicht essen und es ist auch zu nichts anderem zu gebrauchen.«

Ich verlor allmählich die Geduld. »Ist er noch da?«

»Natürlich.«

»Dann lauf schnell rüber und schau ihn dir genau an. Anschließend kommst du zurück und beschreibst ihn mir.« Viel lieber hätte ich mir diesen Pokal selbst angeschaut, aber ich bin zu groß für die Katzentür. Manchmal beneide ich Katzen um ihre Freiheit und auch um ihr Talent, in den Betten der Menschen zu schlafen und an zwei Orten verpflegt zu werden! Ich muss allerdings zugeben, dass Humphrey ein netter Kerl ist – er machte sich sofort auf den Weg zu Freundin, ohne zu murren. Vielleicht war er nur neugierig geworden, vielleicht begriff er aber auch, wie wichtig diese Sache war. Bei Katzen weiß man das nie genau. Es würde gegen ihre Würde verstoßen zuzugeben, dass etwas sie brennend interessiert.

Er muss bei Freundin ein Nickerchen gehalten haben. Als er zurückkam, eilte er zuerst zu seinem Essnapf, aber er hatte den Auftrag gewissenhaft erledigt. Sogar Willow wachte auf und Casper rannte vor Aufregung um den Tisch herum. Offenbar ist ein Pokal ein silbernes Trinkgefäß mit zwei Henkeln und weil es so schön ist, bewahrt Freundin es in einer blauen Schachtel auf.

Humphrey wies beiläufig darauf hin, wie glänzend seine Idee gewesen sei, die Schachtel vom Tisch zu schieben, damit der Deckel wegflog. Pokale scheinen wertvoll zu sein. Jetzt begriff ich, warum das ganze Dorf über das Verschwinden von Mrs. MacKinnons Pokal bestürzt war. Ich kenne mich mit Eigentum bestens aus. Ich weiß genau, was mir gehört, wer etwas berühren darf und wer nicht, welche Menschen das Haus betreten dürfen und welche nicht. Welpen kennen sich mit diesen Regeln noch nicht aus, aber wenn man erwachsen wird, lernt man es sehr schnell. Ich habe mein eigenes

Geschirr, mein eigenes Bett und mein eigenes Spielzeug und natürlich kenne ich meine Knochen und Hundekuchen. Wahrscheinlich sind Pokale für die Menschen ähnlich wichtig.

Die nächste Gelegenheit, mehr in Erfahrung zu bringen, bot sich am folgenden Morgen. Die Chefin vergrub Pflanzen im Garten – das heißt, sie vergrub sie nur zur Hälfte. Sie lässt immer ein Stück rausstehen, so dass jeder sehen kann, wo sie sind, und dann regt sie sich auf, wenn jemand sie ausgräbt, was natürlich nicht passieren würde, wenn sie die Pflanzen ordentlich mit Erde zudecken würde. Ich buddelte einige schöne tiefe Löcher, um ihr zu helfen, setzte mich dann hin und schaute ihr zu. Der Mann, der Gasflaschen für den Wohnzimmerkamin brachte, wusste zu berichten, dass der Aufruhr im Dorf immer schlimmer werde. Jeder beschuldige jeden und vermutlich würde man bald die Polizei einschalten.

Ein paar Stunden später verschwand Willow, ohne dass ich es bemerkte, und als sie aus Freundins Garten zurückkam, wedelte ihr Schwanz wie ein Propeller durch die Luft. Eines Tages wird sie noch das Gleichgewicht verlieren!

»Ich weiß, wo er ist!«, verkündete sie stolz.

»Du weißt, wo der Pokal ist?« Ich konnte es kaum glauben. »Woher weißt du das?«

»Ich war drüben bei Roddy«, erklärte sie. Roddy arbeitet manchmal in Freundins Garten … wenn er Lust dazu hat. Er bringt alles zum Wachsen und Willow liebt ihn, weil er mit ihr redet und Stöcke für sie wirft. Ich suche mir meine Stöcke lieber selbst – Spazierstöcke oder Besenstiele –, aber die Geschmäcker sind eben verschieden. Willow schaute mich herablassend an. »Ich habe ihm zugeschaut und plötzlich ging mir ein Licht auf. Ich weiß genau, wo dieser komische Pokal vergraben wurde. Wir müssen nur nachschauen.«

»Und wo soll das sein?«

»In einem der vier Gärten am Strand!«, sagte sie triumphierend.

»Ein guter Vorschlag«, lobte ich, denn schließlich ist sie meine Halbschwester. »Aber warum ausgerechnet dort?«

»Wenn du etwas Wertvolles verstecken willst, das nicht gefunden werden soll, vergräbst du es in deinem eigenen Garten, stimmt′s? Sonst könnte ein anderer es ausbuddeln, das weiß sogar Casper.«

Ich verkniff mir die Bemerkung, dass Casper manchmal Knochen in Freundins Garten vergräbt, die dann von anderen gefunden werden. Er ist eben noch sehr jung und weiß es nicht besser, trotz seiner langen Beine. Ansonsten leuchtete mir Willows Idee jedoch durchaus ein.

»Du hast Recht, meine Liebe«, sagte ich, doch weil sich das ein bisschen gönnerhaft anhörte, fügte ich rasch hinzu: »Es war wirklich ein Geistesblitz. Jetzt müssen wir Pläne schmieden.«

»Mit wem?«

»Mit allen.«

»Du meinst Tara und Casper?«

»Auch mit Bertie und allen anderen, die nützlich sein könnten.«

Sie schnaubte über meine Vorstellung, dass Katzen irgendwie nützlich sein könnten, widersprach aber nicht.

Wir besprachen alles mit den anderen, entwarfen einen guten Plan und konnten ihn bereits am nächsten Vormittag in die Tat umsetzen. Die Chefin fuhr mit uns zum Strand. Tara und Willow sprangen sofort aus dem Wagen, rannten durch den Sand ins Wasser und bellten, so laut sie nur konnten. Casper war so aufgeregt, dass er seinen Auftrag fast vergessen hätte. Er erinnerte sich aber noch rechtzeitig daran und raste in wilden Spiralen davon. Die Chefin und Freundin verloren ihn vorübergehend aus den Augen und liefen deshalb besorgt hinter ihm her.

Sobald sie außer Sicht waren, kamen Tara und Willow aus dem Wasser heraus und wir drei machten uns sogleich an die Arbeit. Es gibt viele Hinweise darauf, dass etwas vor kurzer Zeit vergraben wurde: weiche Erde, abgebrochene Zweige, abgerissene Blätter, andere Gerüche … Wenn man aufpasst, bemerkt man es sofort. Wir trennten uns, um die Gärten zu untersuchen. In der Ferne hörte ich die Chefin nach mir rufen, aber ich stellte mich taub.

Der erste Garten war völlig unergiebig, deshalb zwängte ich mich mühsam durch den Zaun in den zweiten. Er sah auch nicht vielversprechend aus, weil alle Pflanzen in Reih und Glied standen, aber ich wollte mich trotzdem umschauen, als ich Willow hinter dem nächsten Zaun aufgeregt bellen hörte.

Ich sprang über den niedrigen Zaun und landete ziemlich unelegant, was meiner Halbschwester aber zum Glück nicht auffiel, denn ihr Kopf und die Vorderpfoten waren mit Erde bedeckt. Sie zitterte vor freudiger Erregung.

Ich lief zu ihr hin. »Was hast du gefunden?«

Ohne mir zu antworten, buddelte sie eifrig weiter. Ich rief Tara aus dem vierten Garten zu Hilfe, sie kam sofort und wühlte wie ein Bulldozer drauflos. In wenigen Minuten hatten wir ein Loch, in das ein ganzes Skelett gepasst hätte. Labradore sind etwas übereifrig!

Aber es war Willow, deren Krallen schließlich auf Metall stießen. Das Silber schimmerte durch die Erde und wir gruben es vorsichtig vollends aus. Es war ein kleines Gefäß mit zwei Henkeln, wie Humphrey es beschrieben hatte. Zu dritt bellten wir, so laut wir konnten.

Casper war als Erster zur Stelle, dicht gefolgt von der Chefin und Freundin. Während sie den Pokal erstaunt betrachteten, trafen weitere Leute ein, darunter auch eine kleine Frau aus dem Haus, zu dem der Garten gehörte. Sie sah nicht sehr gesund aus und es stellte sich heraus, dass das Mrs. MacPherson war. Von da an wurde alles sehr unangenehm. Es fielen Worte wie ›Diebin‹ und ›Polizei‹. Mrs. MacKinnon wurde geholt und sie bestätigte mit grimmiger Befriedigung, das sei ihr Pokal, aber sie habe ihn Mrs. MacPherson nie geliehen. Sie seien zwar verwandt, sie habe ihr jedoch nie ganz vertraut, und jetzt … nun ja, Tatsachen seien Tatsachen. Sie würde sich überlegen, was sie jetzt tun solle.

Ich fand, dass wir sehr geschickt vorgegangen waren, aber niemand lobte uns. Auf der Heimfahrt waren wir recht niedergeschlagen. Wir hatten das Problem gelöst und den Pokal gefunden, doch jetzt schien alles noch schlimmer als zuvor zu sein.

Wir dachten den ganzen Abend darüber nach. Die Chefin fuhr mit Freundin zu deren Mutter und als sie zurückkamen, waren sie überzeugter denn je, dass es eine andere Erklärung geben müsse, aber Mrs. MacPherson war inzwischen viel zu verstört, um klar denken zu können. Als Witwe war sie auf sich allein gestellt und niemand ergriff für sie Partei. Wie Mrs. MacKinnon betont hatte – Tatsachen waren Tatsachen und alle hatten gesehen, wo wir den Pokal gefunden hatten.

Am nächsten Morgen hörte ich, wie die Chefin Freundin anrief und vorschlug, mit Mutter Perry zum Leuchtturm zu fahren. Das ist einer ihrer Lieblingsorte. Hunde sind dort leider nicht erlaubt, was zwar sehr engstirnig, doch nicht zu ändern ist.

Ich musste wieder einmal Bertie um Hilfe bitten. Er sprang bereitwillig ins Auto und wahrscheinlich haben sie ihn erst bemerkt, als es zu spät war. Zwei Stunden später kam er völlig erschöpft zurück, weil er sehr weit zu Fuß gehen musste, aber er wirkte sehr selbstzufrieden. Während er an seinen wunden Pfoten leckte, erzählte er uns alles. Einiges hatte er von Mutter Perry erfahren, anderes hatte er gehört, als er vor dem Laden im Auto warten musste. Natürlich redeten die Leute über den Diebstahl.

»Diese Geschichte reicht offenbar weit in die Vergangenheit zurück ...« Er betrachtete traurig seine zerkratzten Fußballen. »Als sie jung waren, war Mrs. MacKinnon hübscher, aber Mrs. MacPherson war netter. Beide waren damals nicht verheiratet. Ich habe mir zwei Krallen abgebrochen!«

Ich bedauerte ihn, drängte ihn aber auch, in seinem Bericht fortzufahren.

»Sie waren recht gut befreundet ... etwa so wie Hunde, die Tür an Tür leben ... wenn jeder sich an die Regeln hält, geht alles gut ...«

»Und was ist dann passiert?«, fragte Willow voller Ungeduld.

»Ja, was ist dann passiert?«, wiederholte Casper.

Bertie wusch sich absichtlich alle Pfoten, bevor er weitererzählte. Katzen darf man nicht drängen! »Dann hat Mrs. MacKinnon einen jungen Mann kennen gelernt und sich in ihn verliebt ... aber er hat Mrs. MacPherson geheiratet.«

Casper schaute verwirrt drein. »Das verstehe ich nicht.«

»Ich auch nicht«, jammerte Boswell, ein schwarzer Kater, der erst sieben Monate alt ist. Niemand hatte gedacht, dass er überhaupt zuhörte.

»Jemand hat etwas genommen, das ihr gehörte«, erklärte ich in einfachen Worten. »Jedenfalls dachte sie, dass es ihr gehörte.«

»Wem?«, fragte Boswell.

»Mrs. MacKinnon.«

»Der Silberpokal«, warf Casper ein.

»Nein, nicht der Pokal«, widersprach ich. »Mr. MacPherson!«

»Wer ist Mr. McPherson?« Jetzt war Boswell völlig

durcheinander. »Vorhin hast du *Mrs.* MacPherson gesagt!«

Manchmal ist es mit jungen Katzen wirklich zum Verzweifeln!

Bertie leckte immer noch seine zarten Pfoten. »So was nennt man Rache«, sagte er zwischendurch. »Mrs. MacKinnon will sich an Mrs. MacPherson für etwas rächen, das vor langer Zeit geschehen ist.«

»Ja, so muss es sein«, stimmte Willow zu. »Mrs. MacPherson braucht sich nicht zu rächen. Sie hat damals schließlich gewonnen.«

»Aber jetzt gewinnt sie nicht!«, betonte ich. »Es sei denn, wir tun etwas.«

Niemand von uns hatte eine gute Idee.

»Ich geh mal zu Freundin rüber«, schlug Bertie vor. »Vielleicht fällt denen ja was ein.«

Als er nach einigen Stunden zurückkam, hatte er seine wunden Pfoten ganz vergessen. Anständigerweise gab er zu, dass der Plan hauptsächlich von Thea stammte. Das leuchtete mir sofort ein – diese Siamkatze mit den blauen Augen hat etwas Verschlagenes an sich!

»Wir werden etwas anderes vergraben«, erklärte Bertie, als wir alle in der Küche saßen. »Etwas Wertvolles!«

»Wozu soll das gut sein?«, fragte Willow verwirrt. »Dafür wird man doch wieder Mrs. MacPherson verantwortlich machen.«

»Nicht, wenn wir es in Mrs. MacKinnons Garten vergraben und dann wieder vor Zeugen ausbuddeln«, sagte Bertie. »Alle werden glauben, sie hätte es selbst vergraben, so wie sie es bei Mrs. MacPherson angenommen haben.«

Ich überlegte. Es schien mir eine gute Idee zu sein. Alle anderen sahen mich erwartungsvoll an. »Ja«, sagte ich schließlich. »So werden wir´s machen.«

»Und was werden wir vergraben?«, fragte Casper interessiert.

»Wie wär´s mit der Porzellankatze?«, schlug Willow vor und schaute zum Regal hinauf. »Ich könnte sie mühelos tragen.«

»Sie gehört der Chefin!«, wandte Boswell ein.

»Ja, wir brauchen etwas, das sie nicht mit uns in Verbindung bringen können«, stimmte Bertie ihm zu.

»Wie wär´s mit etwas, das Mrs. MacPherson gehört?«, fiel mir ein. »Etwas Wertvolles, das sie nicht verlieren möchte?«

Alle stimmten zu, obwohl ich glaube, dass die jungen Katzen nicht genau verstanden, worum es ging.

Auch Tara war von dem Plan begeistert. Wir sagten ihr nicht, dass er von Thea stammte, denn ich bin mir über ihre Gefühle für die Siamkatze nicht im Klaren.

Diesmal war es ziemlich schwer, am Strand in die Tat umzusetzen, was wir in der Küche geplant hatten. Als ich mich nur ein kleines Stück entfernte und ein bisschen herumschnupperte, wurde mir scharf erklärt, ich würde in den Wagen gesperrt, wenn ich nicht sofort zurückkäme. Das wäre natürlich eine Katastrophe gewesen. Ohne mich wären die anderen hilflos. Der Kapitän muss unbedingt an Deck sein, wenn das Schiff in Gefahr ist!

Dann versuchte es Casper, indem er wie ein Rennpferd losgaloppierte, doch auch ihn schüchterten die Drohungen so ein, dass er mit hängenden Ohren und eingezogenem Schwanz kehrtmachte.

Zum Glück rettete Willow die Situation. Sie schwamm so weit ins Meer hinaus, als wollte sie den Horizont erreichen. Die Chefin meinte, so töricht wäre Willow nicht, aber Freundin war sehr beunruhigt. Während sie gemeinsam überlegten, was sie jetzt tun sollten, setzte ich mich mit Casper ab. Tara musste bei den Menschen bleiben, um Willow notfalls retten zu können, denn sie ist die beste Schwimmerin von uns allen. Außerdem wäre es aufgefallen, wenn wir zu dritt verschwunden wären.

Casper und ich liefen in Mrs. MacPhersons Garten und schauten uns dort nach etwas Wertvollem um. Sie muss uns gehört haben, denn sie kam aus dem Haus, war aber erstaunlich freundlich, obwohl wir ihr so viel Ärger eingebracht hatten. Ich schmuste und spielte mit ihr. Casper schlich sich unbemerkt ins Haus und kam fünf Minuten später mit einem schönen Marmeladenlöffel im Mund zurück. Es klebte noch etwas Marmelade daran, aber ansonsten hatte er eine ausgezeichnete Wahl getroffen.

Ich verabschiedete mich rasch von der netten Mrs. MacPherson und wir rannten beide in Mrs. MacKinnons Garten.

»Gut gemacht!«, lobte ich Casper.

Mit dem Löffel im Mund konnte er nicht antworten.

Ich grub ein Loch und er ließ den Löffel widerwillig fallen. »Ich mag Marmelade«, sagte er traurig.

Wir schaufelten das Loch zu und ich hielt Wache, während er nachschaute, wo die Menschen waren. Ich machte mir etwas Sorgen um Willow und war sehr erleichtert, als Casper zurückkam und berichtete, meine Halbschwester sei bei der Chefin, die zusammen mit Freundin in Richtung der Gärten unterwegs sei. Das freute mich, denn wenn Mrs. MacKinnon aus dem Haus kam, bevor sie da waren, könnte sie den ganzen Plan in letzter Minute zunichte machen.

Die Chefin und Freundin tauchten am Gartentor auf und befahlen uns, sofort rauszukommen. Beide waren sehr wütend.

Ich setzte mich hin und Casper machte es mir nach, obwohl er ziemlich nervös war. Für einen so jungen Hund war er wirklich sehr mutig.

»Daisy, komm sofort aus dem Garten raus!«, befahl die Chefin. Willow stand neben ihr und schüttelte sich

Wasser aus dem Fell. Ich habe sie noch nie so tropfnass gesehen! Tara sprang über den Zaun zu uns herüber, was wirklich eine noble Geste war. Freundin schrie, sie solle sofort zurückkommen, aber sie harrte bei uns aus und stimmte in unser Gebell ein. Der Lärm lockte ein paar Leute an und Mrs. MacKinnon stürzte aus dem Haus.

»Schaffen Sie sofort die verdammten Hunde aus meinem Garten raus!«, kreischte sie, »sonst zeige ich Sie an!«

Auch Mrs. MacPherson tauchte auf, blieb aber ruhig hinter anderen Zuschauern stehen.

Ich gab Casper und Tara ein Zeichen und wir buddelten wild drauflos. Es dauerte nur Sekunden, bis Casper triumphierend den Marmeladenlöffel ausgrub und der Chefin zu Füßen legte.

Sie hob ihn auf und betrachtete ihn neugierig. »Wunderschön!«, sagte sie erstaunt und schaute Mrs. MacKinnon an. »Wie kommt er denn in Ihren Garten?«

»Sieht wie echtes Silber aus«, meinte jemand.

Freundin nahm ihn der Chefin aus der Hand und warf einen Blick auf die Rückseite. »Ist auch Silber«, bestätigte sie. »Und gar nicht angelaufen. Er kann nicht lange in der Erde gelegen haben.« Sie warf Mrs. MacKinnon einen misstrauischen Blick zu.

Freundin zeigte Mrs. MacPherson den Löffel.

»Ja, der gehört mir«, sagte Mrs. MacPherson erstaunt. »Ich … ich habe ihn noch gar nicht vermisst!«

»Aber er ist offensichtlich gestohlen worden«, bemerkte die Chefin. »Die Hunde haben ihn hier gefunden, das haben wir alle gesehen!«

»O Gott!« Mrs. MacPherson war völlig verwirrt und schaute ihre Kusine an. »Wie traurig … Wirklich, Mabel, das hättest du nicht tun sollen! Ich habe deinen Pokal nicht gestohlen!«

»Und ich habe deinen verdammten Löffel nicht gestohlen!« Mrs. MacKinnon war furchtbar wütend, aber sie sah genauso schuldbewusst aus wie Casper, wenn er die Katzennäpfe leer gegessen hat, deshalb wusste ich genau, dass sie den Pokal selbst im Garten ihrer Kusine vergraben hatte, um sie verleumden zu können. Manchmal kann man Menschen ebenso leicht durchschauen wie Hunde!

»Wer´s glaubt, wird selig!«, murmelte jemand und legte tröstend einen Arm um Mrs. MacPhersons Schultern.

»Gut!«, flüsterte Tara mir ins Ohr. »Ich finde, dass wir sehr clever waren.«

Ich nickte. »Und Willow war sehr mutig … oder unglaublich dumm.«

»Ich liebe Marmelade«, wiederholte Casper bedauernd und leckte sich die Lippen.

Alles war zu unserer Zufriedenheit und wir wurden von der Chefin und Freundin sehr gelobt. *Wie* schlau wir gewesen waren, wussten sie natürlich nicht, aber Menschen wissen meistens weniger, als sie glauben.

Daisy und die Archäologen

Isadora kam durch die Katzentür geschossen, in heller Aufregung und mit gesträubtem Fell, so dass ihr Schwanz wie eine Flaschenbürste aussah.

»Es ist das beste Feld und sie wollen darauf bauen!«, berichtete sie, noch bevor jemand von uns gefragt hatte. Bertie saß auf dem Küchentisch und wusch sich gründlich. Er ignorierte sie, weil er keine Geduld mit jungen Katzen hat.

Die Chefin war nicht zu Hause, deshalb hatte ich als Erster Hund das Kommando. Ich lebe bei der Chefin, seit ich zwei Wochen alt war, und sie hat eine Menge peinlicher Fotos, wie ich mit einer Babyflasche und mit Porridge vom Löffel ernährt wurde. Doch das hat mit der Geschichte eigentlich nichts zu tun. Ich erwähne es nur, damit Sie meine Pflichten verstehen.

Willow, meine Halbschwester, die ziemliche Ähnlichkeit mit einem Spaniel hat, schlief neben dem Ofen. Das ist ihr Lieblingsplatz, zusammen mit dem Treppenabsatz. Jedenfalls ignorierte auch sie Isadora, die wirklich sehr verstört war.

»Welches Feld?«, fragte ich, denn irgendjemand musste ihr ja schließlich Beachtung schenken. Außerdem konnte es wichtig sein. Ich schätze keine Veränderungen – das macht kein vernünftiger Hund. Alles soll beim Alten bleiben!

»Das vor Chefins Haus«, antwortete sie mit wütend zurückgelegten Ohren. »Es ist das beste Feld für die Mäusejagd!«

»Woher weißt du, dass es bebaut werden soll?«, wollte ich wissen. Isadora ist noch sehr jung und manchmal fehlt ihr der Durchblick.

Sie schaute mich verärgert an. »Glaubst du, ich hätte noch nie gesehen, wie gebaut wird? Sie graben schon große Löcher, lange und viereckige! Genauso war´s damals bei Freundin, als sie ihr Haus vergrößert hat. Die Chefin macht es ihr jetzt nach!«

Nun merkte auch Bertie auf, er unterbrach sogar das Putzen seiner Hinterpfoten. Sogar Casper spitzte plötzlich die Ohren. Er ist ein sehr großer junger Hund mit Beinen wie Stelzen. Er sagt, seine Mutter sei ein Collie gewesen, und er muss es ja wohl am besten wissen, obwohl ich mich überhaupt nicht an meine Mutter erinnern kann. Sein Vater war ein Pointer oder so was Ähnliches. Vielleicht stimmt's, denn Casper hat eine hervorragende Witterung. Aussehen tut er freilich eher wie ein Dalmatiner, nur hat er zu wenig schwarze Flecken.

»Es ist riesig!«, fuhr Isadora verzweifelt fort. »Es wird das halbe Feld einnehmen und hundert Leute werden dort wohnen!«

»Blödsinn!«, fauchte Lewis. Mir war nicht aufgefallen, dass er zuhörte. Lewis ist vierzehn oder fünfzehn, älter als wir anderen, und wenn er sich ordentlich wäscht, hat er ein schneeweißes Fell. Er ist ein sehr exzentrischer Kater, klettert auf Bäume und lässt sich dann einfach fallen, weil er nicht weiß, wie er wieder runterkommen soll. Einmal ist er irgendwie in einen Mähdrescher geraten und hat sich alle Knochen gebrochen. Wie durch ein Wunder hat er überlebt, aber seitdem mag er keine Felder und bewegt sich ziemlich steif. »Du kannst doch nicht mal bis zwei zählen, geschweige denn bis hundert!« Lewis mag junge Katzen genauso wenig wie Bertie.

»Sie graben mit Löffeln und Pinseln«, erzählte Isadora unverdrossen. »Ich hab´s mit eigenen Augen gesehen.«

»Was?«, rief ich, nun wirklich neugierig.

»Sie graben mit Löffeln und Pinseln«, wiederholte sie, glücklich, dass jemand sie ernst nahm.

Casper war der Einzige, der ihr glaubte, aber er ist ein besonders leichtgläubiger Hund.

»Menschen graben mit Schaufeln und Traktoren!«, erklärte Bertie und begann seinen Schwanz zu waschen.

Willow schlief wieder ein.

Ich gebe zu, dass auch ich das Interesse verlor, bis die Chefin nach Hause kam und am Spätnachmittag mit uns zum Strand fuhr, wie immer in dem alten Woofer Wagon, der sozusagen uns Hunden gehört. Chefins Freundin, die gleich nebenan wohnt und uns oft begleitet, war auch mit von der Partie, zusammen mit Tara, die manchmal bis ins Dorf hinunter spazieren geht. Labradore brauchen reichlich Bewegung, um nicht fett zu werden.

Wir rannten durch den Sand, schnupperten herum und schwammen ein bisschen. Ich habe mir bis vor kurzem nichts aus Wasser gemacht, aber jetzt schwimme ich recht gern. Schließlich erwähnte ich Isadoras seltsame Geschichte von dem Feld, auf dem angeblich gegraben wurde.

»O ja«, bestätigte Tara. »Auf dem Feld tummeln sich plötzlich viel mehr Leute als früher. Bin erst heute vorbeigekommen und wurde sogar angeleint.« Sie grub gerade einen Stein aus, aber ihre Miene drückte große Verärgerung aus. Normalerweise muss sie nicht an der Leine gehen.

»Tatsächlich?« Auch ich hatte einen guten Stein gefunden und grub ihn aus, um anschließend eine Weile damit herumtollen zu können. »Bauen sie dort etwas?«

»Sie graben Löcher«, berichtete Tara, die selbst ein herrliches Loch gebuddelt hatte. »Eine ganze Menge, lange und viereckige. Im Dorf wimmelt es nur so von Leuten. Ich musste eine Ewigkeit vor dem Laden warten. Lauter Fremde, die ich noch nie gesehen habe.«

Das waren keine erfreulichen Neuigkeiten. Unser Dorf ist sehr klein und wir bemerken jeden Neuankömmling, sogar im Sommer. Sie stören uns nicht, weil sie meistens bald wieder verschwinden. Aber diese Leute schienen hier bleiben zu wollen und das beunruhigte mich. Tara machte sich offenbar keine Sorgen, aber Labradore haben eben ein unausstehlich sonniges Gemüt.

Ich lief zur Chefin zurück, die sich mit Freundin unterhielt. Mutter Perry kam auch gerade den Strand entlang. Sie ist Freundins Mutter und uralt, aber Bertie behauptet, sie sei sehr weise. Sie bewegt sich sehr steif und ich habe mich oft gefragt, ob auch sie einmal in einen Mähdrescher geraten ist. Niemand erwähnt es, aber vielleicht ist es ihr peinlich. Lewis spricht auch nie über seinen Unfall, obwohl er ihn nicht vergessen haben kann.

»Eigentlich wollten sie Ende des Monats aufbrechen«, sagte Mutter Perry. »Jedenfalls Professor MacAllister. Anscheinend hatten sie etwas wirklich Bedeutsames gefunden.«

»Aber plötzlich kommen immer mehr von ihnen!«, rief Freundin. »Sie haben ein halbes Dutzend neuer Zelte errichtet.«

»Was haben sie denn entdeckt?«, fragte die Chefin.

»Soweit ich gehört habe, ist der Gegenstand als solcher nicht so wichtig wie der Fundort«, antwortete Mutter Perry. »Er lässt nämlich darauf schließen, dass die Ansiedlung viel größer war, als sie vermutet haben – eine der bedeutendsten piktischen Siedlungen in ganz Schottland. Jetzt vermuten sie sogar, dass sie sich über den halben Hügel erstreckt haben könnte.« Sie sah sehr niedergeschlagen aus. »Tut mir leid.«

Die Chefin und Freundin schauten sehr grimmig drein. Offenbar ging es um *unseren* Hügel und das war wirklich schlimm. Was hatten Fremde dort verloren?

»Der Bauer wird nicht begeistert sein«, bemerkte Freundin düster. »Sie werden sein ganzes Kornfeld umgraben. Und Isobel« – so hieß die Chefin – »muss mit einem ständigen Kommen und Gehen direkt vor ihrer Haustür rechnen.«

»Ganz zu schweigen davon, dass unsere schmale Straße sich nicht für viel Verkehr eignet«, warf die Chefin ein.

»Der Laden war heute so voll«, klagte Freundin, »dass Carlo überhaupt keine Zeit zu einem Schwätzchen hatte. Ich konnte ihn nicht einmal fragen, was eigentlich los ist.«

»Aber Catriona wird sich riesig freuen«, kicherte Mutter Perry.

»Wer ist denn Catriona?«, fragten Chefin und Freundin wie aus einem Munde.

»Eine Studentin, die bei den Ausgrabungen hilft«, erklärte Mutter Perry. »Sie ist in Professor MacAllister verliebt und war sehr bestürzt über seinen Entschluss, die Arbeit einzustellen.«

»Vielleicht hat sie das angebliche Fundstück selbst dort versteckt?«, schlug Freundin scherzhaft vor.

»Nein«, widersprach ihre Mutter energisch. »Sie war über den Fund sehr erstaunt.« Lächelnd fuhr sie fort: »Ich dachte, Mr. Caldicott würde wütend sein, weil er Professor MacAllister nicht ausstehen kann, aber er schien sehr interessiert zu sein. Dieser Fund war offenbar so wichtig, dass sie ihre Rivalitäten für eine Weile vergaßen und ihn gemeinsam untersuchten.«

»Ein Jammer!«, meinte die Chefin. »Aber wir können nichts machen.« Sie schaute mich an. »Komm, Daisy, fahren wir heim. Casper! Willow!«, rief sie laut. »Auf Wiedersehen, Mutter Perry.«

Auch Freundin verabschiedete sich von ihrer Mutter und pfiff Tara herbei. Wir sprangen alle in den Woofer Wagon und fuhren den Hügel hinauf.

Ich dachte am nächsten Tag lange darüber nach, aber es passierte nichts Besonderes, nur dass auf der Straße nach Rockfield viel mehr Autos als sonst unterwegs waren. Wahrscheinlich hatten die Fahrer sich verirrt, denn sie kamen bald zurück. Verständlich, denn dort gibt es nur ein Dutzend Häuser und weiter führt die Straße nicht.

»Du kannst doch immer noch auf unserem eigenen Feld jagen«, meinte Boswell, um Isadora zu trösten. Er ist ein schwarzer Kater, kaum älter als sie, aber größer.

Isadora setzte sich verärgert auf. »Will ich aber nicht! Das ist *dein* Feld, außerdem ist das Kornfeld viel interessanter, weil es dort Mäuse gibt!«

»Dafür gibt es auf unserem Feld Hasen«, entgegnete Boswell.

Humphrey sprang gerade durchs Fenster und hörte das Ende der Unterhaltung. Er ist ein sehr dicker weißbrauner Kater, der mal bei uns und mal bei Freundin ist und deshalb immer doppelte Portion verschlingt. »Pansy hat einmal einen Hasen erwischt«, bemerkte er. Pansy ist eine von Freundins Katzen. Sie ist so alt wie Lewis, war aber meines Wissens nie in einen Unfall mit einem Mähdrescher verwickelt. In jüngeren Jahren soll sie eine großartige Jägerin gewesen sein. Freundin hat einmal erzählt, Pansy hätte Kaninchen, Maulwürfe und einmal sogar einen Fasan zur Strecke gebracht. Vielleicht war auch ein Hase dabei …

»Wenn die vielen Leute hier auftauchen, werden sie alle Mäuse und sonstigen Tiere verscheuchen«, prophezeite Isadora düster und rollte sich zusammen, die Nase im Schwanz versteckt, so als wollte sie nichts mehr von der Welt wissen.

Erst eine ganze Woche später passierte wieder etwas und es war Willow, die es mir erzählte. Anderen hätte ich es nicht geglaubt, aber sie hat nun mal die beste Nase von uns allen, denn sie findet sogar Dinge, die seit Monaten verloren waren. Dafür kann sie aber nicht gut zählen.

Sie muss geglaubt haben, es wäre Samstag. Da ist die Chefin nämlich den ganzen Tag nicht zu Hause und Freundin kommt rüber und geht mit uns spazieren. Willow hat dazu keine Lust, sie rennt lieber zu Freundins Haustür und wartet auf den Stufen. Wenn Freundin dann zurückkommt, schießt Willow an ihr vorbei ins Haus, schaut nach, ob die Katzen in ihren Näpfen irgendwelche Reste übrig gelassen haben und verbringt den ganzen Nachmittag bei Freundin.

Es war gar kein Samstag, aber die Chefin fuhr trotzdem weg und das brachte Willow durcheinander. Freundin arbeitete und war auch nicht zu Hause. Bankfeiertag nennen die Menschen so was, glaube ich. Jedenfalls wurde es Willow irgendwann langweilig, vor der Tür zu sitzen, und sie lief die Straße entlang, was ihr eigentlich gar nicht ähnlich sieht. Vielleicht wollte sie sich mit Roddy unterhalten, der sich um Freundins Garten kümmert. Sie mag ihn, weil er immer Stöcke für sie wirft und sie lobt, wenn sie diese apportiert.

Na ja, wie auch immer, als sie zurückkam, berichtete sie eine unglaubliche Geschichte. Ihr Schwanz wedelte so heftig hin und her, dass sie fast den Rücken verrenkte, aber weil sie das oft macht, dachte ich mir zunächst nichts dabei.

»Es geht um Näpfe!«, verkündete sie.

»Die Chefin holt sie schon zurück«, meinte ich gähnend, weil ich dachte, Casper hätte wieder einmal die Katzennäpfe verschleppt, um sie auszulecken.

»Du hörst mir nicht zu!«, rief Willow. »Ich meine die Näpfe unten auf dem Feld. Das ist es nämlich, was sie dort gefunden haben – uralte Näpfe. Hunderte Jahre alt … Tausende Jahre alt!«

Casper setzte sich auf. »Ist etwas Essbares drin?«, fragte er erwartungsvoll.

Wir ignorierten ihn. Ich begriff allmählich, worum es ging. Menschen sind sehr komisch – im Allgemeinen mögen sie neue Sachen und sobald sie alt sind, werfen sie das Zeug weg. Aber es gibt auch Gegenstände, die ihnen umso besser gefallen, je älter sie sind. Bei Näpfen und sonstigem Geschirr scheint es da keine festen Regeln zu geben.

»Sie waren schrecklich aufgeregt über das Ding, das sie heute Nachmittag gefunden haben«, fuhr Willow fort, »und das war einfach dumm!«

»Wieso?« Ich vermutete, dass mehr dahinter steckte, als sie bisher erzählt hatte.

Sie löschte erst einmal ihren Durst, wobei das Wasser auch ringsum auf dem Küchenboden landete. »Weil der Ort, wo sie den Napf gefunden hatten, sie am meisten interessierte«, erklärte sie endlich. »Sie meinten, das sei ein Beweis für die Ausdehnung dieser alten Siedlung.«

»Und was ist daran so dumm?«, fragte ich. »Es ist sehr schlimm, würde ich sagen, denn es bedeutet, dass noch mehr Leute herkommen.«

Bertie sprang vom Tisch und streckte sich, aber auch er sah beunruhigt aus. Boswell nahm schnell seinen Platz ein. Humphrey spazierte durch die Katzentür, stellte fest, dass wir eine wichtige Unterhaltung führten, und setzte sich mit gespitzten Ohren hin.

»Die Menschen meinten, der Napf hätte seit Jahrhunderten in der Erde gelegen«, führte Willow geduldig aus. »Wenn sie Hunde wären, hätten sie sich nicht so leicht täuschen lassen. Ich war dabei, als sie das Ding ausgebuddelt haben, und ich merkte sofort, dass es nach dem jungen Mädchen roch, das Catriona heißt.«

Das war wirklich bemerkenswert. »Bist du ganz sicher?«, vergewisserte ich mich, obwohl das eigentlich überflüssig war. Willow redet manchmal Unsinn, aber auf ihre Nase ist Verlass.

»Ja, ich bin ganz sicher«, erwiderte sie ein bisschen

beleidigt. Sie mag es nicht, wenn man an ihren Worten zweifelt.

»Heißt das etwa, dass dieses Mädchen den Napf vergraben hat?«, fragte Boswell.

»Muss wohl so sein«, antwortete ich.

»Warum?« Casper schaute verständnislos von einem zum anderen. »Warum sollte jemand Geschirr vergraben? Menschen tun so was doch nicht.«

Es war eine sehr anmaßende Behauptung für einen blutjungen Hund, aber er hatte Recht – Menschen vergraben normalerweise kein Geschirr. Dann fiel mir ein, was Mutter Perry erzählt hatte: diese Catriona mochte den Professor und wollte nicht, dass er die Ausgrabungsstätte verließ. Sie hatte das Gefäß vergraben, damit er hier blieb. Ich erklärte es so einfach wie möglich, damit auch die jungen Katzen es verstanden.

Alle überlegten.

»Das löst das Problem nicht«, sagte Willow. »Mutter Perry hat gesagt, das Mädchen hätte den ersten Napf nicht versteckt.«

»Das eigentliche Problem besteht darin, dass die Menschen keinen Geruchssinn haben und dass wir ihnen nichts erzählen können, weil sie unsere Sprache nicht verstehen«, betonte Bertie.

Das stimmte, wie ich zugeben musste, und es erschwerte die Situation.

»Wir müssen etwas unternehmen«, äußerte Humphrey nach einigen Minuten.

Alle schauten ihn an.

»Ich habe eine Idee«, fuhr er fort.

»Was für eine?«, fragte ich.

Er streckte sich. »Ich geh mal rüber und frag Pansy und Thea.«

Thea ist Freundins Siamkatze, ein seltsames Geschöpf, lang und dünn und mit einer Stimme, die mir durch Mark und Bein geht. Sie hat einen Stammbaum –

das heißt, sie weiß genau, wer ihre Eltern und deren Eltern waren –, ist aber nicht so eingebildet, wie man auf den ersten Blick glauben könnte, und ziemlich schlau. Auch Pansy ist merkwürdig. Sie hat seit ihrer frühen Kindheit bei Freundin gelebt, doch als die Chefin Freundins Haus gekauft hat und wir alle hierher umgezogen sind, ist Pansy bei uns geblieben – vier Jahre lang. Und dann ist sie plötzlich, ohne ein Wort zu sagen, zu Freundin zurückgekehrt. Später hat sie mir erklärt, sie hätte das getan, weil Mutter Perry irgendwas zu ihr gesagt hat, aber was das genau war, hat sie mir nicht anvertraut. Wie schon gesagt, sie ist ein bisschen schrullig.

Wir hielten nicht viel von Humphreys Idee und er zog beleidigt ab.

Am nächsten Morgen war er wieder da, um bei uns zum zweiten Mal zu frühstücken. »Alles hängt vom ersten Fund ab«, machte er sich wichtig. »Der zweite zählt nicht, weil diese Catriona den Napf versteckt hat.«

Das stimmte zwar, half uns aber nicht weiter.

»Den ersten hat sie aber nicht versteckt«, brachte Bertie uns in Erinnerung.

»Dann müssen wir eben herausfinden, ob jemand anderer es getan hat«, meinte Humphrey.

»Warum?«, fragte Boswell und schaute dabei mich an.

Ich wusste es auch nicht, wollte das aber nicht zugeben, um meine Autorität nicht zu untergraben. »Je mehr wir in Erfahrung bringen, desto besser«, erklärte ich ihm.

»Jetzt gleich?« Als junger Kater war Boswell natürlich sehr unternehmungslustig.

Ich überlegte gründlich, denn wir brauchten einen guten Schlachtplan. »Bertie«, sagte ich schließlich, »du musst ins Auto springen, sobald die Chefin zu Mutter Perry fährt. Du hast sie lange nicht mehr besucht und sie freut sich immer, dich zu sehen. Pass auf, worüber sie reden, damit du es uns genau erzählen kannst. Humphrey, du gehst am besten gleich zu euch zurück und sagst Tara Bescheid, dass sie sich ebenfalls kein Wort entgehen lassen darf. Und wenn Freundin sie von der Leine lässt, soll sie zu dem Feld rennen, sich dort umschauen und besonders auf Gerüche achten. Wahrscheinlich wird Freundin wütend sein und vielleicht bekommt Tara zur Strafe keine leckeren Hundekuchen, aber du musst ihr erklären, dass sie dieses kleine Opfer bringen soll, weil wir für eine gute Sache kämpfen.«

Dieser Auftrag gefiel Humphrey und er verschwand mit stolz gerecktem Schwanz.

Zwei lange Tage warteten wir ungeduldig auf Neuigkeiten. Als Tara dann bei unserem gemeinsamen Abendspaziergang aufgeregt angerannt kam, dachte ich mir zunächst nichts dabei, denn sie tollt oft völlig grundlos herum, obwohl sie mit ihren sechs Jahren eigentlich schon etwas gesetzter sein sollte. Jedenfalls behauptet sie, sechs zu sein – ich schätze sie eher auf sieben, denn sie ist seit einer Ewigkeit bei Freundin. Aber Labradore werden nie richtig erwachsen, sie haben kein Verantwortungsgefühl, im Gegensatz zu Collies. Ich bin ein Collie … mehr oder weniger … mehr als sonst was …

»Na, was gibt´s?«, fragte ich Tara, während wir zum Teich sausten. Ich hörte, dass die Chefin schrie: »Nein, Daisy, heute wird nicht geschwommen!« Aber ich ignorierte sie, denn ich musste hören, was Tara herausbekommen hatte, und außerdem macht Schwimmen Spaß.

»Mr. Caldicott hasst Professor MacAllister«, berichtete Tara. »So wie ich den Hund von nebenan hasse. Es ist das gleiche Problem.«

»Wie meinst du das?« Irgendwo hinter uns brüllte die Chefin immer noch: »Nicht schwimmen!«

Wir sprangen ins Wasser. Es war herrlich kühl und

nass und schlammig und es roch noch besser als das Meer.

»Du weißt doch, wie der Nachbarshund immer an den Zaun kommt und kläfft, nur um mich zu schikanieren.« Tara planschte selig neben mir. »Na ja, so ein Typ ist das … Respektiert kein fremdes Territorium, schnappt sich Steine und Stöcke, die ihm nicht gehören, würde sogar deine Spielzeuge und Knochen klauen, wenn er könnte.«

»Verstehe«, sagte ich. Es war sonnenklar. Jeder von uns kennt solche Hunde.

»Das ist der Typ Hund, der in deinem Garten ein Loch gräbt und sich freut, wenn du deswegen Ärger bekommst«, fuhr sie fort. »Und er selbst sitzt da, als könnte er kein Wässerchen trüben.«

»Alles klar«, entgegnete ich. »Caldicott hat das erste Gefäß vergraben, damit Professor MacAllister Ärger bekommt.«

»So ist es.« Tara erspähte einen herrlich großen Stein und begann sogleich ihn auszubuddeln. Ich suchte mir auch einen.

Auf dem Nachhauseweg war die Chefin ziemlich sauer, weil ich trotz ihres Verbots gebadet hatte. Als ich sah, dass Bertie durch das Gras stapfte, lief ich ihm entgegen, denn seine Schwanzhaltung verriet, dass er etwas Wichtiges zu melden hatte.

»Was ist los?«

»Mutter Perry ist sehr besorgt«, erzählte Bertie, während er Schwalben beobachtete, so als hoffte er wider besseres Wissen, eine fangen zu können. »Professor MacAllister hat allen gesagt, es sei die größte Siedlung in Schottland und sie könnte sich sogar den halben Hügel hinauf erstrecken. Jetzt wollen sie den ganzen Herbst hindurch graben. Wir müssen unbedingt etwas unternehmen!«

»Natürlich«, stimmte ich zu. »Aber was? Wir wissen

die Wahrheit, können uns aber nicht verständlich machen.«

Ich zerbrach mir den Kopf, während die Chefin unsere Hühner für die Nacht in den Stall brachte und wir alle in Freundins Garten gingen, vorbei an den Rosen und der Laube bis zur Staudenrabatte. Thea und Pansy schlossen sich uns an, auch Archie, der früher bei uns gewohnt hat, aber zu Freundin umgezogen ist. Gemeinsam überlegten wir, wie man die Fremden loswerden könnte.

»Es muss irgendeine Möglichkeit geben!«, meinte Bertie optimistisch.

»Wir werden in Ruhe darüber nachdenken«, versicherte Willow.

»Ja, wir werden nachdenken!«, stimmte Lewis zu. »Sehr gründlich.«

Thea rollte sich im Staub, sie zog eine richtige Schau ab. »Ihre Nasen taugen überhaupt nichts, aber ihre Augen sind in Ordnung«, bemerkte sie.

»Worauf willst du hinaus?«, fragte ich.

»Sie finden Sachen, aber sie wissen nie, wer sie dort hingelegt hat.« Nach einer letzten Rolle setzte Thea sich hin.

Ich starrte sie verständnislos an.

»Jede Menge Näpfe«, rief Pansy ausgelassen. Sie war nicht mehr ganz nüchtern, weil sie sich zu lange in der Katzenminze getummelt hatte. »Totaler Blödsinn!«

Ich ignorierte ihr albernes Benehmen. Morgen würde es ihr bestimmt peinlich sein.

»Eine gute Idee«, stimmte Bertie ihr unerwartet zu. Auch er hatte sich im Katzenkraut gewälzt. »Völlige Verwirrung!«

Endlich ging mir ein Licht auf. Diese Ausbuddler glaubten zu wissen, was sie gefunden hatten und woher es stammte. Deshalb wollten sie hier bleiben und unser Feld umwühlen. Wenn wir ihnen vor Augen führten, dass sie sich geirrt hatten … Ja, das war die Lösung! »Aber es gibt ein Problem!«, wandte ich ein. »Woher bekommen wir diese Gefäße, die ihnen so gut gefallen? Wir haben keine.«

»Macht nichts«, kicherte Pansy. »Irgendwelche Gefäße.«

»Ihr könnt meinen Napf haben«, bot Humphrey an. Das war nicht so großzügig, wie es sich anhörte. Er aß aus jedem Napf, wenn der Inhalt ihm zusagte.

»Meinen auch!«, rief Isadora. Sie war zu jedem Opfer bereit, wenn ihr Lieblingsfeld dadurch gerettet wurde.

Casper schwieg. Er würde seine Schüssel niemals hergeben.

»Wir nehmen Katzennäpfe«, entschied ich. »Sie sind kleiner und wir können sie leichter tragen.«

Weitere Vorbereitungen waren notwendig, um unseren Plan in die Tat umzusetzen, aber ich wusste aus Erfahrung, dass die Dämmerung ein guter Zeitpunkt für Abenteuer ist. Leider befand ich mich im Blickfeld der Chefin. Um unbeobachtet mit Tara reden zu können, tat ich so, als würde ich eifrig herumschnuppern.

»Wir müssen sie ablenken«, erklärte ich ihr. »Ich werde Casper bitten auszureißen und du könntest das Gleiche tun. Während sie dann nach euch suchen, holen Willow und ich die Näpfe.«

»Es ist besser, wenn Willow ausreißt«, meinte Tara. »Ich komme viel leichter als sie an die Näpfe heran und graben kann ich auch viel besser.«

Das leuchtete mir ein, denn sie kann mit ihren großen Pfoten wirklich hervorragend buddeln. Als Nächstes wollte ich mit Casper sprechen, doch das war schwierig. Er rannte nämlich in großen Kreisen auf dem Rasen herum, so schnell er konnte. Das tut er hin und wieder. Früher dachte ich, das wäre pure Angabe, doch inzwischen glaube ich, dass er einfach überschüssige Energie abreagieren muss. Ich stellte mich ihm in den Weg, aber er sprang über mich hinweg, als wäre ich ein lästiges Hindernis. Das ärgerte mich, doch ich wusste, dass ich ihn nicht einholen konnte, obwohl ich eine sehr gute Läuferin bin. Deshalb weihte ich zunächst Willow in unseren Plan ein und sie stimmte widerwillig zu. Viel lieber hätte sie Tara und mich begleitet. Ausreißen zieht Ärger nach sich und sie gehört zu den empfindsamen Hunden, die das Geschimpfe der Menschen ernst nehmen. Aber sie ist auch ein guter Kamerad und meine Halbschwester, deshalb willigte sie ein. Ihr war klar, dass diese Aktion sehr wichtig war.

Während sie sich unauffällig entfernte, setzte ich mich neben weißen Blumen in den Schatten. Casper bemerkte endlich, dass er allein herumtollte und vielleicht etwas Wichtiges verpasste, deshalb lief er auf uns zu.

»Du musst ausreißen!«, sagte ich ohne Umschweife.

Er sah sehr gekränkt aus und ließ Ohren und Schwanz hängen. Trotz seiner langen Beine ist er ja fast noch ein Welpe.

»Nur für kurze Zeit«, beruhigte ich ihn. »Die Chefin und Freundin werden dich suchen, und währenddessen bringen Tara und ich die Näpfe zum Feld.«

»Ich kann gut Näpfe tragen!«, rief er eifrig. »Das habe ich schon oft gemacht. Und ich komme an alle Dosen mit Katzenfutter heran, sogar an jene, die ganz hinten auf dem Regal stehen! Ich kann auch die Lasche hochziehen!«

Das hörte ich nicht so gern, denn ich selbst habe das noch nie geschafft, aber ich wollte nicht ungerecht sein. Es war wirklich eine tolle Leistung. »Ich weiß, Casper, aber jetzt müssen wir die Menschen ablenken und du kannst schneller rennen als wir alle.«

Durch dieses Kompliment besänftigt, verdrückte er sich bereitwillig, stolz darauf, an einem Abenteuer teilnehmen zu dürfen.

Bis jetzt ging alles nach Plan, aber ich war ein bisschen nervös, denn wenn einer von uns ausreißt, schließt die Chefin manchmal die anderen ein, bevor sie sich auf die Suche macht. Deshalb blieb ich in sicherem Abstand zu ihr.

»Casper!«, rief sie nach kurzer Zeit. »Casper! Verdammt, wo ist dieser Hund schon wieder?«

»Willow ist auch nicht zu sehen«, stellte Freundin fest.

Das war unser Stichwort. Tara und ich warteten, bis sie uns den Rücken zukehrten, dann sausten wir die Auffahrt entlang, um die Näpfe aus dem Lager zu holen. Wir schoben auf Anhieb drei vom Regal und nahmen zwei mit. Wir konnten sie leicht im Mund tragen und trabten damit die Straße hinab. Es war kein weiter Weg, nur den Hügel runter. Rechts davon lag das Feld. Sie hatten Dutzende von Zelten aufgestellt, in denen Licht brannte, aber draußen war kein Mensch zu sehen.

Tara und ich tauschten einen Blick. Wir hatten noch nicht entschieden, wo wir die Schüsseln vergraben sollten. Es durfte keine allzu auffällige Stelle sein, aber auch keine abgelegene, denn sonst würden sie die Sachen vielleicht nie finden.

Wir fanden bald eine ideale Stelle, am Rand ihres derzeitigen Grabungsgebietes. Isadora hatte Recht – die Gräben glichen jenen, die sie schaufeln, bevor sie etwas bauen. So hatte es unlängst bei Freundin ausgesehen und jetzt sah es bei uns genauso aus.

Es war ein Kinderspiel, in der frisch umgegrabenen Erde zu buddeln, die herrlich roch. Es machte richtig Spaß und mein Loch war schon ganz schön tief, als ich jemanden brüllen hörte. Selbst wenn man nicht jedes Wort versteht, braucht man nur die Stimmen der Menschen zu hören, um zu wissen, was los ist. Dieser Mann war offenbar schrecklich wütend! Er kam angerannt und irgendein schwerer Gegenstand landete bedenklich nahe neben meinem Kopf.

Tara grub so emsig, dass sie nichts bemerkt hatte. Die Erde aus ihrem Loch flog in alle Richtungen.

»Verdammte Köter!«, tobte der Mann und wieder flog etwas dicht an mir vorbei. »Schnell, vertreibt sie! Sonst werden sie alles zerstören!«

Andere Leute stimmten in sein Geschrei ein.

»Nichts wie weg!«, bellte ich. Tara sprang jaulend aus ihrem Loch, weil sie von einem Stein getroffen worden war. Geduckt hetzten wir davon und versuchten den langen Stöcken auszuweichen, die drohend geschwungen wurden. Taschenlampen und sogar Scheinwerfer flammten auf, der Lärm war ohrenbetäubend. Man hätte glauben können, ein ganzes Wolfsrudel müsste in die Flucht geschlagen werden! Dabei waren wir zwei sehr intelligente, gutmütige und zivilisierte Hunde, die hier friedlich gelebt hatten, bis diese Wühlmäuse aufgetaucht waren!

Ich hasse es, würdelos Reißaus zu nehmen, aber uns blieb nichts anderes übrig. Noch viel schlimmer war aber, dass wir die Katzennäpfe im Korn am Feldrand zurücklassen mussten.

Verfolgt von schreienden Leuten, sausten wir den Hügel hinauf. Es war sehr unangenehm, zudem hatten wir es nicht geschafft, Isadoras Lieblingsfeld zu retten und im Dorf wieder Ruhe und Frieden einkehren zu lassen.

»Was hattest du da unten zu suchen?«, fragte die Chefin ärgerlich, als sie mich sah. »Dummer Hund, du hättest doch wissen müssen, dass sie euch verscheuchen würden! Bist du verletzt?«

Nur meine Gefühle waren verletzt, aber das konnte ich ihr nicht erklären. Sie schien es aber zu spüren, denn nach einer ordentlichen Standpauke bekam ich dennoch meinen Hundekuchen – und auch Tara bekam einen von Freundin.

Trotzdem war ich an jenem Abend sehr niedergeschlagen, als wir in der Küche saßen. Wir hatten versagt!

»Wir müssen es eben noch einmal versuchen«, meinte Casper frohgemut. Ich warf ihm einen vernichtenden Blick zu. Ihn hatte niemand angebrüllt, verfolgt und mit Steinen beworfen!

»Sie werden jetzt auf der Hut sein«, warnte Willow. »Außerdem kommen wir bis morgen früh nicht aus dem Haus. Die Hintertür ist abgeschlossen.«

»Mich würden sie nicht sehen«, sagte Bertie. Das stimmte, denn er war pechschwarz. »Und ich kann kommen und gehen, wie es mir gefällt.«

»Ich auch«, betonte Boswell. »Außerdem bin ich genauso schwarz wie du. Ich werde dich begleiten.«

Isadora war viel kleiner, aber sie wollte auch in Zukunft auf ihrem Lieblingsfeld Mäuse jagen. »Ich auch«, maunzte sie, allerdings ziemlich leise.

Ich überlegte. Sie ist noch sehr jung und ich trage die Verantwortung für alle.

»Ich komme mit!«, wiederholte sie tapfer.

Sie ist genauso schwarz wie Bertie und Boswell. Vielleicht würde sie niemandem auffallen. Schweren Herzens stimmte ich zu.

Wir entwarfen einen neuen Plan. Casper, Willow und ich zerbissen einen leeren Katzennapf in mehrere Stücke, damit sie ihn tragen konnten. Katzen haben zwar sehr scharfe Krallen, aber ihre Münder sind ziemlich klein.

Mitten in der Nacht, als es ganz dunkel war – im Sommer ist es bei uns nur ein, zwei Stunden wirklich stockfinster –, huschten sie den Hügel hinab, Einzelteile einer roten Plastikschüssel zwischen den Zähnen.

Zwei Stunden später waren sie wieder zu Hause, schmutzig, aber sehr zufrieden. Niemand hatte sie bemerkt.

Wieder mussten wir zwei Tage warten, bis wir etwas Neues erfuhren. Am Abend ging es im Woofer Wagon zum Strand und zufällig war auch Mutter Perry dort. Sie sah sehr zufrieden aus.

»Was für ein herrlicher Tag!«, rief sie ihrer Tochter und der Chefin zu. »Schaut euch nur mal den Sonnenuntergang an! Sogar die Sonne scheint sich zu freuen.«

»Worüber?«, fragte die Chefin.

»Oh, ich dachte, ich hätte es euch schon erzählt, aber vielleicht hab ich's vergessen«, erwiderte Mutter Perry grinsend. »Die Archäologen packen ihre Koffer und in wenigen Tagen wird im Dorf wieder Ruhe einkehren. Offenbar hat sich herausgestellt, dass die Fundstücke, über die sie in helle Aufregung geraten sind, weil sie auf eine große Siedlung hinzudeuten schienen, erst vor kurzem dort vergraben worden waren.«

»Oh!« Freundin war sehr erstaunt. »Wie haben sie das denn herausgefunden?«

»Sie haben andere Sachen ausgegraben … Stücke eines roten Plastikgefäßes …«

»Wie sind die denn dort hingeraten?«, murmelte die Chefin verblüfft. Dann schaute sie mich an und ich konnte einen leisen Verdacht an ihren Augen ablesen, aber sie sagte nichts.

»Weiß der liebe Himmel!« Mutter Perry lehnte sich auf ihren Stock und genoss den Sonnenuntergang jenseits des Meeres. »Ich glaube, dass Catriona etwas vergraben hatte, damit Professor MacAllister hier blieb, weil sie in ihn verliebt war. Und Caldicott hat etwas vergraben, weil er wollte, dass MacAllister sich mit einer wichtigen Entdeckung brüstete … er wollte den Professor blamieren, wenn sich später herausstellte, dass es gar keine bedeutende Siedlung gab. Aber er war wohl verunsichert, als das Gefäß gefunden wurde, das Catriona versteckt hatte, und umgekehrt war es vermutlich genauso.«

»Und was ist mit dem roten Plastikzeug?«, wollte Freundin wissen. »Jedem musste doch sofort klar sein, dass es kein piktisches Geschirr aus dem zweiten Jahrtausend vor Christi Geburt sein konnte!«

»Wer es dort vergraben hat, ist ein Geheimnis und wird es wohl auch bleiben«, sagte Mutter Perry, »aber dadurch haben sie begriffen, wie leicht man hereinfallen kann.«

»Vermutlich werden sie jetzt alles zuschaufeln«, meinte die Chefin nachdenklich. »Aber nächstes Jahr kommen sie zurück und graben alles wieder auf.«

»Das glaube ich auch«, stimmte Mutter Perry zu, »doch es wird bei der ursprünglichen kleinen Ausgrabungsstätte bleiben, die niemanden gestört hat.«

Ich hatte genug gehört. Es wurde dunkel und sie würden bald nach Hause fahren wollen. Schnell lief ich durch den Sand auf das lockende Wasser zu.

»Nein, Daisy!«, rief die Chefin. »Es ist viel zu spät! Du wirst mit nassem Fell schlafen müssen, denn ich trockne dich bestimmt nicht ab! Komm zurück! Jetzt wird nicht mehr geschwommen!«

Ich stürzte mich in die schäumenden Wellen. Es war herrlich kühl und erfrischend.

»Nein, Daisy!«, schrie die Chefin. »Nicht!«

Ich schenkte ihr keine Beachtung. Die anderen auch nicht.

Daisy und die Weihnachtsgans

Ich lag eines Abends kurz vor dem letzten Weihnachtsfest in meinem Korb neben dem Küchenherd und
träumte glücklich von Plumpudding und anderen köst-
lichen Dingen, als meine Halbschwester Willow hereinkam und sich einfach auf mich setzte. Ich fuhr bestürzt
aus dem Schlaf, denn sie roch abscheulich! Nicht etwa
nach Schlamm, Dung oder toten Mäusen – das sind für
uns Hunde angenehme Gerüche –, sondern wie die
Putzmittel im Schrank unter der Spüle, scharf und ät-
zend.

Bertie, mein Freund und Verbündeter, obwohl er für
einen Kater viel zu selbstbewusst ist, machte einen Buckel auf dem Küchentisch und rümpfte die Nase.

»Pfui Teufel!«, fauchte er. »Hat die Chefin dich wieder
mal zu Kenny geschleppt?«

Jetzt erkannte auch ich den Gestank. Kenny ist unser
Tierarzt. Eigentlich ist er sehr nett, aber die Gerüche in
seinem Sprechzimmer sind widerlich und manchmal
sticht er uns mit Nadeln!

»Nein, hat sie nicht!«, erwiderte Willow indigniert.
»Ich war den ganzen Tag hier und habe Roddy geholfen,
Freundins Rosen zu beschneiden.«

In Wirklichkeit wartete sie immer darauf, dass Roddy
Stöcke für sie warf, aber wir waren viel zu diskret, um
das zu erwähnen. Nur Lottie wagte das, doch keiner
von uns beachtete sie. Lottie wurde vor etwa zwei Wochen in einem Kohlenkeller gefunden und weil die Chefin alle heimatlosen Tiere aufnimmt, müssen wir jetzt
mit diesem unverschämten Kätzchen auskommen. Damals war sie schrecklich schmutzig und geschwächt
und hatte jede Menge Flöhe. Jetzt ist sie halbwegs sau-

ber und nicht mehr so mager, aber sehr aggressiv, obwohl wir sie auf höchstens acht Wochen schätzen.

»Das ergibt doch keinen Sinn«, sagte ich zu Willow. »Du riechst nach den Räumen des Tierarztes.«

»Das waren die Gänse«, erwiderte Willow.

Casper sprang von seinem Aussichtsplatz, einer Holztruhe am Fenster, und näherte sich uns neugierig. Er behauptet, von einem Pointer und einem Collie abzustammen, aber mit seinen schwarzen Flecken sieht er für mich eher wie ein Dalmatiner aus, abgesehen von den viel zu langen Beinen. Nie zuvor habe ich einen Hund mit so langen Beinen zu Gesicht bekommen.

»Was sind Gänse?« Er schaute mich fragend an. Ich bin hier der Erste Hund und es ist meine Pflicht, für Ordnung zu sorgen, was eine riesige Verantwortung ist, besonders wenn die Chefin Tiere wie Lottie anschleppt, ohne mich vorher zu fragen. Ich weiß nicht genau, was eine Gans ist, wollte meine Autorität jedoch nicht untergraben, indem ich das zugab.

»Was haben Gänse damit zu tun?«, wollte ich stattdessen von Willow wissen.

»Roddy hat welche«, antwortete sie.

»Woher weißt du das?«

»Weil er es den beiden Jungen erzählt hat, die auch da waren.«

Diese Jungen kamen aus dem Dorf. Sie helfen auch der Chefin, den Garten für den Winter zu säubern, Laub aufzusammeln und die Zäune auszubessern.

»Dann müsstest du eigentlich wissen, was Gänse sind«, bemerkte Bertie, während er seinen Schwanz wusch.

»Ja, du müsstest es wissen!«, wiederholte Lottie und schlug mit der Pfote nach ihm, verfehlte ihn aber zu ihrem Glück.

»Er hat sie sehr gern«, sagte Willow ausweichend.

»Roddy mag alles Mögliche«, betonte ich. »Er mag

dich und er mag auch jenen Freund, der sich heute im Garten mit ihm unterhalten hat.«

»Er hat für Herbies wunden Fuß bezahlt«, berichtete sie.

»Wer ist Herbie?«

»Eine seiner Gänse, wer denn sonst?«

Mir fiel plötzlich etwas ein. Ich setzte mich auf und schaute Casper an. »Gänse fliegen«, erklärte ich ihm. »Im Frühling und im Herbst, scharenweise, hoch am Himmel. Sie schlagen mit den Flügeln und schreien. Man kann sie hören.«

»Oh …« Er sah ziemlich verwirrt aus. Ich selbst war es auch und beschloss, wieder einzuschlafen, bevor irgendjemand mir weitere Fragen stellen konnte.

»Herbies Salbe ist aus Roddys Tasche gefallen.« Auch Willow rollte sich gemütlich zusammen. »Ich habe sie für ihn aufgehoben, deshalb riecht es ein bisschen.«

»Herbies Fuß muss wirklich sehr wund sein, wenn er eine dermaßen stinkende Salbe braucht«, bemerkte Bertie.

Es wurde keine ruhige Nacht. Casper bellte häufig, aber er bellt den Wind und raschelndes Laub an und manchmal bellt er sogar ohne jeglichen Grund. Ein oder zwei Mal stimmte ich mit ein, weil ich draußen wirklich etwas zu hören glaubte, aber die Chefin kam trotzdem nicht runter, deshalb konnten wir gar nichts machen.

Erst als sie am nächsten Morgen aufstand, um die Hühner, Katzen und kleinen Piepmätze im Vogelhaus zu füttern, stellten wir fest, was passiert war. Sie ließ uns zur Hintertür hinaus und Casper raste wie verrückt durch das kalte Gras im Garten. Willow war noch schläfrig, aber ich bemerkte auf den ersten Blick, dass sich eine richtige Katastrophe ereignet hatte!

Der Woofer Wagon war verschwunden! Die Chefin hat ein schönes Auto, in dem sie herumfährt und uns, wenn es sein muss, zu Kenny bringt. Doch der Woofer Wagon gehört uns! Mir, Willow und Casper, auch noch Tara, die gleich nebenan bei Freundin lebt. In diesem Wagen unternehmen wir Ausflüge zum Strand und niemand regt sich auf, wenn wir auf dem Rückweg nass sind oder Sand an den Pfoten haben. Wir dürfen sogar an den Sitzen kratzen oder sie ein bisschen annagen.

Jetzt war er nicht mehr da! Der Platz, wo er immer stand, war leer!

Ich bellte sehr laut.

Die Chefin rief, ich solle damit aufhören.

Willow wachte endlich vollends auf und begann zu jaulen. Casper stimmte in unser Konzert mit ein.

Die Chefin kam wütend angerannt, doch dann fiel sogar ihr auf, dass der Woofer Wagon weg war.

Sie stürzte ins Haus und rief Freundin an, noch bevor wir unser Frühstück bekommen hatten.

»Er ist gestohlen worden!«, berichtete sie, sobald Freundin angerannt kam, natürlich mit Tara, die genauso bestürzt war wie wir. Sie ist ein Labrador und schwimmt für ihr Leben gern. Jetzt stand sie mit hängenden Ohren und eingezogenem Schwanz neben uns und ihr knurrte genauso der Magen.

»Warum in aller Welt sollte jemand den Woofer Wagon stehlen«, rief Freundin verblüfft, »wenn der Jaguar gleich daneben steht?«

»Ja, es ist absurd«, stimmte die Chefin ihr verärgert zu. »Ich habe Casper in der Nacht bellen gehört, aber nicht darauf reagiert, weil ihn sogar der Wind aufregt.«

»Der Wind hat den Wagen nicht geklaut«, bemerkte Freundin sehr richtig. »Natürlich ist er nicht viel wert, aber wir sollten es trotzdem der Polizei melden. So was Verrücktes! Ich kann mir einfach nicht vorstellen, dass ein Einheimischer etwas Derartiges tun würde.«

»Es muss aber ein Einheimischer sein«, widersprach die Chefin. »Hier kommt doch so gut wie nie ein Fremder vorbei, weil der Weg nur nach Rockfield führt. Das Dorf besteht nur aus einem Dutzend Häuser. Ich verstehe genauso wenig wie du, warum sie nicht den Jaguar, sondern den alten Karren mitgenommen haben.«

Wir alle gingen ins Haus, auch Tara und Freundin. Die Chefin rief die Polizei in Tain an und berichtete, was geschehen war. Sie versprachen, jemanden herzuschicken, doch das war kein großer Trost. Immerhin fiel der Chefin unser Frühstück ein.

Willow verkroch sich sichtlich verstört unter ihrer Decke neben dem Herd. Casper setzte sich wieder auf die Truhe, starrte auf den Gemüsegarten hinaus und jaulte von Zeit zu Zeit. Tara lief unruhig hin und her, bis jemand ihr befahl, Platz zu nehmen, was sie halbherzig tat. Ich selbst versuchte Pläne zu entwerfen, konnte aber nur daran denken, wie sehr wir die Fahrten zum Strand im Woofer Wagon vermissen würden, wo wir oft Mutter Perry trafen. Die Chefin wollte nicht, dass wir im Teich neben dem Feld badeten, aber sie ließ uns im Meer schwimmen. Früher mochte ich kein Wasser, doch jetzt liebe ich es! Es prickelt so herrlich auf dem Fell und es kühlt die Pfoten. Außerdem begannen einige unserer schönsten Abenteuer am Strand. Dies ist wirklich eine schlimme Sache!

Die Polizei traf schließlich ein, aber außer Tara, die immer in Freundins Nähe bleibt, um nichts zu verpassen, ging nur ich raus, weil es zu meinen Pflichten gehört, über alles Bescheid zu wissen.

Die Polizisten waren ziemlich überrascht, als die Chefin ihnen berichtete, der Woofer Wagon sei alt, verbeult und voller Hundehaare und Pfotenabdrücke.

Lottie tauchte plötzlich auf, kletterte auf den Zaun und balancierte darauf herum. Nachdem es ihr jetzt bessergeht, stellt sie sich gern zur Schau. Sie bildet sich wirklich ein, hierher zu gehören, als hätten wir nicht schon genug Katzen! Einen Frechling wie sie, die faucht und um sich schlägt, können wir eigentlich gar nicht gebrauchen!

Die Polizistin, die Lotties Charakter nicht kannte, bewunderte sie und wollte sie streicheln, wurde aber gekratzt und gebissen, was ihr nichts auszumachen schien. »Ist sie nicht bezaubernd?«, rief die Frau. »Acht oder neun Wochen alt, stimmt´s?«

»Ja«, bestätigte die Chefin. »Man hat sie halb verhungert in einem Kohlenkeller gefunden, voller Würmer und Flöhe, aber jetzt geht es ihr wieder gut.«

Der Polizist interessierte sich nicht für Kätzchen, sondern für unseren gestohlenen Wagen. »Ich vermute, dass die Diebe ihn genommen haben, weil Sie weit außerhalb des Dorfes wohnen und weil es ein unauffälliges Fahrzeug ist.« Er warf einen Blick auf das Auto der Chefin. »An Ihren Jaguar würde sich jeder erinnern. Also, Mrs. MacDonald, wir benachrichtigen Sie natürlich sofort, wenn wir etwas hören, aber ich nehme an, dass irgendwelche Jugendliche sich diesen Woofer Wagon lediglich für eine Spritztour ausgeliehen haben. Er taucht bestimmt irgendwo wieder auf. Ein Glück, dass Sie das andere Auto haben!«

Für uns war das kein Trost, denn wir können nicht im Jaguar zum Strand fahren. Mit dem fahren wir nur zum Tierarzt. Das schien ein trauriges Weihnachtsfest zu werden.

Am Nachmittag kam Roddy zu uns und setzte sich an den Küchentisch. Auch er war sichtlich niedergeschlagen. »Keine Ahnung, was hier los ist«, murmelte er, während er seine Hände an einem Becher Pfefferminztee wärmte. »Wer würde ein halbes Dutzend Gänse stehlen?«

»Sind alle weg?«, fragte Freundin, die mit Tara zu uns gekommen war.

»Ja, sogar Herbie!«, rief Roddy. »›Fröhliche Weihnachten‹ klingt für mich im Augenblick wie ein Hohn!«

»Wenn wir die Gänse zurückbekommen wollen, müssen wir sehr schnell handeln«, warf die Chefin unglücklich ein. »Es sind nur noch vier Tage bis … bis es zu spät sein wird!«

»Es wird noch viel früher zu spät sein«, meinte Freundin. »Von diesem Wochenende an werden Gänse und Truthähne verkauft. Sheena von der Farm fängt dann an zu schlachten.«

Schlagartig wurde uns allen klar, dass das noch schlimmer war als der Diebstahl unseres Wagens. Willow öffnete die Augen und starrte die Chefin an. Casper, der am Fenster Ausschau nach den Nachbarhunden gehalten hatte, um sie anzubellen, drehte sich erschrocken um und Tara fragte mich entsetzt: »Sie werden Herbie essen?«

»Ja, wenn wir nicht eingreifen.«

Alle spitzten die Ohren, sogar Lottie, die norm lerweise niemandem zuhört.

»Was sollen wir denn machen?«, erkundigte Willow sich eifrig.

Ich hatte noch keine Idee und bedauerte, so voreilig gesprochen zu haben.

»Wer wird sich jetzt um Herbies Fuß kümmern?« Casper war sehr besorgt, weil er sich immer die Tierarztsendungen im Fernsehen anschaut.

Willow öffnete den Mund und wollte sagen, dass Herbie seinen wehen Fuß bald nicht mehr spüren würde, aber ich gab ihr ein Zeichen, den Mund zu halten. Sie jaulte empört, aber die Chefin glaubte, das wäre ich gewesen, daher bekam ich den Tadel ab, was nicht gerecht war. Beleidigt zog ich mich in meinen Korb zurück und dachte nach, was wir tun könnten.

Am nächsten Morgen wurde die Lage noch schlimmer, sofern das überhaupt möglich war. Als die Chefin aufstand, um uns alle zu füttern, konnte sie Lottie nicht finden. Bertie stieß einen erleichterten Seufzer aus. Er hat keine Geduld mit jungen Katzen und Lottie war in jeder Hinsicht eine zu viel.

Die Chefin schien anderer Meinung zu sein. Sie lief im ganzen Haus herum, rief nach Lottie, öffnete Schränke und kroch auf dem Boden herum, um unter Betten und sonstigen Möbelstücken zu suchen. Sie fand zwar einige Dinge, die sie seit langem vermisst hatte, aber nicht Lottie.

Verstört rief sie Freundin an und sie suchten gemeinsam weiter. Ich schloss mich ihnen an, doch Lottie war und blieb verschwunden.

Die Suche wurde auf den Garten ausgedehnt. Wir alle beteiligten uns daran, schnupperten zwischen Holzstapeln, alten Kisten und sonstigem Gerümpel herum. Es war grässlich kalt und wir vergeudeten nur unsere Zeit. Lottie schien sich in Luft aufgelöst zu haben.

»Überall sind Diebe!«, jammerte Willow. »Zuerst unser Woofer Wagon, dann Herbie und die anderen Gänse, jetzt auch noch Lottie!«

Bertie wusch seine Pfoten. »Ich kann beim besten Willen nicht verstehen, warum jemand Lottie mitnehmen sollte. So was will doch kein Mensch haben!«

»Doch, die Chefin wollte sie haben«, widersprach Willow. »Sie hat Lottie aus dem Kohlenkeller geholt.«

»Die Chefin hat sie *gerettet*«, korrigierte Bertie herablassend. »Von hier braucht aber niemand gerettet zu werden.«

»Vielleicht wollte jemand uns vor Lottie retten?«, schlug Casper vor. Sie hatte ihm einige Male die Nase zerkratzt.

Die Chefin und Freundin saßen niedergeschlagen am Küchentisch und überlegten, wo sie denn noch suchen könnten.

»Bei dieser Kälte draußen wird sie sterben!«, murmelte die Chefin und starrte den grauen Himmel an.

Freundin gab keine Antwort, was sehr ungewöhnlich war. Nur wenn sie besonders deprimiert ist, weiß sie nichts zu sagen.

Roddy erschien gegen Mittag und berichtete, dass Herbie und die anderen Gänse nicht gefunden worden waren. Dann rief die Polizei an und berichtete, dass der Woofer Wagon noch nicht gefunden worden war. Sie fragten, was er wert sei.

Für uns war er von unschätzbarem Wert, weil wir damit zum Strand gelangten!

»Wir müssen etwas tun!«, beharrte Willow. »Derzeit geht alles schief.«

Weil Freundin sich bei uns aufhielt, war auch Tara da, aber sie hatte keine Ideen auf Lager und die Katzen auch nicht. Manchmal lohnt es sich, sie zu fragen, denn Humphrey kommt viel herum, weil er immer auf der Suche nach zusätzlichem Frühstück oder Abendessen ist. Nicht einmal Pansy fiel etwas Vernünftiges ein, obwohl sie sehr viel Erfahrung hat. Sie ist uralt, wie unser Lewis, und früher war sie eine ausgezeichnete Jägerin, brachte Ratten, Fasane, Rebhühner, Maulwürfe und Karnickel zur Strecke, einmal sogar einen Hasen, das behauptet sie jedenfalls, ganz zu schweigen von den üblichen Mäusen und Vögeln. Sie und Lewis stammten irgendwo aus dem Süden, wo auch immer das sein mag. Und Freundins Siamkatze Thea kommt aus Fort William, doch auch dieser Ortsname sagt mir nichts.

»Vielleicht ist dieses Fort William so was wie ein Kohlenkeller«, meinte Casper. Thea hat ein ähnliches Temperament wie Lottie, aber andererseits hat sie angeblich einen Stammbaum, der länger als mein Schwanz ist, und das passt nicht zu einem Kohlenkeller.

»Warum sollte jemand Lottie stehlen?«, fragte Tara wieder. »Katzen gibt es doch mehr als genug.«

»Es muss jemand gewesen sein, der sie nicht kennt!«, sagte Humphrey, während er sich nach seinem dritten

Frühstück gemütlich auf unserem Küchentisch zusammenrollte.

Das war ein interessanter Gedanke. »Also war es ein Fremder!«, rief ich. »Aber warum haben wir ihn nicht gehört oder gerochen?«

»Wir haben auch den Dieb unseres Wagens nicht bemerkt«, betonte Willow.

»Doch, ich habe ihn gehört!« Casper steckte seine Nase zwischen die Pfoten. »Ich habe gebellt, aber ihr habt mir alle befohlen, Ruhe zu geben.«

Er hatte Recht. »Tut mir leid«, entschuldigte ich mich und er war zum Glück nicht nachtragend.

»Schon gut«, versicherte er. »Ohne die Chefin hätten wir sowieso nichts machen können.«

Humphrey dachte immer noch über Lottie nach. »Hast du letzte Nacht etwas gehört?«, fragte er Casper.

Casper kam sich sehr wichtig vor und überlegte lange, bevor er zugab: »Nein.« Enttäuscht legte er sich hin.

Ich begriff, wie wichtig das war. »Dann kann auch niemand hier gewesen sein! Und das bedeutet, dass Lottie irgendwo sein muss. Suchen wir noch einmal gründlich!« Freudig erregt erhob ich mich.

»Leg dich wieder hin, Daisy!«, befahl die Chefin.

Natürlich ignorierte ich sie. Die Katzen verschwanden durch die Türklappe: Humphrey, Bertie, Boswell, Isadora, Cassandra und Klein-Lily. Ich bellte, Willow und Tara stimmten ein und Casper jaulte herzerweichend.

Die Chefin sagte etwas sehr Unfreundliches, ließ uns aber hinaus. Wir rannten durch den ganzen Garten, schauten beim Vogelhaus nach, der ein Lieblingsort der Katzen ist, weil sie immer hoffen, dass einer der Kanarienvögel rausfliegt oder sie irgendwie hineingelangen, was natürlich nie der Fall ist.

Wir fanden Lottie weder dort noch auf dem Hühnerhof und waren ziemlich entmutigt, als wir schließlich

wieder vor dem ganzen Gerümpel standen, das demnächst abtransportiert werden sollte. Kisten und Schachteln waren hoch gestapelt.

»Ich mag Schachteln«, sagte Isadora.

»Alle Katzen lieben Schachteln«, bestätigte Bertie. »Es
sind ideale Schlafplätze – je kleiner, desto gemütlicher.«

»Wir sollten sie runterholen«, schlug Boswell vor.
»Vielleicht ist Lottie ja in einer Schachtel drin.«

»An die oberen kommen wir nicht ran«, wandte ich
ein. »Du musst raufklettern.«

»Ich hab aber keine Lust, zusammen mit den Schachteln runterzufallen«, erklärte er beleidigt.

Humphrey war trotz seiner Korpulenz hilfsbereiter.
Er sprang hinauf und stieß den ganzen Stapel um. Ich
konnte ausweichen, aber Casper wurde von einer
Schachtel getroffen. Glücklicherweise war sie leer, so
dass er nicht verletzt wurde.

Eine andere Schachtel kippte um und eine kleinere
fiel heraus. Als ich sie untersuchen wollte, zerkratzten
scharfe Krallen mir die Nase. Winselnd sprang ich zurück.

»Wunderbar!«, rief Willow begeistert.

Ich schüttelte mich. »Kannst du mir verraten, was
daran wunderbar sein soll?«

»Du hast Lottie gefunden!«, frohlockte Casper und
rannte wie verrückt im Garten herum.

Lottie kam aus der Schachtel hervor, machte einen
Buckel und blinzelte, streckte sich wieder und starrte
uns an. »Was gibt's denn?«, maunzte sie indigniert.
»Warum habt ihr mich geweckt und aus der Schachtel
geworfen? Hier draußen ist es kalt! Und macht nicht solchen Lärm! Davon bekomme ich Kopfweh.«

Caspers jubelndes Gebell war wirklich ohrenbetäubend.

»Wir haben dich gefunden!« Willow wedelte so heftig
mit dem Schwanz, dass er ihr fast um die Ohren schlug.

»Ich brauche nicht gefunden zu werden!«, fauchte Lottie und begann sich das Gesicht zu waschen.

»Doch!« Willow duldete keinen Widerspruch.

»Nein, ich wusste genau, wo ich war«, behauptete der kleine Frechling.

»Was du weißt oder nicht, ist völlig unerheblich«, wies ich sie scharf zurecht. »Die Chefin wusste nicht, wo du steckst, und wir wussten es auch nicht, nur darauf kommt es an. Jetzt kommst du mit ins Haus oder soll jemand dich tragen?«

»Mich braucht niemand zu tragen!«, protestierte sie wütend. »Ich bin kein Baby mehr!«

Das war eine lächerliche Behauptung. Natürlich war sie ein Baby, sie hatte sogar noch blaue Augen, was ein untrüglicher Beweis ist, es sei denn, jemand ist eine Siamkatze wie Thea. Ich dulde keine Aufsässigkeit und es wurde höchste Zeit, dass man Lottie Manieren beibrachte. Deshalb packte ich sie schnell am Nackenfell. Sie quiekte empört, doch der Katzengriff tat seine Wirkung. Lottie erschlaffte und ich konnte sie mühelos zur Hintertür tragen.

Willow und Tara bellten und Casper rannte immer noch aufgeregt im Kreis herum.

Die Chefin öffnete die Tür und wir sausten alle ins Haus. Natürlich war ich die Heldin des Tages, wurde überschwänglich gelobt und erhielt zur Belohnung einen Hundekuchen – die anderen selbstverständlich auch. Die Katzen bekamen Milch, sogar Lottie, die immer noch nicht wusste, warum es eine solche Aufregung gegeben hatte. Ich klärte sie nicht auf, weil sie ohnehin schon viel zu selbstbewusst ist und sich etwas darauf einbilden würde, dass alle nach ihr gesucht hatten. Ich hätte die anderen gebeten, sie kühl zu behandeln, wenn ich nicht genau gewusst hätte, dass sie es ohnehin tun würden.

Jetzt waren es nur noch drei Tage bis Weihnachten und Herbie und die anderen Gänse schwebten in höchster Lebensgefahr. Auch unser Wagen war nicht gefunden worden, es gab für uns also jede Menge zu tun.

»Glaubst du, dass die Gänse auch in irgendwelchen Schachteln stecken?«, fragte Casper hoffnungsvoll.

Ich wusste, dass die Diebe die armen Gänse essen wollten. Essen wird oft in Kartons angeliefert, deshalb fand ich seine Idee deprimierend.

»Nein!«, entgegnete ich scharf. Wir lagen in unseren Körben in der Küche. Die Chefin war schon zu Bett gegangen und Katzen saßen auf dem Tisch, aber ich hätte beim besten Willen nicht sagen können, welche. Ich kann schwarze Katzen im Dunkeln nicht voneinander unterscheiden. Casper auch nicht, was ihm viel Ärger bereitet, denn Boswell spielt gern mit ihm, während Bertie mit ausgefahrenen Krallen zuschlägt. Vor Bertie hat Casper einen Mordsrespekt. Jetzt verkroch er sich wieder in seiner Decke.

»Wir müssen unbedingt etwas unternehmen«, meinte eine der Katzen. »Sonst fällt Weihnachten ins Wasser.«

Willow knurrte, aber das hatte nichts zu bedeuten, denn sie knurrt oft im Schlaf.

»Wer bist du?«, fragte ich. »Wenn es dunkel ist, seht ihr schwarzen Katzen für mich alle gleich aus.«

»Und für mich sehen alle Schachteln gleich aus«, fügte Casper hinzu. Das hörte sich dumm an, aber in Wirklichkeit war es ein Geistesblitz. Ich setzte mich so abrupt auf, dass alle anderen aufwachten.

»Ich kann eine Gans nicht von der anderen unterscheiden!«, rief ich aufgeregt. Dass ich immer noch nicht genau wusste, wie eine Gans überhaupt aussah, wollte ich natürlich nicht zugeben.

»Herbie könntest du erkennen«, gähnte Willow, »weil er einen verletzten Fuß hat.«

»Auf diese Weise versteckt man etwas!«, fuhr ich ungeduldig fort. »Zwischen anderen Dingen, die genauso aussehen.«

Jetzt kapierten es alle.

»Natürlich!«, maunzte Bertie begeistert. »Wir brauchen nur andere Gänse zu finden ... wahrscheinlich sind auch Roddys Gänse darunter! Aber wo finden wir Gänse?«

Ich schwieg, weil ich keine Ahnung hatte.

»Wir werden darüber nachdenken!« Willow gähnte wieder und schlief ein.

Am nächsten Morgen ließ die Chefin uns wie immer zur Hintertür hinaus. Wir drängelten und rannten fast in den Woofer Wagon hinein, der am gewohnten Platz stand. Casper schnupperte daran und stieß jene gellenden Laute aus, die einem durch Mark und Bein gehen.

Die Chefin kam angelaufen und wollte ihn zur Ordnung rufen, blieb jedoch wie angewurzelt stehen, als sie den Wagen sah. Ungläubig ging sie um ihn herum und rief dann Freundin an, obwohl es noch sehr früh war.

Nach dem Frühstück schauten sie sich unseren Woofer Wagon näher an. Nichts war kaputt, er war nur ziemlich schmutzig, aber das lässt sich abwaschen und ein bisschen Dreck stört uns nicht. Alle Beulen und Kratzer waren älteren Datums, nichts als Hinweise auf eine bewegte Vergangenheit. Die Nasen der Menschen taugen nicht viel, deshalb war es unsere Aufgabe herauszubekommen, wer das schreckliche Verbrechen begangen hatte, unseren Wagen zu stehlen.

Willow sprang hinein, sobald sich eine Gelegenheit dazu bot. Tara folgte ihr. Beide schnupperten herum und gaben aufgeregte Laute von sich.

Tara fand sehr schnell eine weiße Feder. »Kissen!«, verkündete sie stolz. »Und etwas anderes ... fällt mir bestimmt gleich wieder ein ... etwas Unangenehmes ... gefällt mir gar nicht ...« Sie sprang schnell heraus und Willow tat es ihr gleich.

»Was ist denn los?«, wollte ich wissen.

Sie gaben keine Antwort.

Casper versuchte sein Glück und kam verwirrt zurück. »Es riecht nach Jungen«, berichtete er. »Nach den Jungen, die den Garten der Chefin säubern. Was soll daran unangenehm sein?«

»Nein, es riecht nach … nach Tierarzt!«, widersprach Tara. »Und der tut einem immer weh!«

»Es riecht nach den Jungen«, beharrte Casper.

»Und nach der Medizin für Herbies Füße«, ergänzte Willow.

Jetzt sprang Bertie in den Wagen. Er liebt Autos, aber der Geruch schien ihm seiner Miene nach zu schließen nicht zu behagen. Er fand eine weitere Feder.

»Gänse«, sagte er halblaut. Er weiß auch nicht genau, was Gänse sind, aber ich bewunderte seine Kombinationsgabe.

»Herbie?«, fragte ich.

»Und die Jungen!«

»Dann haben also die Jungen den Woofer Wagon und die Gänse gestohlen«, fasste ich zusammen und überlegte, was wir tun konnten.

»Ich gehe heim und frage«, erbot sich Tara und verschwand, bevor ich sie darauf aufmerksam machen konnte, dass sie zu Hause nur mit Katzen beratschlagen kann.

Wir liefen ein bisschen im Garten herum und dachten dabei über das Problem nach, aber niemand hatte einen guten Vorschlag. Die Jungen hatten gründlich aufgeräumt und alles roch anders als sonst, aber auf einem Stück umgegrabener Erde konnte man gut buddeln.

Tara kam zurück und sah sehr selbstzufrieden aus, aber das hat bei Labradoren nicht viel zu besagen. Sie scheinen immer zu lächeln. »Wir müssen Herbie retten«, erklärte sie wichtigtuerisch. »Das ist unsere Aufgabe … andere zu retten.«

Es war eine gänzlich überflüssige Bemerkung. »Wem sagst du das?«

Tara war nicht beleidigt. Das ist das Gute an Labradoren. »Die Nasen der Menschen taugen nicht viel, aber ihre Augen sind in Ordnung«, führte sie weiter aus. »Thea und Pansy meinten, wir sollten irgendwas, das die Jungen im Garten vergessen haben – sie verlieren immer irgendwelche Sachen –, in den Wagen legen, dann würden die Menschen kapieren, was los ist.«

»Wozu soll das gut sein?«, fragte Casper verwirrt.

»Wenn sie den Jungen auf die Schliche kommen, finden sie die Gänse«, erklärte ich ihm.

Er schaute beschämt zu Boden, weil er nicht von allein darauf gekommen war.

»Zuerst müssen wir etwas finden. Jeder sucht einen Teil des Gartens ab!«, befahl ich.

Es dauerte ziemlich lange, bis Willow etwas anbrachte – ein kleines rundes Ding aus Metall, vorn mit einem Bild, hinten mit einer Anstecknadel. Es roch nach einem der Jungen und wenn die Chefin und Freundin es sahen, würden sie hoffentlich die Wahrheit begreifen und Herbie retten.

»Gut«, sagte ich. »Jetzt müssen wir es in den Woofer Wagon legen.«

»Sie haben die Türen geschlossen«, berichtete Willow entmutigt. »Nicht einmal du kriegst sie auf, obwohl du die Hintertür öffnen kannst.«

»Aber das Fenster ist offen!«, rief Bertie, überzeugt davon, dass er hineinlangen würde.

»Wir müssen sie ablenken«, ordnete ich an. »Sie dürfen Bertie nicht sehen, wenn er dieses komische Ding in den Wagen schmuggelt. Laufen wir auf die Straße raus! Sie kommen uns bestimmt hinterher.«

»Glaub ich nicht«, widersprach Tara. »Sie schreien nur, dass wir zurückkommen sollen.«

»Wir müssen sie eben ignorieren.«

Tara schaute mich bestürzt an, ich weiß nicht, warum, denn sie ignoriert meistens, was Freundin sagt.

Es klappte großartig. Wir sausten die Straße entlang in Richtung Rockfield und natürlich rannten die Chefin und Freundin hinter uns her. Wir bogen um die Ecke und hatten einen Riesenspaß. Sie waren ziemlich sauer auf uns und zur Strafe wurden wir hinterher eingesperrt, doch das störte uns nicht, denn als wir in die Küche kamen, saß Bertie auf dem Tisch und putzte sich zufrieden.

»Nun?«, fragte ich.

»Auftrag ausgeführt«, meldete er, ohne die Katzenwäsche zu unterbrechen.

Später kam die Polizei, sehr erfreut darüber, dass der Fall sich mehr oder weniger von allein erledigt hatte. Die Chefin wollte uns eigentlich immer noch nicht rauslassen, aber sobald sie die Tür öffnete, drängelten wir uns einfach an ihr vorbei. Das klappt fast immer, wenn man genügend Übung hat und beharrlich ist.

Wir halfen den Polizisten, die das zu schätzen wussten, und Willow fand das kleine bunte Metallding, wo Bertie es hingelegt hatte. Triumphierend zeigte sie es der Chefin, die ein unglückliches Gesicht machte.

»Haben Sie es schon einmal gesehen?«, fragte der Polizist.

»Ja«, antwortete die Chefin. »Es gehört einem der Jungen, die hier im Garten gearbeitet haben.«

»Sind Sie sicher?«

»Ja, leider.«

»Dann werden wir uns mit den Burschen unterhalten«, sagte der Mann grimmig.

»Ich beschuldige sie wirklich nicht gern«, erklärte die Chefin, »aber wir haben in dem Wagen auch Federn gefunden.«

»Federn?«

»Ja, weiße Gänsefedern. Wir glauben, dass der Woofer Wagon benutzt wurde, um Roddys Gänse zu stehlen. Er war ziemlich schmutzig, so als sei jemand querfeldein gefahren.«

»Verstehe. Diebstahl von Geflügel kann man natürlich nicht einfach durchgehen lassen!«

»Würden Sie mich bitte auf dem Laufenden halten?«, bat die Chefin. »Eine der Gänse war nämlich ein Haustier.«

»Klar, machen wir«, versprachen die Polizisten und fuhren weg.

Aber die Sache war damit leider nicht erledigt. Die Polizisten berichteten kurze Zeit später, sie hätten mit den Jungen gesprochen. »Sie haben zugegeben, den Wagen geklaut zu haben, um die Gänse zu transportieren, aber sie behaupten, sie hätten die Gänse nur retten wollen, weil sie befürchteten, Roddy würde sie vor Weihnachten zum Schlachten verkaufen.«

»Und wo sind die Gänse jetzt?«, fragte die Chefin.

»Was macht Herbies Fuß?«, wollte Freundin wissen.

»Ich bin sicher, dass Roddy keine Anzeige erstatten wird«, fuhr die Chefin fort. »Er ist nicht nachtragend.«

»Stimmt. Wahrscheinlich wird er das Ganze recht lustig finden und die Burschen noch lieber mögen«, fügte Freundin hinzu.

Der Polizist schüttelte düster den Kopf. »Sie haben die Gänse nicht mehr! Behaupten, jemand hätte sie ihnen gestohlen.« Er schürzte die Lippen. »Diese Geschichte nehme ich ihnen aber nicht ab. Wahrscheinlich haben sie die Gänse verkauft und nicht damit gerechnet, dass Ihre Hunde ihnen den Diebstahl des Wagens nachweisen würden.«

»Allerdings ist niemandem aufgefallen, dass sie in den letzten beiden Tagen mehr Geld als sonst ausgegeben haben«, warf die Polizistin ein. »Trotzdem hört sich die Geschichte unglaubwürdig an.«

»Werden Sie die Sache vor Gericht bringen?«, fragte die Chefin niedergeschlagen.

»Im Augenblick können wir sie nur streng verwarnen, weil wir nicht genug Beweise haben, aber vielleicht finden wir die ja noch.«

Es war eine deprimierende Aussicht. Warum hatten diese törichten Burschen Herbie stehlen müssen?

Es wurde kalt und es begann zu schneien. Wir trotteten in die Küche zurück, um am warmen Ofen nachzudenken. Tara kam mit, denn Freundin wollte ebenfalls zusammen mit der Chefin nachdenken.

»Ich mag die Jungen«, sagte Casper, der ausnahmsweise nicht nach den Nachbarhunden Ausschau hielt. »Sie reden immer mit mir.«

»Wir alle mögen sie … mehr oder weniger«, stimmte ich zu. Was Fremde anbelangt, bin ich ziemlich misstrauisch, aber ich habe eben viel mehr Erfahrung als Casper, der kaum aus dem Welpenalter heraus ist.

Lottie spielte auf dem Boden mit einem Tischtennisball und machte dabei einen Höllenlärm. Bertie versetzte ihr einen Tatzenhieb, als sie dicht an ihm vorbeisauste, aber seine Erziehungsmaßnahme verfehlte die Wirkung. Lottie tobte weiter herum.

»Es ist wichtig, Herbie baldmöglichst zu retten«, meinte Humphrey wichtig, während er enttäuscht unsere leeren Näpfe betrachtete. »Andernfalls wird er aufgegessen.«

Willow setzte sich auf. »Wir müssen helfen.«

»Das ist mir klar«, erwiderte ich gereizt. Sie kann einem schrecklich auf die Nerven gehen, wenn sie dauernd wiederholt, was alle wissen.

»Tierärzte!«, sagte Casper laut.

»Was?«

»Tierärzte!«

»Du meinst Kenny oder Colm?«

»Egal, irgendwelche Tierärzte!«

Casper war noch nie beim Tierarzt, aber er ist ganz versessen auf die Tierärzte im Fernsehen. Er lässt sich keine Folge entgehen und klebt mit der Nase am Bildschirm. Die Chefin muss ihn ständig putzen.

»Sie wissen alles«, fügte er stolz hinzu.

»Nicht alles«, widersprach ich, aber er hatte mich auf eine glänzende Idee gebracht. »Im Wartezimmer sind immer viele Hunde, Katzen, Kaninchen und sonstige Haustiere. Die könnten wir fragen … irgendjemand weiß bestimmt etwas.«

»Wunderbar!« Tara begann so wild mit dem Schwanz zu wedeln, dass Freundin sie zur Ordnung rief, aber sie achtete nicht darauf. »Wir gehen gleich morgen früh hin! Nein … lieber noch heute Abend, damit das Frühstück nicht ausfällt.«

Sie hatte Recht – vor einem Tierarztbesuch geben sie einem oft stundenlang nichts zu essen!

»Man muss krank sein, um zum Tierarzt zu kommen«, wandte ich ein.

»Nein, muss man nicht«, behauptete Bertie. »Manchmal geht es einem großartig, trotzdem wird man hingebracht und mit einer Nadel gepiekst.«

»Dann stellen wir uns eben krank«, schlug Willow vor. »Ich kann sehr gut hinken.« Sie führte es uns vor und übertrieb derart, dass sie fast auf die Nase fiel.

Wir versuchten es ebenfalls, aber niemand nahm von unserem Leiden Notiz.

Dann versuchten wir, krank auszusehen, aber sie dachten, wir würden einfach schlafen.

»Wir müssen uns etwas Besseres einfallen lassen«, rief ich verzweifelt. »Die Zeit wird knapp! Unsere Truthähne für Weihnachten werden schon morgen geliefert, folglich hat auch Herbie nicht mehr lang zu leben!«

Willow heulte.

Casper machte es ihr nach.

Willow begann zu husten.

Das erregte endlich ihre Aufmerksamkeit. Die Chefin war regelrecht besorgt. Es war eine ausgezeichnete Idee. Ich hustete auch und Casper erstickte fast vor Übereifer.

»Wir sollten zum Tierarzt fahren«, sagte die Chefin wunschgemäß. »Oder ist es heute schon zu spät dafür?«

»Nicht, wenn wir uns beeilen«, meinte Freundin. »Wir sollten es gleich erledigen, denn über Weihnachten wird die Praxis geschlossen sein. Bertie hustet auch und bei dieser Gelegenheit könnten wir Boswell gleich impfen lassen. Er ist der Einzige, den Colm nicht erwischt hat, als er zuletzt hier war.«

Ich drehte mich um und sah gerade noch Boswells schwarzen Schwanz in der Katzentür. Seit zwei Monaten verdrückt er sich, sobald vom Tierarzt die Rede ist.

Wir nahmen alle im Auto Platz – nicht im Woofer Wagon, sondern im Jaguar der Chefin – und machten uns auf den Weg zu Kenny oder Colm, die sich in der Praxis abwechseln.

Es war herrlich, in der Dunkelheit durch die Gegend zu brausen, und am liebsten hätten wir gesungen, aber ich ermahnte alle, still zu sein, denn angeblich waren wir ja krank. Wir überquerten die holprige Brücke und fuhren den Hügel nach Tain hinauf. Die Hauptstraße der Stadt war mit Lichterketten geschmückt und alle Schaufenster waren hell beleuchtet. Viele Leute eilten von Geschäft zu Geschäft.

Wir bogen links ab und fuhren eine andere Straße hoch zur Praxis der Tierärzte. Vor dem Haus sprangen wir alle aus dem Auto, nur Bertie wurde von Freundin getragen, was ihm gar nicht gefiel, aber die Chefin befürchtete, er könnte vor Angst wegrennen.

Das Wartezimmer war angenehm warm. Erleichtert stellte ich fest, dass andere Tiere da waren: drei Hunde – ein Rottweiler, ein Windhund und ein kleiner weißer Terrier –, eine Katze, ein Kaninchen in einer Schachtel und ein Meerschweinchen. Wir setzten uns alle gesittet auf den Boden, und ich erklärte dem Rottweiler leise unser Anliegen.

»Gänse?«, murmelte er nachdenklich. »Ich kenne Gänse … man kann sie herrlich jagen!«

Das half uns nicht weiter. Jagen kann man viele Dinge, notfalls sogar den eigenen Schwanz, obwohl das natürlich töricht ist. Lewis, unser uralter weißer Kater, hat das einmal dicht an der Treppe gemacht. Er hat seinen Schwanz auch erwischt, ist dann aber aus Versehen die Treppe hinabgerollt! Aber das tut eigentlich nichts zur Sache … »Wo sind die Gänse?«, wollte ich wissen. »wir müssen Herbie finden, bevor er aufgegessen wird.«

Der Rottweiler musste bedauernd zugeben, dass er keine Ahnung hatte.

Auch der Windhund wusste nichts.

Das Kaninchen mischte sich ins Gespräch. »Gänse leben auf Bauernhöfen«, sagte es in ziemlich herablassendem Ton. »Wir haben eine ganze Menge davon, weiße und graue. Sie machen einen grässlichen Lärm und sind sehr unfreundlich.«

»Habt ihr eine mit einem wunden Fuß?«, fragte Casper eifrig.

Das Kaninchen musterte ihn geringschätzig. »Keine Ahnung … Ich spreche nicht mit Gänsen.«

»Wo wohnt ihr denn?«, erkundigte ich mich höflich.

»Unten bei der Brücke.« Das Kaninchen kehrte uns den Rücken zu. Ich glaube, es ging ihm nicht sehr gut, deshalb nahm ich ihm dieses Verhalten nicht übel. Ich bedankte mich für die Auskunft und wandte mich an Casper, Willow und Tara.

»Wir müssen hin. Es ist nicht allzu weit. Wir sind vorhin vorbeigefahren. Wenn Herbie dort ist, müssen wir ihn retten.«

»Alle anderen auch«, meinte Bertie.

»Natürlich. Aber wie kommen wir hier raus? Die Tür ist geschlossen.«

»Jemand wird kommen oder gehen«, sagte Tara. »Dann rennen wir schnell weg. Sie werden uns verfolgen und dann können wir Herbie retten.« Sie sah sehr selbstzufrieden aus.

Es war wirklich ein ausgezeichneter Plan. Wir warteten ungeduldig. Bald wurde das Kaninchen ins Sprechzimmer gerufen und eine Frau kam mit einer kleinen Schachtel in der Hand heraus. Sie bezahlte die Rechnung und öffnete die Ausgangstür.

»Jetzt!«, bellte ich. »Angriff!«

Gegen Tara hat niemand eine Chance, weil sie so groß und kräftig ist. Die Frau mit der kleinen Schachtel – ich vermutete, dass eine Maus drin saß – schrie erschrocken auf, als sie zur Seite gestoßen wurde. Ich sauste hinter Tara her, Bertie schoss zwischen meinen Beinen hindurch und Casper sprang über mich hinweg. Ich hasse es, wenn er das macht! Willow bildete die Nachhut.

Wir hetzten die Straße entlang, bogen um die Ecke und erreichten die Hauptstraße. Auch ohne mich umzudrehen, wusste ich, dass Freundin und die Chefin uns folgten. Ich hörte sie schreien, obwohl ihre Stimmen manchmal vom Verkehrslärm übertönt wurden. Bremsen quietschten, als wir die Straße überquerten, Männer und Frauen schimpften, Kinder feuerten uns begeistert an. Hupen gellten, jemand lachte schallend, aus Lautsprechern ertönte Musik. Das ist vor Weihnachten immer so.

Wir ließen die Stadt hinter uns und rannten den Hügel hinab auf die holprige Brücke zu. Unsere Ohren und Schwänze flatterten im Wind. Casper bellte vor Aufregung und sogar Bertie war nach wie vor mit von der Partie.

Wir erreichten die Farm und jagten über die Auffahrt in Richtung der Scheune. Lautes Zischen von allen Seiten veranlasste uns, erschrocken stehen zu bleiben. Es hörte sich bedrohlich an, so als wäre jemand sehr wütend – oder sehr verängstigt. Es war sehr dunkel, so dass wir nicht einmal erkennen konnten, wer uns angreifen wollte. Dann fuhren zwei Autos die Auffahrt entlang und im Scheinwerferlicht sahen wir, dass sehr große weiße Vögel uns umringten. Sie waren viel größer als Hühner, viel größer als Bertie, der bei Tara Schutz suchte. Auch ich war froh, dass sie bei uns war, muss ich gestehen.

»Nur Mut!«, rief ich aufmunternd, denn Casper wirkte völlig verstört.

Willow setzte sich hin, was ausgesprochen tapfer von ihr war. Vielleicht hatte sie aber auch nur weiche Knie bekommen.

Freundin und die Chefin sprangen aus dem ersten Wagen, dicht gefolgt von Kenny, dem Tierarzt. Aus dem zweiten Auto stieg der Polizist, der bei uns gewesen war. Er schaltete eine starke Taschenlampe ein.

»Was ist denn hier los?«, rief er erstaunt. »Eine Katze, vier Hunde … und jede Menge Gänse!«

Er lief zwischen den großen Vögeln herum, die zischend zurückwichen. Nur eine Gans stand ruhig da und schien überhaupt keine Angst zu haben. Der Polizist bückte sich und schaute genauer hin. »Ich glaube, das könnte Herbie sein«, sagte er fröhlich. »Er hat sogar noch etwas Salbe am Fuß! Wir scheinen die gestohlenen Gänse gefunden zu haben – besser gesagt, die Hunde haben sie gefunden.«

Auch Kenny ging in die Hocke. »Ja, das ist Herbie«, bestätigte er lächelnd. »Sein Fuß ist ganz gut verheilt.«

Ein Mann mit einer Taschenlampe kam wütend angerannt. »Das ist Roddys Freund«, knurrte Willow leise. »Er muss Herbie und die anderen gestohlen haben.«

Die Menschen schienen der gleichen Ansicht zu sein, denn sie starrten ihn grimmig an.

»Sind das Ihre Gänse, Sir?«, fragte der Polizist streng.

Zuerst sagte der Mann ja, dann nein, dann, er sei sich

nicht sicher. Kenny nahm Herbie gleich mit, um seinen Fuß weiter zu behandeln, und wir kehrten alle in seine Praxis zurück.

Wir wurden sehr gelobt, weil wir so clever gewesen waren. Kenny belohnte uns mit Hundekuchen und Bertie bekam Trockenfutter, das er sehr liebt. Sie hatten uns offenbar sogar verziehen, dass wir ausgerissen waren.

Herbie saß auf dem Metalltisch, einen Fuß etwas vorgestreckt.

Casper betrachtete ihn aufmerksam. »Das ist also eine Gans. Dachte ich mir's doch fast!«

Ich fragte nicht, was er mit dieser rätselhaften Bemerkung meinte. Es wurde Zeit, nach Hause zu fahren. Wenn wir Glück hatten, würde es morgen einen Ausflug zum Strand geben. Wir gingen hinaus.

»Frohe Weihnachten, Gans!«, rief Casper über die Schulter hinweg.

Quellenverzeichnis

Die letzte Königin. The Last High Queen. Copyright © 2000 by Anne Perry.

Der Fall des Santo Niño. The Case Of The Santo Niño. Copyright © 1998 by Anne Perry.

Die Flucht. The Escape. Copyright © 1996 by Anne Perry.

Eine peinliche Affäre. An Affaire Of Inconvenience. Copyright © 1998 by Anne Perry.

Der Jakobinerklub. The Jacobin Club. Copyright © 1996 by Anne Perry.

Der Erpresser. The Blackmailer. Copyright © 1996 by Anne Perry.

Die Mitternachtsglocke. The Watch Night Bell. Copyright © 1996 by Anne Perry.

Das Weihnachtsgeschenk. The Christmas Gift. Copyright © 1998 by Anne Perry.

Onkel Charlies Brief. Uncle Charlie's Letters. Copyright © 1997 by Anne Perry.

Helden. Heroes. Copyright © 1999 by Anne Perry.

Daisy und der Silberpokal. Daisy And The Silver Quaich. Copyright © 1998 by Anne Perry.

Daisy und die Archäologen. Daisy And The Archaeologists. Copyright © 1998 by Anne Perry.

Daisy und die Weihnachtsgans. Daisy And The Christmas Goose. Copyright © 2000 by Anne Perry.

HEYNE BÜCHER

Anne Perry

Ihre spannenden Kriminalromane lassen das viktorianische Zeitalter wieder lebendig werden. Ein Muß für jeden Liebhaber der englischen Krimi-Tradition!

01/10851

HEYNE-TASCHENBÜCHER